프랑크푸르트행 승객

애거서 크리스티 추리 문학 39

프랑크푸르트행 승객

이가형 옮김

AGATHA CHRISTIE MYSTERY AGATHA CHRISTIE MYSTERY AGATHA CHRISTIE MYSTERY AGATHA CHRISTIE MYSTERY AGATHA CHRISTIE MYSTERY AGATHA CHRISTIE MYSTERY AGATHA CHRISTIE MYSTERY

해문

■ 옮긴이 이가형

동경제국대학 불문과, 미국 윌리엄스 대학 수학. 전남대학교, 중앙대학교,
국민대학교 교수 역임. 한국영어영문학회, 한국추리작가협회 회장 역임.
국민대학교 대학원장 역임

프랑크푸르트행 승객

초판 발행일	1987년 07월 31일
중판 발행일	2010년 09월 20일
지은이	애거서 크리스티
옮긴이	이 가 형
펴낸이	이 경 선
펴낸곳	해문출판사
주 소	서울시 서초구 서초동 1328-11 도씨에빛 2차 1420호
TEL/FAX	325-4721 / 325-4725
출판등록	1978년 1월 28일 (제3-82호)
가격	6,000원
ISBN	978-89-382-0239-9 04840
	978-89-382-0200-0(세트)

※ 잘못된 책은 바꾸어 드립니다.

마가렛 기욤에게

개인적으로, 또는 우편을 통해 작가가 가장 많이 받는 질문은, "당신은 어디에서 작품에 대한 아이디어를 얻습니까?" 하는 것이다.

그 질문에 대답한다는 것은 어려운 일이다. "나는 항상 해로즈 백화점으로 갑니다." 혹은, "육군이나 해군 백화점에서 대부분의 소재를 얻지요." 혹은 즉석에서, "여러 사람의 책을 읽어 본답니다."

일반적으로 사람들은 작가가 이야기를 꾸미는 방법을 발견하는 데에는 신비스러운 근원이 있어서, 그곳에서 아이디어가 나온다고 믿는 듯하다.

작가들은 질문해 오는 사람들을 엘리자베스 시대의 셰익스피어 작품으로 돌려보낼 수는 없는 노릇이다.

> 말해다오, 공상이 어디서 나는지.
> 가슴에서, 혹은 머리에서
> 어떻게 생겨나서 어떻게 길렀는가?
> 대답하라, 대답하라.

작가들은 이렇게 단호히 말하리라.

"내 머리에서 짜냈소" 하고

물론 그것은 아무에게도 도움이 되지 않는다. 만일 질문자들의 태도가 그래도 좀 괜찮아 보인다면, 작가는 마음을 누그러뜨리고 조금 더 자세히 말해 줄 것이다.

"만일 어떤 아이디어가 정말로 괜찮아 보이고, 그것을 가지고서 어떻게 좀 이용해 볼 수 있겠다고 느꼈다면, 그것을 여기저기 던져 보고, 재주도 부려 보고, 연구도 해보고, 누그러뜨려도 보고, 그러면서 점차적으로 그것을 구체화시켜 보십시오. 물론 그것을 가지고 글을 써야겠지요. 그것은 재미있는 일만은 아닙니다. 사실은 꽤 힘든 작업이지요. 그렇지 않다면 그런 아이디어를 잘 보관해 두어야 합니다. 혹시 1~2년 안에 다시 이용하게 될지도 모르기 때문이죠."

그다음 두 번째 질문, 질문이라기보다는 진술에 가깝겠지만, 아마 이럴 것이다.

"내 생각에 당신은 등장인물들의 대부분을 실제생활에서 얻어낼 거라 여겨지는데요?"

하지만, 그런 아연실색할 질문에는 분개하여 부정한다.

"아뇨, 그렇지 않아요. 나는 그들을 창조해내요. 그들은 내 것이에요. 그들은 나의 주인공—그들로 하여금 내가 원하는 것을 하게 만들고, 내가 원하는 것이 되게 하는 거죠. 그들은 나를 위해 존재해요. 때로는 그들 자신의 생각도 하게 되지만, 그건 단지 내가 그들을 실재하는 인물로 만들었기 때문에 그런 거죠."

그러므로, 작가는 아이디어와 주인공들을 모두 창조해내는 것이다. 그러나 이제 세 번째로 필수적인 요소인 배경도 만들어 내야 한다. 처음의 두 가지 요소는 내부 원천에서 나오지만 세 번째 것은 외부, 즉 이미 현존하는 것으로 반드시 실재하는 대상이어야 한다. 즉, 작품의 배경만은 창조하지 말아야 하는 것이다.

아마도 여러분들이 나일 강을 유람해 본 적이 있다면, 여러분은 그 모든 것을 기억할 수 있으리라. 그것이 바로 여러분이 원하는 소재의 배경이 될 수 있다. 여러분은 런던 첼시의 한 카페에서 식사해 본 적이 있을 것이다. 그곳에서 싸움이 일어났다. 한 처녀가 다른 처녀의 머리채를 움켜쥐고 끌어당겼다.

멋진 소설이 나오려면, 여러분은 그 즉시 글로 옮겨야 한다. 오리엔트 특급열차로 여행해 보라. 여러분이 고심하고 있는 작품의 구성에 꽤 재미있는 장면을 제공해 줄 것이다. 친구 집에 차를 마시러 간다. 그 집에 도착하자마자 그녀의 오빠가 책을 덮어 옆으로 던지고는, "나쁘지는 않군그래. 그런데 도대체 왜 그들은 에반스를 부르지 않았을까?" 하고 말한다.

그리하여 여러분은 머지않아 쓰게 될 책의 제목을 《왜 그들은 에반스를 부르지 않았을까?》(《부머랭 살인사건》의 원제)로 붙이기로 마음먹게 될 것이다. 그러나 여러분은 누가 에반스가 될지는 모른다. 하지만, 걱정할 문제는 아니다. 에반스는 적당한 순서에 의해 등장할 테니까 말이다. 이제 제목은 확정되었다.

하지만, 여러분은 배경을 창조해서는 안 된다. 배경은 여러분의 외부에, 여러분 주위에 산재(散在)해 있다. 여러분은 단지 손을 뻗어 붙잡아서 선택하기만 하면 되는 것이다. 철로를 달리는 기차, 병원, 런던의 호텔, 카리브 해의 해변, 시골 마을, 칵테일파티, 여학교 등등.

그러나 한 가지(그 배경은 틀림없이 존재해야 한다) 실재를 적용해야 하는 것이다. 실재의 인물들과 실재의 장소들 곧, 시간과 공간에 있어서 명확한 무대를 이용해야 한다. 그렇다면, 어떻게 그 풍부한 정보를 얻을 것인가? 만일 지금 당장 여러분이 직접 보고 들을 수 없다면 어떻게 할 것인가?

대답은 아주 간단하다.

그것은 신문이 매일 여러분에게 가져다준다. 즉, 뉴스의 제목 아래에 나열되어 있는 것이다. 제1면에서부터 훑어보라. 오늘날 지구상에서 일어나는 일은 어떠한 것들인가? 사람들이 무슨 말을 하고, 무슨 생각을 하고, 어떻게 행동하는가? 거울을 들어 1970년의 영국을 비추어 보라.

제1면을 한 달 동안 매일 읽고, 메모해 두고, 생각해 보고, 분류하라.

매일 사건이 일어난다.

처녀가 목 졸려 죽는다.

중년 여인이 강도에게 얼마 모아 두지도 못한 돈을 빼앗긴다.

청소년, 남을 공격하거나 공격당한다.

마약 밀매.

강도와 폭행.

아이들이 실종되었다가는 그들의 시체가 집에서 멀지 않은 곳에서 발견된다.

이런 곳이 영국이라 할 수 있을까? 영국이 정말 이러한가? 사람들은 느낀다. 아니다, 아직은 그렇지 않다고 아니, 혹시 그럴지도 모르지.

공포란 앞으로 일어날지도 모를 두려움에 대한 인식이다. 실제로 일어난 일 때문만이 아니라, 사건 뒤에 숨어 있는 원인들 때문에도 두려워하는 것이다.

이것은 유명한 사람들이건 그렇지 않은 사람들이건 모두 느끼는 바다. 단지 영국에서만 그런 것은 아니다. 다른 면을 넘기면 조그만 기사들이 많이 나와 있다. 유럽에서, 아시아에서, 아메리카 대륙에서 들어오는 수많은 기사들.

비행기 공중납치.

유괴.

폭력.

폭동.

증오.

무정부주의, 이들은 점점 광폭해지고 있다.

모든 것들이 파괴에 대한 숭배와 잔인성의 쾌락으로 이끌려가는 듯하다.

그러한 모든 것들은 무엇을 의미하는가?

인생을 언급하고 있는 엘리자베스 여왕 시대의 한 시구가 과거에서부터 메아리치고 있다.

　　……그것은 하나의 이야기

　　어느 백치가 이야기했지. 소음과 광란으로 가득 차서 아무런 의미도 없
　　이

그럼에도 사람들은(자기들이 아는 바로는) 우리가 살고 있는 이 세상에 애정이 만들어 낸 선량한 마음, 동정에 가득 찬 행동들, 이웃과 이웃 간의 친절, 처녀 총각 간의 의욕에 넘치는 행동들이 낳는 미덕이 얼마나 많은가를 알고 있다.

그렇다면, 일간 신문들의 광적인 보도, 계속해서 일어나고 있는 사건들은 실제적인 사실일까?

서기 1970년의 한 사건을 이야기로 쓰려면, 지금 여러분이 처한 배경과 타협해야 한다. 만일 그 배경이 기상천외한 것이라면 그 이야기는 그러한 환경을 받아들여야 한다. 또한, 그것은 기발하고 별나게 환상적이어야 한다. 그 배

경은 일상생활의 이상야릇한 사건들을 포함해야만 한다.

사람들이 이상야릇한 현상들의 원인을 올바로 파악할 수 있을까? 권력에 대한 비밀조직 활동을 상상이나 할 수 있을까? 파괴에 대한 광적인 욕망이 새로운 세계를 창조할 수 있을까? 한 걸음 더 나아가서, 터무니없고 믿기 어려운 방법에 의한 구원을 상상할 수 있을까?

불가능한 것은 아무것도 없다. 과학이 우리에게 그것을 가르쳐 주었다.

이제부터 전개될 이야기는 단지 공상적인 이야기에 지나지 않는다. 그 이상도 이하도 아니다.

책 속에서 일어나는 일들의 대부분은 사실 실제로도 일어나고 있으며, 또는 오늘의 세계에서 일어날 가능성이 있다.

그것은 불가능한 이야기가 아니라, 단지 공상적인 이야기에 불과한 것이다.

• 등 장 인 물 •

스태퍼드 나이 경— 45세, 중키, 올리브빛 얼굴에 기묘한 옷차림을 좋아하는, 독특하고 사악한 유머 감각을 지닌 아주 명석한 외교계의 숨은 인재.

레이디 마틸다— 스태퍼드 나이 경의 대고모. 대령, 육군장성, 공군중장 등 많은 유력 인사들을 친구로 둔 나이가 많지만 예리한 안목을 지닌 수다쟁이.

고든 체트윈드 장관— 개성 있고 훌륭한 외모를 가진, 모든 일에 철저하게 의심하는 사람.

파이커웨이 대령— 뚱뚱하고 못생긴 외모의 소유자.

헨리 호샴— 콧수염을 기른 키가 큰 중년으로 정보부에서 일함.

조지 팩햄 경— 금욕주의적이고 슬픈 듯이 보이는 외모를 지닌 사람.

앨터마운트 경— 병자, 폐인으로 육체적 고통을 겪고 있는 영국의 유명인.

로빈슨— 크고 누런 얼굴, 뚱뚱한 몸매의 사람으로 금융계에 손을 대고 있음.

케드릭 러젠바이 수상— 영국 수상.

하인리히 슈피스 수상— 독일 수상.

라이하르트 박사— 몸집이 크고 부드러운 인상의 심리학자이면서 의사.

블런트 제독— 엄청나게 몸집이 큰 레이디 마틸다의 옛 친구.

샘 코트먼— 키가 크고 육중한 몸집의 둔해 보이는 미국 대사. 아내를 매우 자랑스럽게 여김.

밀리진 코트먼— 우아하고 아름다운 미국 대사의 부인.

카를로테 폰 발트자우젠 백작부인— 거대한 덩치의 무시무시하게 살이 찐 매우 못생긴 여자. 엄청난 재력가로 레이디 마틸다의 소녀 시절 친구.

프란츠 요제프— 제2의 지그프리트, 뛰어난 웅변가.

로비 쇼어 햄— 세계에서 가장 유명한 과학자로 과거에 프로젝트 B를 연구함.

차 례

제1부 중단된 여행

15 ● 제1장 프랑크푸르트 공항

28 ● 제2장 런던

37 ● 제3장 세탁소에서 온 사람

48 ● 제4장 에릭과의 저녁식사

62 ● 제5장 바그너의 주제음악

69 ● 제6장 여인의 초상화

79 ● 제7장 대고모의 조언

86 ● 제8장 대사관에서의 만찬

98 ● 제9장 고달밍 근처의 저택

제2부 지그프리트를 찾아서

115 ● 제10장 성에 사는 여인

134 ● 제11장 젊은이와 사랑스러운 이

143 ● 제12장 왕궁의 어릿광대

차 례

제3부 국내와 해외에서

제13장 파리 회의 ● 147

제14장 런던 회의 ● 153

제15장 마틸다 대고모 휴양가다 ● 165

제16장 파이커웨이가 말하다 ● 179

제17장 하인리히 슈피스 수상 ● 183

제18장 파이커웨이의 후언(後言) ● 197

제19장 스태퍼드 경을 찾아온 방문객 ● 200

제20장 해군 제독이 옛 친구를 방문하다 ● 208

제21장 프로젝트 벤보 ● 218

제22장 주아니타 ● 221

제23장 스코틀랜드로의 여행 ● 226

에필로그 ● 243

작품 해설 ● 247

제1부 중단된 여행
제1장

프랑크푸르트 공항

"안전벨트를 꽉 매주시기 바랍니다."

각양각색의 탑승객들은 좀처럼 그 말을 귀담아듣는 것 같지 않았다. 그들은 대부분이 아직 제네바에 도착했으리라 생각지 않았다. 졸려 하는 소리와 하품하는 소리가 들렸다. 자고 있는 사람은 교양미가 넘쳐 흐르는 스튜어디스에 의해 조심스럽게 깨워졌다.

"안전벨트를 매주십시오"

냉엄한 목소리가 타노이 상공에서 묵직하게 울렸다. 잠깐 동안 험악한 날씨가 예상된다는 기내 방송이 독일어, 불어, 그리고 영어로 흘러나왔다.

스태퍼드 나이 경은 입이 찢어져라 하품을 하고는 의자를 앞으로 당겼다. 그는 영국 해변에서 매우 행복하게 낚시질하는 꿈을 꾸고 있었다.

그는 45세의 중년으로써 중키에, 매끄러운 올리브빛 얼굴은 깨끗이 면도 되어 있었다. 의복에서 그는 좀 기묘한 분위기가 풍기는 것을 좋아했다. 그는 기묘한 옷을 입음으로써 관료적인 옷차림새를 한 동료들로 하여금 혐오감을 느끼게 하고 그들을 질리게 함으로써, 속으로 묘한 쾌감을 느끼곤 했다. 그에게는 18세기 멋쟁이 남자의 모습과 흡사한 분위기가 있었다.

그는 눈에 띄는 옷차림을 하고 다니기를 좋아했다. 여행할 때 그가 특히 좋아하는 복장은 언젠가 프랑스의 코르시카 섬에서 구입한 일종의 산적 옷이었다. 새빨간 색 안감에다 모자까지 달린 외투였는데, 모자는 원하기만 하면 머리 위로 끌어당길 수 있도록 뒤로 늘어져 있고, 색깔은 보랏빛이 감도는 진한 파란색이었다.

스태퍼드 나이 경은 외교계에 실망을 안겨다 준 사람이었다. 초기 젊은 시절에는 자신의 재능으로 큰일을 해봐야겠다고 마음먹었지만, 그것은 결국 실패로 끝나고 말았다. 그의 독특하고 사악한 유머 감각은 가장 심각해야 할 순간에 일을 망쳐 놓곤 했다. 중요한 요점에 이르렀을 때 그는 언제나 자신의 민감한 사악함이 싫증 날 때까지 탐닉하는 것을 좋아한다는 사실을 알게 되는 것이었다.

그는 높은 지위를 얻지는 못했지만 잘 알려진 인물이었다. 스태퍼드 나이 경은 아주 명석한 사람이었지만, 동시에 위험한 인물이었다. 하지만, 어떤 일을 끝까지 은근과 끈기로 해결해내는 믿음직한 사람은 결코 아니었다.

혼란한 정치와 복잡한 외교 관계의 현실에서 대사직(大使職)을 얻으려고 한다면, 사실 신뢰감을 얻는 것이 명석함을 인정받는 것보다 중요한 일이다. 그런데도 스태퍼드 나이 경은 애석하게도 신뢰감을 얻지 못했다. 비록 그가 이따금 명석한 두뇌와 재치를 필요로 하는 업무를 맡았었지만, 사실 그 업무들은 크게 중요하거나 공개적인 성질의 것이 아니었다. 하지만, 때때로 언론인들은 그를 외교 관계의 숨은 인재로 인정해주곤 했다.

스태퍼드 경이 자신의 직업에 실망을 느꼈는지 어땠는지에 대해 알고 있는 사람은 아무도 없다. 아마도 스태퍼드 경 그 자신조차도 알지 못하는지도 모른다. 그는 다소 허영기가 있는 사람이었다. 또한, 짓궂은 장난에 탐닉하는 것을 매우 즐기는 사람이기도 했다.

그는 지금 말레이시아에 있는 한 조사위원회에서 돌아오는 길이었다. 그는 이상하게도 그곳이 흥미가 없었다. 그가 판단하기로는, 그의 동료들이 자기들 멋대로 판단을 내린 것 같았다. 그들은 직접 보고 듣긴 했지만, 선입관을 버리려 하지 않았다.

스태퍼드 경은 뚜렷한 확신에서라기보다는 재미로 몇 가지 문젯거리를 일으켰다. 그는 그러한 것들이 일을 활기 있게 만들었다고 생각했다. 그래서 그와 같은 종류의 일이 좀더 일어나기를 바랐다.

조사위원회의 동료들 중에 신뢰할 수 있는 친구들은 지극히 성실한 사람들이고, 그리고 동시에 매우 따분한 사람들이었다. 일에 푹 빠져 사는 친구 중에는, 유일한 여성이기에 특히 잘 알려진 나다니엘 에지도 일을 할 때에는 빈틈이 없었다. 그녀는 자기가 직접 보고 듣고 확인하여 완벽하게 일을 처리했다.

그는 전에 발칸 제국(諸國)의 어느 수도에서 어려운 일을 할 때 그녀를 만난 적이 있었다. 그곳에서 그는 몇 가지 관심있는 사건에 대하여 참고 있을 수가 없었다. 스캔들 전문지인 '인사이드 뉴스'라는 잡지가, 스태퍼드 나이 경이 발칸 반도에 나타났다는 것은 발칸 반도의 문제들과 깊은 관계가 있으며, 그의 외교 업무는 대단히 미묘한 비밀의 베일에 가려져 있다고 폭로했다.

어떤 친절한 친구가 스태퍼드 경에게 그 기사를 복사해서 보내 주었다. 스태퍼드 경은 별로 놀라는 기색없이 고소한 비웃음으로 그 기사를 읽었다. 그는 신문기자들이 그 사건을 얼마나 어이없게 진실에서 벗어난 상태로 다루었는가를 생각하니 재미있었다.

불가리아의 수도 소피아에 그가 체류했던 것은 순전히 희귀 야생화에 대한 흥미와, 그보다 나이 많은 친구인 루시 클레그혼의 끈질긴 간청 때문이었다. 그녀는 지칠 줄 모르게 희귀식물을 찾는 사람이었으며, 또한 언제라도 이름 모를 작은 꽃망울을 발견하면 바위 벼랑을 기어오르거나 수렁으로라도 기꺼이 뛰어들어 갈 그런 여자였다.

스태퍼드 경이 잡지 기사의 허무맹랑함을 애석하게 느끼고 있을 때, 약 열흘 동안 몇몇 광적인 사람들이 희귀식물을 찾아 산등성이를 헤매고 있었다. 그는 야생화에 대해서는 별 관심을 두지 않고, 고령임에도 불구하고 원기 왕성하게 언덕을 오르내리며 가볍게 그를 앞지르고서 약을 올리는 루시를 감탄스럽게 쳐다봤다.

그는 언제나 코앞에서 그녀의 특대 푸른색 바지 뒷모습을 보아야 했다. 루시는 다른 곳은 지독히도 말라깽이였지만 하체의 골격만은 너무 커서 특대의 푸른색 코르덴 바지도 좁은 듯한 느낌이었다.

이제 비행기 안에 앉아 있는 스태퍼드 경은 괜찮아 보이는 국제파이라고 생각하며, 파이에 손가락을 꽂고는 어린애처럼 갖고 놀았다.

기내에서는 다시 한 번 '타노이'라는 금속성의 목소리가 들렸다. 제네바는 짙은 안개에 싸여 있어서 비행기는 서독의 프랑크푸르트 공항으로 항로를 돌려, 그곳을 거쳐 런던으로 향할 것이라고 탑승객에게 알렸다. 제네바행 승객들은 가능한 한 빠른 시간 내에 프랑크푸르트에서 다른 수송로로 보내질 것이라고 했다.

스태퍼드 나이 경에게는 아무런 상관이 없는 일이었다. 만일 런던에도 안개가 끼어 있다면, 비행기는 프레스트윅으로 돌리게 될 것이라고 그는 생각했다. 한두 번 그곳에 간 적이 있었던 그는 그런 일이 일어나지 않기를 바랐다.

그가 생각하기에, 삶이라는 것과 비행기로 여행한다는 것은 정말이지 따분했다. 두 가지 다 앞으로 무슨 일이 일어날지 모르기 때문이다.

프랑크푸르트 공항의 라운지는 무더웠기에 스태퍼드 경은 외투를 뒤로 젖히고, 새빨간 안감이 어깨에 현란하게 드러나도록 내버려 두었다. 그리고 맥주 한잔을 마시면서 한쪽 귀로는 계속 흘러나오는 여러 가지 안내방송을 듣고 있었다.

"4387기 모스크바행. 2381기 이집트와 캘커타행."

지구를 완전히 다 여행한다는 것은 굉장히 낭만적인 일이 틀림없으리라. 그러나 그곳 비행장의 여객 라운지에는 그런 낭만을 깨고 어딘지 모르게 사람을 오싹하게 만드는 분위기가 맴돌고 있었다.

너무나 많은 사람들, 가득 쌓여 있는 각종 물건들, 라운지를 가득 메운 비슷비슷한 색깔의 의자들, 어디에나 가득한 플라스틱 제품들, 온갖 다양한 인간들, 사방에서 울음을 터뜨리는 아이들, 그는 누군가의 말을 기억해 내려고 애썼다.

나는 인간을 사랑하고 싶다.
그 바보스런 얼굴을 사랑하고 싶다.

체스터튼(1874~1936, 영국의 추리작가)의 말이었던가? 하여튼 그건 의심할 여지없는 사실일 것이다.

많은 사람들이 한데 모여 있어서 그런지, 참을 수 없을 정도로 고통스럽게 보이는 얼굴이 자주 눈에 띄었다. 인상을 쓰고 있는 그들의 모습은 스태퍼드 경에게는 재미있는 표정들이었다.

그는 화려하게 화장을 하고 짧은 미니스커트를 입고 있는, 아마도 영국인일 두 여자를 한심하다는 듯한 시선으로 바라보았다. 화장을 좀더 세심하게 한, 꽤 예쁘게 생긴 젊은 여자는 퀼로트(여성의 운동용 치마바지)라고 하는 옷을 입고 있었다. 그녀는 의류상가 쪽을 따라서 죽 멀리 사라졌다.

많은 미인 처녀에게와 마찬가지로 그는 멋진 옷을 입고 있는 그 처녀에게도 별 관심이 없었다. 그는 좀 독특한 사람들을 좋아했다.

그가 앉아 있는 플라스틱 커버의 긴 의자 옆에 누군가가 앉았다. 그녀의 얼굴은 곧 그의 관심을 끌었다. 보다 정확히 말한다면, 그 얼굴이 유별났기 때문이라기보다는 어딘지 안면이 있는 얼굴 같았기 때문이다. 그전에 본 적이 있는 사람인 것 같았다. 그러나 안면 있는 얼굴이라는 사실을 제외하고는 언제 어디에서 만난 사람인지를 기억할 수가 없었다.

나이는 아마도 스물다섯에서 스물여섯쯤일 거라 생각했다. 날카롭고 높은 콧마루의 매부리코에 검은 빛깔의 부스스한 머리가 어깨에까지 닿아 있었다.

그녀는 잡지를 들고 있었지만 별 관심을 두는 것 같진 않았다. 실은, 그녀는 타오르는 듯한 눈초리로 그를 바라보고 있었다. 그러다가 갑작스레 그녀는 말을 꺼냈다. 그녀의 목소리는 거의 남자 목소리 같았으며, 그를 똑바로 바라보고 있었다. 말 속에는 아주 희미하게 미국 억양이 섞여 있었다.

"얘기 좀 해도 될까요?"

대답하기 전에 그는 잠시 동안 그녀를 유심히 살폈다. 남들은 그렇게 생각하지 않겠지만, 이것은 우연이 아니었다. 뭔가가 있었다.

"물론 되고말고요. 우리는 여기서 많은 시간을 보내야 될 겁니다."

스태퍼드 경의 대답이었다.

"모두 안개 때문이에요. 제네바에도 안개가 끼어 있었고, 아마 런던에도 안개가 끼어 있을 거예요. 어디에나 안개예요. 어떻게 해야 할지 대책이 안 서요."

그 여자의 말이었다.

"걱정할 필요는 없을 겁니다." 그는 안심이라도 시키듯이 말했다.

"항공사측에서 당신을 안전하게 모실 겁니다. 잘 아시겠지만, 대단히 똑똑한 친구들 아닙니까? 그런데 어디로 가는 길이오?"

"제네바로 가는 길이에요."

"뭐 결국 그곳에 도착하게 될 테니 걱정은 안 해도 될게요."

"저는 지금 당장 그곳에 가야 해요. 그럴 수만 있다면 정말 바랄 게 없겠어요. 그곳에는 저를 기다리는 사람이 있거든요. 그를 만나야 저는 안전해질 수 있답니다."

"안전이라고!"

그는 약간 미소를 머금고 말했다.

"그 안전이란, 오늘날 많은 사람들이 생각하듯 그런 것이 아니고, 비록 단순히 두 개의 음절이 결합된 말이긴 하지만 많은 의미를 지니고 있어요."

그녀는 계속해서 말을 해나갔다.

"만일 제가 제네바에 가지 못한다면, 이곳에서 이 비행기로 그냥 떠나야 한다면, 아니, 이 비행기로 어떤 통고없이 런던으로 그냥 가버린다면 저는 살해당할지도 몰라요."

그녀는 그를 심각한 표정으로 쳐다보며 끝을 맺었다.

"제 말이 믿어지지 않을 거예요."

"유감스럽게도 난 믿을 수가 없소"

"맞아요. 많은 사람들이 죽음을 당하지 않고 살아 있으니까요."

"누가 당신을 죽인다는 겁니까?"

"그것이 문제가 되나요?"

"하긴, 내 문제는 아니지만……."

"제 말을 믿으려고만 한다면 믿을 수 있을 거예요. 저는 사실을 얘기하고 있고, 또 도움을 청하고 있는 거예요. 안전히 런던에 도착할 수 있게 도와주시겠어요?"

"당신을 도와주는 사람이 왜 하필 나여야 합니까?"

"당신은 죽음에 대해 알고 계신 분 같아요. 아마도 사람이 죽는 걸 본 일이 있으실 테죠?"

그는 순간적으로 멈칫하고 그녀를 쳐다본 뒤 다시 먼 곳을 응시했다.

"또 다른 이유는 없소?" 그가 말했다.

"이것 때문이에요."

그녀는 가는 올리브 빛 살결의 손을 내밀어 여러 겹의 주름이 나 있는 그의 커다란 외투를 만졌다.

"이것 때문이에요."

그녀는 되풀이해서 말했다.

그는 이제야 비로소 그녀에게 관심이 일기 시작했다.

"이게 어쨌단 말이오?"

"진기하고 독특해요. 누구나 입고 다니는 것이 아니죠."

"사실이오. 이것은 내 애호품 중 하나요."

"지금 저에게 유용하게 쓰일 수 있는 게 바로 이것이에요."

"무슨 뜻이오?"

"제가 당신에게 이렇게 간청하겠습니다. 아마 거절하실지도 모르겠네요. 하지만, 당신은 거절하지 않을 거예요. 왜냐하면, 당신은 위험을 각오할 준비가 되어 있는 분이라고 생각되니까요. 바로 제가 위험을 당할 준비가 된 것처럼 말이에요."

"당신의 계획을 듣고 싶소."

그는 살짝 미소를 띠고 말했다.

"저는 당신의 외투를 입어야 해요. 당신의 여권도 가져야 하고, 당신의 탑승권도 가져야 해요. 지금 즉시, 20분 이내에 말이에요. 런던행 비행기가 곧 방송될 거예요. 전 당신의 여권을 갖고 있어야 합니다. 당신의 외투도 입어야 하고요. 그렇게 해서 런던에 안전히 도착해야 해요."

"나로 가장해서 통과하려 한단 말이오?"

그 여자는 핸드백을 열고 작은 사각거울을 꺼냈다.

"이걸 보세요." 그녀가 말했다.

"저를 한번 보시고 당신의 얼굴을 보세요."

거울을 보고 나자 그는 자기 마음을 희미하게 괴롭힌 것이 무엇이었던가를 알게 되었다. 20년 전에 죽은 그의 누이동생 패밀라였다.

그와 패밀라, 그들은 꽤 비슷했다. 똑같이 닮은 남매였던 것이다. 그녀는 약간 남성적인 얼굴형을 하고 있었다. 아마도 스태퍼드의 얼굴은 어린 시절에는 분명히 여성적인 모습이었을 것이다. 그들 둘은 높은 콧마루와 밑으로 처진 눈썹, 그리고 입가의 가냘픈 미소를 가지고 있었다. 패밀라는 172cm나 되는 키였다. 그녀는 자기가 177cm라고 했다.

그는 거울로 자기 마음을 감상적으로 만든 그 여자를 바라보았다.

"우리들에게는 얼굴에 비슷한 공통점이 있는 것 같군요. 그런 뜻이었소? 그렇지만, 그 정도만으로는 나를 알고 있는 사람들이나 당신을 알고 있는 사람들을 속일 수는 없을 것 같은데……?"

"물론이지요. 하지만, 그게 문제될 건 없어요. 저는 지금 바지를 입고 여행하고 있어요. 당신은 외투의 모자로 얼굴 주위를 가리고 여행을 하고 있고요. 제가 해야 할 일은 머리카락을 잘라서 신문지에 둘둘 말아 이 휴지통에 던지는 거예요. 그러고 나서, 저는 당신의 모자 달린 외투를 입고 당신의 탑승권과 티켓과 여권을 가져야겠죠.

이 비행기에 당신을 잘 알고 있는 사람이 없다면, 제가 알기에는 없을 것 같군요. 있었다면 이미 대화를 나눴겠죠. 당신을 아는 사람이 없으니까, 저는 당신이 되어 안전하게 여행할 수 있는 거죠. 필요한 때만 당신의 여권을 보여주고 외투의 모자로 눈, 코, 입만 빼고는 다른 부분은 죄다 가리는 거예요. 그런 사실을 다른 사람들은 알 턱이 없을 테니, 전 비행기가 목적지에 닿자마자 안전히 걸어나갈 수 있게 되는 거죠. 정말 안전하게 밖으로 나가서 런던 시의 군중 속으로 유유히 사라지는 거예요."

"그러면, 나는 어떻게 되는 게요?"

스태퍼드 경은 엷은 미소를 띠고 물었다.

"만일 당신이 그와 같은 모험을 할 용기가 있다면 한 가지 제안을 하겠어요."

"제안이라고? 난 늘 제안받기를 좋아하오."

"당신은 지금 이곳에서 일어나서 밖으로 나가는 거예요. 그리고 잡지나 신문, 아니면 선물가게에 가서 선물을 사는 거예요. 당신은 이곳 의자 위에 외투를 벗어놓고 신문 같은 걸 사가지고 와서는 아무 곳에나 앉는 거예요. 이 반대편 긴 의자의 끝쪽에 앉으세요. 그러면, 바로 당신 코앞에 컵이 하나 놓여 있을 거예요. 바로 이 컵이죠. 이 안에는 당신을 잠들게 할 약이 들어 있어요. 그리고 조용한 구석에 가서 잠을 자세요."

"그다음엔 무슨 일이 일어나는 거요?"

"당신이 도둑의 피해자가 되는 거죠. 누군가가 당신의 마실 것에 수면제를 몇 방울 떨어뜨린 것이 될 테고, 그래서 당신은 지갑을 잃어버리게 된 거예요. 나중에 당신은 자신의 신원을 분명히 밝히세요. 여권과 기타 잃어버린 물건들을 신고하면 곧 당신의 신원이 밝혀지지 않겠어요?"

"내가 누군지 알고 있소? 내 이름을 말이오."

"아직은……, 저는 아직 당신의 여권을 본 일이 없거든요. 당신이 누구라는 건 몰라요."

"그러나 조금 전에 내가 나의 신원을 쉽게 밝힐 수 있을 거라고 말하지 않았소?"

"저는 사람들을 잘 알아봅니다. 중요한 사람인가, 그렇지 못한 사람인가를 알 수 있다는 거죠. 당신은 중요 인물이에요."

"왜 내가 그런 일을 해야 하는 거요?"

"아마, 동료의 목숨을 구해 주기 위한 것이겠죠."

"좀더 구체적으로 말할 수는 없겠소?"

"그러면 믿으실 수 있을 것 같나요?"

그는 깊은 생각에 잠겨 그녀를 바라보았다.

"당신은 지금 누구처럼 말하고 있는지 알고 있소? 추리소설에서나 나오는 미녀 스파이처럼 말하고 있다는 것을 알고 있소?"

"당신은 그렇게 생각할지 모르지만, 저는 아름답질 못하잖아요."

"당신은 스파이가 아니란 말이오?"

"그렇게 말할 수도 있을 것 같군요. 사실은 어떤 정보를 가지고 있거든요. 저는 그 정보가 새어나가지 않게 하려는 거예요. 당신은 틀림없이 당신 나라에 가치가 있을 그 정보를 받아들이려 할 거예요."

"당신이 좀 터무니없는 사람이라는 생각은 들지 않소?"

"아뇨, 그렇지 않아요. 만일 이러한 것들이 글로 쓰인다면 엉터리 같아 보일

지도 모르겠어요. 그러나 엉터리 같은 일들이 실제로 일어나고 있어요. 그렇지 않은가요?"

그는 다시 한 번 그녀를 바라보았다.

그녀는 패밀라와 매우 비슷했다. 억양에서 외국인 느낌이 나타나긴 했지만, 그녀의 목소리는 꼭 패밀라의 목소리 그대로였다. 그 여자가 하고 있는 말은 엉뚱하고도 터무니없이 불가능한 것이고, 아마도 위험스러운 요소가 들어 있을 것이다. 그로서는 매우 위험한 일이다. 그러나 불행하게도 그 제안은 그를 사로잡고 말았다. 그에게 그런 일을 제안한 그녀의 용기가 더욱 그를 사로잡았다. 이 일이 어떤 결과를 초래하게 될 것인가? 그 진상이 밝혀지면 꽤 재미있을 것이다.

"내가 그 일에서 무엇을 얻게 되는 거죠? 바로 그 점을 알고 싶소."

그녀는 그를 조심스럽게 쳐다보고는 말했다.

"기분전환이죠. 일상적인 일에서부터 탈피한다고나 할까요. 시간이 없어요. 모든 건 당신에게 달려 있어요."

"당신의 여권은 어떻게 되는 거요? 나는 가방을 써야 되는 거요? 매점에서 그런 것들도 파나? 나는 여자로 변장해야 하오?"

"아니에요. 서로 모습을 바꿀 필요는 없어요. 당신은 도둑을 맞고 약을 먹긴 했지만, 여전히 당신으로 남아 있는 거예요. 빨리 결정하세요. 시간이 없으니까요. 시간은 매우 빠른 속도로 흘러가고 있어요. 저는 변장을 해야 해요."

"당신이 이겼소. 사람들은 자기들에게 색다른 것이 제공되었을 때 거절해서는 안 돼요." 그가 말했다.

스태퍼드 나이 경은 호주머니에서 여권을 꺼내어, 벗어놓은 외투의 바깥 주머니에 쑤셔 넣었다. 그러고는 일어서서 하품을 하고 주위를 둘러본 다음, 시계를 들여다보고 나서 여러 가지 상품이 진열되어 있는 매점으로 어슬렁어슬렁 걸어갔다. 그는 뒤도 돌아보지 않았다.

그는 얇은 책 한 권을 샀다. 그러고는 어린애에게 적당한 선물거리가 될 애완동물들을 만지작거렸다. 마침내 판다 곰을 골라서 산 뒤 라운지로 돌아와 주위를 살펴보고는 아까 앉아 있었던 자리로 걸어갔다. 외투가 없어졌다. 그것은 그 여자의 소유가 된 것이다.

테이블에는 여전히 맥주 한 컵이 놓여 있었다. 그는 자기가 모험을 하게 될 장소가 바로 여기구나 하고 생각했다. 그는 컵을 들어 조금 따라 버린 다음 천천히 들이켰다. 빠르지 않게 아주 천천히. 그것은 그가 늘 마셨던 것과 똑같은 맛이었다.

"이제 어떻게 될지 도무지 모르겠군. 어떻게 될지 도무지 모르겠단 말이야."

스태퍼드 경이 말했다.

그는 라운지의 맨 구석까지 걸어갔다. 그곳에는 웃고 떠들어대는 시끌벅적한 한 가족이 앉아 있었다. 그는 그들 근처에 앉아서 하품을 하고는 의자 쿠션에다 머리를 벌렁 기댔다.

테헤란행 비행기가 곧 이륙할 것이라는 방송이 흘러나왔다. 많은 승객들이 자리에서 일어나 출국용 문쪽에 줄을 섰다. 라운지는 여전히 절반쯤은 꽉 차 있었다. 그는 책을 펴들었지만, 곧 하품이 나왔다. 그는 정말 졸렸다. 진짜로 잠이 쏟아지는 것이었다. 당장 잠을 잘 적당한 장소를 찾아야만 했다. 잠들 수 있는 적당한 곳을⋯⋯.

트랜스 유럽 항공사에서 런던행 309기의 이륙을 알리는 방송을 했다.

몇몇 승객이 그 방송에 따르기 위해 일어섰다. 뒤이어 꽤 많은 승객들이 다른 비행기를 기다리기 위해 라운지로 몰려들었다. 제네바의 안개에 관한 방송과, 다른 항공기의 운행 취소 방송들이 잇따라 흘러나왔다.

대부분의 젊은이들처럼 눈에 띄게 단정치 못한 모습이 아닌, 짧게 깎은 머리에 모자를 쓰고 새빨간 안감이 나온 짙푸른 색 외투를 입고 있는 중간 키의 홀쭉한 남자가 비행기에 탑승하기 위해 줄을 서서는 탑승권을 보여 주고서 9번 문을 통과했다. 여러 가지 방송이 계속해서 흘러나왔다. 취리히행 스위스 에어라인, 아테네와 키프러스행, 영국 유럽항공사.

"제네바행 승객인 다프네 데오도파누스 양은 입구로 와주시기 바랍니다. 제네바행 비행기는 안개로 인해 지연되었습니다. 승객들은 아테네를 경유하게 되겠습니다. 비행기가 곧 이륙합니다."

전 세계에 걸쳐 있는 항공기인 일본행, 이집트행, 남아프리카행 승객들에 관련된 방송이 계속해서 흘러나왔다.

남아프리카행 승객인 시드니 쿡 씨는 조종실에 메모가 와 있으니 빨리 와 달라는 방송이 자꾸 흘러나왔다. 다프네 데오도파누스를 찾는 방송이 다시 흘러나왔다.

"이번 방송이 이륙하기 전에 나가는 마지막 방송입니다."

라운지 한쪽 구석에서는 어떤 꼬마 소녀가 붉은색 긴 의자 쿠션에 등을 기댄 채 깊이 잠들어 있는 검은 양복의 남자를 살펴보고 있었다. 그의 손안에는 작고 털이 복슬복슬한 판다 곰이 쥐어져 있었다.

그때 소녀의 엄마가 말했다.

"조안, 만지지 마라. 불쌍한 아저씨의 잠을 깨워서는 못 써요."

"이 아저씨는 어디로 가는 거야?"

"우리처럼 오스트레일리아로 가려는 걸 거야." 소녀의 엄마가 말했다.

"아저씨도 나 같은 작은 딸이 있나 봐."

"그런 것 같구나. 틀림없을 거야." 엄마가 말했다.

소녀는 한숨을 푹 쉬고는 판다 곰을 바라보았다.

스태퍼드 경은 계속해서 자고 있었다. 사자를 사냥하는 꿈을 꾸는 중이었다. 그와 함께 사냥하는 사파리 안내자에게 사자는 아주 무시무시한 동물이라고 말하는 중이었다.

"나는 항상 사자는 매우 위험한 동물이라고 들어왔어요. 안심할 수가 없죠."

꿈이 언제나 그렇듯이 그 순간 장면이 바뀌어서 그는 마틸다 대고모와 함께 차를 마시면서, 대고모에게 고래고래 소리를 지르며 이야기하고 있었다. 대고모는 얼마나 지독한 귀머거리였는지!

그는 다프네 데오도파누스 양에 대한 첫 방송밖에 어떤 다른 방송도 듣지 못했다.

그 꼬마 소녀의 엄마가 말했다.

"나는 늘 행방불명된 승객에 대해 의아하게 생각해 왔단다. 비행기로 어디를 가든, 거의 매번 그런 행방불명자를 찾는 방송을 들을 게다. 어느 한 사람만은 꼭 나타나지 않는 거야. 자기를 찾는 방송을 듣지 못하거나, 아예 비행기를 타려 하지 않거나, 아무튼 그런 일이 일어난단다. 나는 그런 사람들은 도대체 어떤 사람들일까, 어디서 무엇을 하는 걸까, 그리고 왜 나타나지 않는 걸까 등등 의문이 생긴단다. 이름이 뭐더라! 아무튼 그 여자는 자기 비행기를 놓쳐 버린 거야. 놓친 다음에 가서야 그녀에게 뭘 해줄 수 있겠니?"

아무도 그 질문에 대답할 수 없었다. 왜냐하면, 어느 누구도 본질적인 것을 알 수 없기 때문이다.

제2장

런던

스탠퍼드 나이 경의 아파트는 런던의 그린 파크가 내려다보이는 쾌적한 곳이었다. 그는 커피포트의 스위치를 꽂고 오늘 아침 자기에게 온 우편물을 보기 위해 나갔다. 관심을 둘 만한 우편물은 온 것 같지 않았다.

편지들을 골라보니 한두 장의 청구서와 영수증 한 장, 그리고 소인이 똑똑히 찍힌 별볼일없는 편지들이 전부였다. 그는 그것들을 함께 추려서 지난 이틀 동안 온 다른 우편물들이 놓여 있는 책상 위에 얹어 놓았다.

그는 빨리 일을 시작해야겠다고 생각했다. 그의 비서가 오늘 오후 언제 올지 모르는 것이다. 그는 부엌으로 가서 커피를 컵에 따라 붓고 책상으로 가져왔다. 어젯밤 늦게 집에 와서 뜯어 본 서너 통의 편지를 집어들었다. 그중 한 장이 그의 시선을 끌었다. 그것을 다시 읽고서 그는 빙긋이 웃었다.

"11시 30분이라. 지금이 적절한 시간인 것 같군. 지금까지 일들을 좀 곰곰이 생각해 봐야겠어. 그리고 체트윈드를 만날 준비를 해야겠어."

누군가가 편지통에다 무엇인가를 쑤셔 넣는 것 같았다. 그는 거실로 내려가서 조간신문을 받아들었다. 신문에는 별 뉴스거리가 없었다.

불안하게 진행되어 가는 해외의 정치 위기에 대한 기사가 실려 있었지만, 그는 그렇게 생각하지 않았다. 그것은 신문기자들이 온갖 정력을 다 쏟아서 사건을 실제보다 더 과장시키려 하는 것에 지나지 않았다. 한 처녀가 공원에서 목 졸려 죽었다고 한다. 처녀들은 언제나 목 졸려 죽는 존재인 모양이다. 어느 날부턴가 그는 무감각하게 그렇게 생각하게 되었다. 오늘 아침엔 어떤 아이도 유괴당하거나 강간당하지 않았다. 그것은 뜻밖에도 반가운 소식이었다. 그는 토스트를 한 조각 먹고 나서 커피를 마셨다.

늦게서야 그는 아파트에서 나와 거리로 들어서서 화이트홀(런던의 중앙관청가)로 가는 길에 있는 공원을 따라 걸었다. 그는 자신에 대해 생각하면서 실실 웃었다. 오늘 아침에는 삶이란 그런대로 괜찮은 것이라는 생각이 들었다.

체트윈드에 대해 생각하기 시작했다. 체트윈드는 이 세상에 단 하나밖에 없을 바보 같은 사람이다. 그러면서도 훌륭한 외모를 갖고 있고 주요 인물처럼 보였다. 모든 일에 철저하게 의심을 하는 사람이었다. 그는 체트윈드와 이야기하는 게 그런대로 재미있었다.

7분 늦게 화이트홀에 도착했다. 지각을 하고도 마음이 편한 이유는 자신이 체트윈드보다 주요인물이기 때문이라고 생각하며 그는 방으로 들어갔다. 체트윈드는 서류가 많이 쌓여 있는 책상 뒤에 비서와 함께 앉아 있었다. 그는 언제나처럼 주요 인물처럼 보였다.

"잘 지냈소, 나이! 돌아오게 되어 기쁘겠소? 말레이시아는 어땠소?"

체트윈드는 개성 있게 잘생긴 얼굴에 가득히 웃음을 지어 보이며 말했다.

"무덥더군요." 스태퍼드 나이 경의 대답이었다.

"그래, 언제나 무더운 곳이지. 내 생각에 정치적으로는 그렇지 않은 것 같은데, 당신은 지금 날씨 얘기를 하고 있는 게요?"

"순전히 날씨가 그렇다는 겁니다." 그는 담배 한 개비를 받아들며 앉았다.

"얘기할 만한 성과라도 있는 게요?"

"거의 없습니다. 성과라고 할 만한 것은 하나도 없어요. 보고서는 제출했습니다. 그저 길고 지루한 일상적인 것들이죠. 러젠바이 수상은 어떻습니까?"

"언제나 그렇듯이 귀찮은 존재라오. 결코, 변화라고는 없는 사람이지."

체트윈드가 말했다.

"아니죠, 변화가 너무 많아서 기대할 수가 없을지도 모르죠. 저는 그전에 바스콤과 함께는 아무것도 할 수가 없었죠. 하지만, 그 사람도 컨디션이 좋을 때는 꽤 재미있는 사람입니다."

"재미있다고? 나는 잘 모르겠는데. 하긴 재미있는 것도 같소만."

"다른 뉴스는 없습니까?"

"없소, 아무것도 당신이 흥미 있어 할 만한 것은 하나도 없소"

"장관께서 절 보고 싶어 한 이유를 편지엔 쓰시지 않았더군요."

"몇 가지 일을 알아보고 싶었던 것뿐이라오. 그게 전부요. 당신도 알다시피, 만일 당신이 중요한 비밀정보를 입수했다면 그에 대해 마땅히 준비를 해두어야 하지 않겠소? 국회의 질문에 대비하듯이 말이오. 바로 그런 거요."

"물론 그럴 테죠."

"당신은 비행기로 돌아왔지? 문젯거리가 좀 있었다던데?"

스태퍼드 나이 경은 미리부터 작심해 둔 듯한 표정을 지어 보였다. 그의 얼굴에는 씁쓰레하다는 듯한 표정이 어려 있었다.

"오, 각하도 그 일에 대해 들으셨군요. 기막힌 일입니다."

"그렇겠지. 틀림없이 기막힌 일이겠지."

"놀라운 일입니다." 스태퍼드 나이 경의 말이었다.

"어떻게 항상 모든 일이 신문에 실리는지 말입니다. 오늘 조간신문 머리기사에 1단으로 나왔더군요."

"당신은 마치 그 친구들이 싣지 말았어야 할 걸 실었다는 뜻인 것 같은데, 그렇소?"

"저를 바보 같은 사람으로 만드시는군요. 좋습니다, 인정하겠습니다. 제 나이에 인정하지 않으면 어쩌겠습니까!"

"정확한 사건의 내용을 알려 주시오. 나는 신문의 보도가 사실을 왜곡한 것은 아닌지 확신할 수가 없소."

"제가 생각하기에 그 친구들은 사고를 최대한으로 이용해 먹는 자들 같습니다. 그뿐입니다. 각하도 그런 여행이 어떻다는 걸 잘 알잖습니까. 지독히도 따분한 것이죠. 제네바에 안개가 끼었었죠. 그래서 비행 노선이 바뀌었습니다. 그래서 우리는 프랑크푸르트에서 두 시간 기다리게 되었습니다."

"그 일이 일어난 것이 바로 그때였소?"

"그렇습니다. 공항에서 그렇게 기다린다는 것은 몹시 따분한 일이죠. 비행기들은 계속해서 이착륙하더군요. 타노이에서는 일이 착착 진행되어 가고 있었습니다. 홍콩행 302기가 이륙하고 아일랜드행 109기가 잇따라 뜨죠. 이번엔 저것이, 또 그다음엔 다른 것. 사람들은 일어나서 떠납니다. 바로 그곳에 앉아 하품을 하고 있는 동안 일이 벌어지고 만 겁니다."

"무슨 일이 일어났었소?" 체트윈드가 말했다.

"제 앞에 마실 것이 놓여 있었죠. 그건 '필스너' 맥주였습니다. 저는 무엇인가 읽을거리를 사야겠다고 생각했죠. 그래서 얇은 책 한 권을 샀습니다. 추리 소설입니다. 그리고 조카에게 주려고 털이 텁수룩한 동물 인형을 하나 샀습니다. 그런 뒤 돌아와서 다시 그 맥주를 마셨죠. 그러고는 책을 펴들고서 읽으려고 하는데 잠이 오더군요. 그래서 잠이 들고 말았습니다."

"알겠소, 당신은 잠이 들고 말았었다?"

"자연스런 생리적 현상이잖습니까? 방송으로 제 비행기 시간을 알려올 거라 생각했지만, 방송은 듣지 못했습니다. 분명한 이유가 있어서 듣지 못했던 거죠. 저는 언제든지 공항에서 잠에 빠질 수 있지만, 그렇더라도 저와 연관되어 있는 방송은 들을 수 있습니다. 하지만, 이번 경우엔 저는 듣지 못했죠. 제가 깨어났을 때, 아닌 정신이 들었을 때(이 대목은 각하가 적어놓고 싶어 하실 겁니다) 저는 약간 병원 신세를 져야 했거든요. 분명히 누군가가 제가 마실 것에 수면제나 그와 비슷한 것을 넣었던 모양입니다. 제가 책을 사러 간 사이에 그런 일이 벌어진 것이 틀림없습니다."

"꽤 특이한 일이군그래." 체트윈드가 말했다.

"이전에는 한 번도 일어나지 않았던 일입니다. 결코, 다시는 그와 같은 일이 일어나지 않을 겁니다. 그건 사람을 비참한 바보로 만드는 일이죠. 의사 한 명과 어떤 간호사 같은 사람, 아닌 그와 비슷한 사람이 있었죠. 분명한 것은 큰 해는 당하지 않았다는 사실입니다. 돈 몇 푼과 여권이 들어 있는 지갑을 도난당했을 뿐이거든요. 정말 이상한 일입니다. 다행히도 저는 그리 큰돈을 가지고 있지는 않았죠. 여행자 수표는 안주머니에 그대로 있었고요. 각하도 만일 여권을 잃어버리게 되면 모든 일이 난처해지실 겁니다. 어쨌든 저는 편지와 그 밖의 물건들을 좀 가지고 있었으므로 신원을 밝히는 것은 그리 어려운 일이 아니었죠. 그래서, 순서를 밟아 일이 정상적으로 진행되어, 다시 비행기를 탈 수 있었습니다."

"아직도 당신에게 귀찮은 문제는, 당신의 신분 때문이라는 거요. 알겠소?"

체트윈드가 비난하는 듯한 어조로 말했다.

"그렇죠. 하지만, 그것이 저를 두드러지게 보이게 한 것은 아니잖습니까? 제가 말하는 뜻은, 저는 제 지위라는 것이 요구하는 만큼 명석하지 못하다는 의미입니다."

그 생각이 그를 재미있게 해주는 듯했다.

"그런 일이 종종 일어난다는 뜻이오?"

"늘 발생하는 일은 아니라고 생각합니다. 단지 가능성이 있을 뿐이죠. 소매치기 소질이 있는 사람은 잠자는 사람을 노려서, 남의 호주머니에 손을 넣어 지갑이나, 수첩, 또는 다른 것들을 훔칠 행운이 떨어지길 기대하지 않겠습니까?"

"여권을 잃어버리는 것은 아주 곤란한 일이오."

"그렇죠. 이제 다른 여권을 신청해야겠죠. 복잡한 분실신고도 해야 할 것 같군요. 모든 일들이 끔찍이도 어리석어 뵈는 것들입니다. 그러나 그것에 맞서야죠. 각하, 그것이 제게 이로울 것 같진 않군요."

"아, 그건 당신 잘못이 아니오. 당신 실수는 아니라고. 누구에게라도 일어날 수 있는 일이지. 그렇지 않을 수도 있지만."

"당신이 그렇게 말씀하시니 정말 감사합니다. 제게 따끔한 충고가 될 것 같군요."

스태퍼드 경은 호의적인 미소를 보이며 말했다.

"혹시 누군가가 당신 여권만을 특별히 노렸다고는 생각되진 않소?"

"그런 생각은 들지 않습니다. 무엇 때문에 제 여권을 노렸겠습니까? 저를 괴롭히려고 하는 사람이 아니라면 그럴 리가 없잖겠습니까? 혹시 제 여권의 사진에 반한 사람이라도 있는 모양이죠? 그건 더욱 불가능해 보이는데요!"

"프랑크푸르트에서 당신을 알아보는 사람은 없었소?"

"아니, 아무도 만나지 못했습니다."

"그럼, 누구와 이야기한 적도 없었소?"

"특별히 이야기한 사람은 없었습니다. 딸아이를 데리고 놀던 잘생기고 우람한 몸집의 어떤 부인과 얘길 좀 했죠. 제가 생각하기엔 비간에서 온 사람 같아 보이더군요. 오스트레일리아로 간다고 했죠. 그밖에 다른 사람들은 기억할 수가 없고요."

"확실하오?"

"이집트에서 고고학을 연구하려면 무엇을 해야 하는지를 알고 싶어 하는 여자들이 몇 있었죠. 저는 그런 것에 대해서는 전혀 무지한 사람이라고 말해 주었습니다. 그리고 차라리 영국 국립박물관에 가서 물어보는 게 나을 거라고 얘기해 줬고요. 또, 생체해부를 극렬히 반대하는 남자와도 한두 마디 이야기를 나누었습니다."

"사람들은 언제나 이런 일 배후에는 무엇인가가 있을 거라는 생각을 한다오."

체트윈드가 말했다.

"예? 어떤 일을 말씀하시는 겁니까?"

"당신에게 일어난 일과 비슷한 사건들 말이오."

"저는 이 일 뒤에 어떤 일이 숨겨져 있는지 잘 모르겠는데요."

"아마도 기자들은 어떤 이야기를 만들어 낼 수 있을 게요. 그런 종류의 일에는 정통한 녀석들이니까. 하지만, 그 일은 정말 별일 아닌 것 같소. 자, 이제 잊읍시다. 지금은 신문에 나온 일에 대해서 생각해야 해요. 내 친구들이 죄다 그 일에 대해 내게 질문을 퍼부을 테니까 말이오. 레일랜드는 몇 살이오? 그는 요즘 무슨 일을 하고 있소? 그에 관한 몇몇 사건에 대해 들은 적이 있지. 그는 항상 말이 많다는 소문이 들리더군."

두 사람은 10여 분간 직업상의 이야기를 나눈 뒤, 스태퍼드는 일어나 나왔다.

"오늘은 할 일이 많아. 친척들에게 줄 선물도 좀 사야겠어. 누구든 말레이시아에 일단 가기만 하면 그 친척 떨거지들은 무슨 희귀한 선물이라도 받지 않을까 하는 기대를 한다니까. 리버티 가(街)를 한 바퀴 돌아봐야겠어. 그곳에는 괜찮은 동양 상품들이 잔뜩 있으니까."

바깥 복도에서 자기를 아는 두어 명의 남자들에게 살짝 머리를 숙여 인사를 하고는 그는 기운차게 밖으로 나왔다.

그가 나간 뒤 체트윈드는 전화로 비서에게 말했다.

"먼로 대령이 내게 올 수 있는지 알아봐요."

먼로가 키 큰 중년의 남자와 함께 들어왔다.

"정보부에 있는 호샴을 알고 있는지 모르겠군요."

"한 번 만났던 걸 기억하오." 체트윈드가 말했다.

"나이가 조금 전에 나가더군요. 프랑크푸르트에 대한 얘기가 좀 있었습니까? 우리가 신경을 써야 할 정보라도 있느냐는 뜻입니다." 먼로가 말했다.

"그런 것 같지는 않소. 지금 그 친구 처지가 약간 난처하게 되었지. 그를 난처하게 만든 일이 무엇일까 생각해 보시오. 그 말이 그 말이지만."

체트윈드의 말이었다.

호샴이란 사람은 고개를 끄덕이며 말했다.

"그분이 곤란을 겪고 있는 모양이죠?"

"그는 잘생긴 모습의 사진을 새 여권에 붙이고 싶었나 봐."

체트윈드가 말했다.

"꽤 흥미 있는 일인데요." 호샴이 받아서 말했다.

체트윈드는 어깨를 으쓱하고는 말을 던진다.

"그런 일이 다 발생하다니!"

"알았습니다. 그렇지, 알고 있다고요. 마찬가지 말이 될 테지만, 스태퍼드는 어딘지 좀 예측할 수 없는 사람이라고 늘 느껴 왔지요. 어떤 면에서는, 그 사람도 자기가 정말 건전한 정신을 갖고 있지 않을지도 모른다고 의심하고 있습니다." 먼로가 말했다.

"그는 나쁜 사람은 아닙니다. 우리가 알고 있는 한 전혀 그런 건 없죠."

호샴이 말했다.

"오, 난 그런 뜻이 아니었소. 절대 그런 뜻으로 한 말이 아니었소. 그걸 어떻게 얘기해야 할까……, 그는 모든 일에 대해서 진지하지 않다고나 할까?"

체트윈드가 말했다.

호샴은 콧수염을 기르고 있었다. 그는 콧수염을 기른 것이 때론 쓸모 있다는 것을 알고 있다. 그것은 참기 어려운 웃음을 숨겨 줄 수 있기 때문이다.

"그는 어리석은 친구는 아닙니다. 당신도 알다시피, 사실 그는 머리가 좋은 사람입니다. 그 사실만은 의심할 수 없지요." 먼로의 말이었다.

"그 친구가 머리가 좋다고? 그런 것 같진 않은데."

"호샴, 당신은 그런 사실을 알고 있잖소?"

"글쎄, 그 사람과는 아직 많은 시간을 함께 지내진 않았지만, 지금까진 만사 순조로웠죠. 그런데 그의 여권이 이용당했더군요."

"이용당하다니, 어떻게 말이오?"

"그 여권은 런던의 히드로 공항을 통과했어요."

"그럼 누군가가 스태퍼드 나이로 행세했단 말이오?"

"아, 아닙니다. 꼭 그런 뜻은 아닙니다. 우리는 그렇게는 안 되었길 바랍니 다. 하지만, 그것은 다른 여권과 함께 나간 게 틀림없어요. 걸리지 않고 말입 니다. 스태퍼드 경은 마취제같은 것에 당해서 의식을 잃었던 것 같아요. 그는 프랑크푸르트 공항에 떨어지게 되었죠." 호샴이 말했다.

"그러니까, 누군가가 그 여권을 훔쳐서 비행기를 탔고, 그리하여 영국으로 들어왔을 수도 있겠군?"

"그렇기는 하지만, 단지 상상일 수도 있죠. 누군가가 돈을 노리다가 여권이 들어 있는 지갑을 훔쳤거나, 아니면 여권을 노린 자가 스태퍼드 경을 택했거 나 둘 중 하나일 겁니다. 테이블에 놓여 있는 컵에 약을 조금 넣고는 그가 잠 들 때까지 기다렸다가 여권을 훔친 거겠죠." 호샴이 말했다.

"그러나 그자들이 여권을 보았을 때는, 그 여권이 자기네들이 이용하기에 적절한 사람의 것이 아님을 알게 되었겠지." 체트윈드가 말했다.

"글쎄요, 어떻든 그와 비슷한 일이 발생한 것만은 틀림없어요. 그런데 스태 퍼드 나이 경이 비행기에 타지 않았다는 사실을 아무도 눈치 채지 못한 것 같 고, 또 그 여권에 대해서 특별히 조사를 하지도 않고 내보낸 것 같습니다. 탑 승객이 한꺼번에 몰려나오는 통에 그런 조사는 할 수도 없었을 테고, 또 그자 는 그 여권에 붙어 있는 사진과 상당히 흡사한 모습을 지니고 있었겠죠.

그럼 다 된 거죠. 한번 슬쩍 들여다보고 되돌려주고 나서 다음 사람으로 넘 어가니까 말입니다. 공항에서 조사하는 대상은 다수의 영국인이 아니라, 몇 안 되는 입국 외국인들이거든요. 말하자면, 검은 머리와 깨끗이 면도질한 얼굴에 짙푸른 눈을 하고, 키는 175cm쯤 되는 사람들입니다. 그것은 각하가 알고 싶 어 하시는 것들 아닙니까? 달갑지 않은 외국인, 아니 그와 비슷한 종류의 어 떤 것도 기록되지 않았습니다." 호샴이 말했다.

"알았소. 당신은 여전히 누군가가 돈지갑만을 훔치려고 했었다는 말을 하고 싶은 거로군. 그랬다면, 여권을 사용하진 않았을 게 아니오? 그런 짓을 한다는 것은 지나친 모험이 될 테니까."

"그렇겠죠. 바로 그 점이 가장 관심이 가는 부분이란 말입니다. 조사단을 만들어 여기저기 다니면서 조사 좀 해봐야겠습니다." 호샴이 말했다.

"당신 생각은 어떻소?"

"저는 아직 뭐라 말하고 싶지 않습니다. 좀 생각할 여유가 필요합니다. 시간이 좀먹는 것은 아니니까요." 호샴이 말했다.

"아무래도 상관없습니다." 호샴이 방을 떠났을 때 먼로 대령이 말했다.

"저 친구들은 당신에게 결코 아무런 얘기도 하지 않을 겁니다. 지독한 비밀주의자거든. 그 친구들한테 뭣 좀 캐내려 해도 묻는 말에 순순히 대답해 주지 않을 겁니다."

"글쎄, 그게 당연할지도 모르지. 왜냐하면, 자기들이 잘못한 것일 수도 있으니까."

체트윈드가 말했다. 그 말은 정치적인 말 같아 보였다.

"호샴은 꽤 괜찮은 친굽니다. 정보부에서도 인정받는 인물이지요. 그가 일을 잘못 짚지는 않을 겁니다." 먼로 대령의 말이었다.

제3장

세탁소에서 온 사람

스태퍼드 나이 경이 자기 아파트로 돌아오자 체격 좋은 한 부인이 반갑게 인사를 하면서 부엌에서 뛰어나왔다.

"무사히 돌아오셨군요, 선생님. 정말 지독한 비행이었지요? 꿈에도 그러리라 예측하지 못했을 거예요, 그렇죠?"

"그러게 말이오, 워릿 부인. 비행기가 두 시간이나 늦게 도착했으니……."

"자동차로 오는 것하고 뭐가 다를 게 있겠어요. 제 말은, 무엇이 어떻게 잘못될지 아무도 몰랐을 거란 거예요. 사람들은 단지 공중에 떠 있다는 사실만 좀 걱정스러워했을 거예요." 그녀는 계속 말했다.

"차(茶) 몇 가지하고 버터, 커피 등을 주문했어요. 제가 제대로 주문했는지 모르겠네요."

그녀는 파라오 궁전을 안내하는 근동(近東) 지방의 여행 안내원처럼 거침없이 말해 나갔다. 워릿 부인은 잠시 숨을 돌린 뒤 계속해서 말을 이었다.

"제 생각에 선생님이 원하시는 것은 뭐든지 다 주문되었을 거라 생각해요. 프랑스제 초친 거도 주문했거든요."

"디종산(産)은 아니오? 그 가게에선 언제나 디종산을 팔던데."

"그 가게가 어딘지 모르겠는데. 에스더 드래곤이던가, 맞죠?"

"맞아요. 아주머닌 참 대단하군요."

워릿 부인은 즐거워 보였다. 스태퍼드 나이 경이 침실에 들어가려고 침실 방문 손잡이에 손을 대었을 때, 그녀는 다시 부엌으로 들어가면서 말했다.

"세탁소에서 와서 선생님 옷을 달라고 해서 주었는데 괜찮을지 모르겠네요? 선생님이 그런 말씀은 하지 않으셨지만……."

"무슨 옷 말이오?" 듣고 있던 스태퍼드 경이 물었다.

"두 벌이었어요. 그 사람이 그렇게 얘기하더군요. 트위스와 보니워크라고 하는 옷이에요."

"두 벌이라고요? 어떤 건데?"

"한 벌은 어제 입고 오신 옷이에요. 그게 맞을 거예요. 또 하나는 확신할 순 없지만, 선생님이 저번에 떠나실 때 아무런 말씀도 하시지 않은 푸른색 세로줄 무늬 옷이에요. 그것들을 세탁해 놓을 수도 있었고 오른쪽 소맷부리의 해진 것을 고쳐 놓을 수도 있었지만, 선생님이 안 계실 때 제 맘대로 손대기가 싫었기 때문에 그냥 놔둔 거였어요. 저는 결코 무슨 일이나 제 멋대로 하지 않아요."

워릿 부인은 자신의 행동에 아무런 거리낌이 없다는 듯한 말투였다.

"누군지도 모르는 사람이 내 옷을 가져갔다고요?"

"제가 뭐 잘못한 거라도 있나요?" 워릿 부인은 걱정스러운 듯 물었다.

"푸른색 세로줄 무늬 옷은 별 상관이 없어요. 만사가 다 하나님 뜻이죠. 그렇지만, 어제 입었던 그 옷은······."

"그 옷은 좀 얇은 천이었죠. 선생님도 잘 아시겠지만, 1년 중 이맘때 입기에 가장 적당한 옷이죠. 더운 곳에 계실 때 입기에도 제격이고요. 그리고 그 옷은 세탁해 놔야 할 것 같았어요. 그런데 마침 그 세탁소 사람이 와서 선생님이 그 옷에 대해 전화해 놓은 것처럼 얘기하더군요. 그러면서 그 옷들을 달라고 해서······."

"그가 내 방에 들어가서 직접 가져갔소?"

"예, 그러는 게 더 좋을 것 같다는 생각이 들었거든요."

"재미있군. 정말 재미있어."

그는 침실에 들어가 주위를 둘러보았다. 산뜻하고 깔끔히 정돈되어 있었다. 깔대보가 말끔히 꾸며져 있었다. 워릿 부인의 솜씨였다. 전기면도기는 충전 중이었다. 옷장 위의 물건들도 말끔히 정돈되어 있었다.

그는 장롱 가까이 다가가서 안을 들여다보았다. 창문 바로 옆에 놓여 있는 2층 장의 서랍 안도 들여다보았다. 그 안도 역시 깔끔하게 정리가 되어 있었다. 정말이지 보통 때보다 훨씬 더 깨끗했다. 그는 어젯밤에 짐을 좀 풀어놓았었다. 그런데 그가 거의 손대지 않은 것들이 깔끔한 상태로 정리되어 있는 것이었다. 그는 속옷과 여러 가지 잡동사니들을 서랍 안에 쑤셔 넣었었다. 오늘이나 내일쯤 그가 정리하게 될지도 모르므로, 워릿 부인이 굳이 그런 일까지 할 필요는 없다고 해두었었다. 그녀가 그것을 본다 해도 못 본 체하고 그냥 지나치라고 했었다.

그가 외국에서 막 돌아왔을 때는 계절이나 기후 등에 적응하기 위해 짐을 완전히 정리하지 않는 때가 종종 있었다. 그런데 누군가가 와서 장롱 서랍을 열어보고는 조급한 마음과 불안한 마음 때문에, 본래보다 더 깔끔하고 단정하게 물건들을 정리해 놓은 것이다. 그러고는 기막힌 방법으로 두 벌의 옷을 가지고 그럴 듯한 변명을 남기고서 도망친 것이다. 한 벌은 분명히 그가 국내에서 여행할 때 입곤 했던 옷이고, 또 한 벌은 어제 입고 온 얇은 천으로 된 옷이다. 왜 하필 그 옷들을 가져갔을까?

"왜냐하면……." 스태퍼드는 골똘히 생각하고는 중얼거렸다.

"누군가가 그 옷이 필요했기 때문일 거야. 도대체 누굴까? 왜, 무엇 때문에?"

그와 같은 의혹은 계속해서 흥미를 불러일으키는 것이 당연하다.

그는 의자에 앉아서 그 일을 생각하기로 했다. 이내 그의 눈길은 작은 털북숭이 판다가 버릇없게 앉아 있는 침대 옆 책상 위에 고정된 채 생각에 빠져들기 시작했다. 여러 생각 끝에 마틸다 대고모가 떠올랐다. 그는 일어나서 전화를 걸었다.

"마틸다 대고모세요? 스태퍼드입니다."

"오, 너로구나. 돌아와서 기쁘구나. 어제 말레이시아에 콜레라가 퍼졌다는 기사를 신문에서 읽었다. 분명히 말레이시아였어. 그런 지역들은 언제나 나를 헷갈리게 하지만 말이다. 네가 빨리 나를 보러 왔으면 하고 생각했단다. 항상 바쁜 체하지 마라. 사람이 어떻게 항상 바쁠 수 있니? 바쁘다는 말은 기업이나 실업계에 있는 사람들이나 쓰는 말이야. 네 일과 비교해서 표현하려고 기업이니 하는 말을 썼지만, 요즘은 그런 말들이 구체적으로 원자폭탄과 공장을 연결하는 의미란다." 마틸다 대고모는 좀 거칠게 말했다.

"그리고 끔찍한 컴퓨터들이 사람의 모습을 병신으로 만든단다. 우리 모습을 기형으로 만든다는 뜻이란다. 정말이지 오늘날 우리 생활을 지독히도 어렵게 만들었어. 너는 그런 것들이 내 은행계좌에 한 일을 믿지 못할 거야. 게다가, 내 주소까지도 말이다. 오래 살다 보니 별일이 다 많더구나."

"대고모는 그런 것들을 믿지 않는다는 건가요? 제가 다음 주에 가도 괜찮겠습니까?"

"가능하다면 내일 오너라. 목사님이 저녁에 오신다고 했지만, 그건 미룰 수 있어."

"잠깐만요. 그러실 필요는 없어요."

"그래, 목사님은 몹시 사람을 귀찮게 하는 사람이란다. 게다가, 새 오르간을 사려고 해. 이번 것은 굉장히 좋은 거야. 문제는 반주자지. 진짜 형편없어. 목사님은 반주자가 사랑하는 어머니를 잃었기 때문에 몹시 애석해하고 있단다. 그러나 어머니를 사랑한다는 것이 오르간 연주 실력을 향상시키지는 못하지. 내 말은 사람이란 현실을 직시해야만 한다는 거야."

"그래요. 맞는 말이에요. 다음 주에는 혼자 계셔야만 해요. 보여 드릴 게 몇 가지 있어요. 시빌은 어때요?"

"귀여운 애다. 몹시 귀찮게 굴긴 하지만 재미있단다."

"털북숭이 판다를 선물로 사왔어요."

"넌 정말 자상하구나."

"그 애 맘에 들어야 할 텐데요."

스태퍼드는 판다의 눈을 들여다보고 약간 걱정스러운 듯이 말했다.

"네 행동이 아주 기특해 보일 때도 있구나." 마틸다 대고모가 대답했다.

그 말은 스태퍼드가 별로 고마움을 느낄 수 없을뿐더러, 의심이 가는 말이었다. 마틸다 대고모는 기차가 운행되지 않을 때도 있고, 운행 시간을 종종 바꾸기도 하니까 다음 주에 올 때 조심을 해서 기차를 타라는 말을 잊지 않았다. 그리고 올 때 커맴버트 치즈와 스틸턴 반 쪽을 꼭 사 오라고 부탁했다.

"지금 이곳에선 그런 것들을 구하기가 아주 힘들단다. 동네 사람들이 무엇을 원하는지 잘 알고 맛있는 걸 구별할 줄 아는 식료품 장사가 어느 날 갑자기 자기 가게를 집어치우고 슈퍼마켓으로 바꾸었단다. 슈퍼마켓은 전보다 여섯 배쯤 크게 다시 지어졌지. 바구니를 들고 가서 원하지도 않는 것들을 사야해. 엄마들은 언제나 애들을 잃어버리고 이름을 불러대는 광란의 소리가 들리지. 사람을 피곤하게 만드는 곳이란다. 그건 그렇고, 널 기다리마."

그녀는 전화를 끊었다. 곧 전화가 다시 울렸다.

"여보세요. 스태퍼든가? 나 에릭 푸라네. 자네가 말레이시아에서 돌아왔다는 소식을 들었지. 오늘 저녁이나 함께할까?"

"그거 좋죠"

"좋았어. 림피츠 클럽에서 8시 15분에 만나기로 하세."

스태퍼드가 수화기를 놓자 워릿 부인이 헐떡이며 방으로 뛰어들어 왔다.

"어떤 사람이 선생님을 뵈러 아래층에 와 있어요. 선생님이 괜찮아하실 거라고 그 사람이 그러던데요."

"그 사람 이름이 뭐라고 하던가요?"

"호샴이라고 했어요. 브라이튼으로 가는 길에 그와 비슷한 지명이 있죠."

"호샴?"

스태퍼드는 약간 놀랐다.

그는 침실에서 나와 아래층의 넓은 거실로 재빨리 내려갔다.

워릿 부인의 말이 맞았다. 그는 호샴이었다. 30분 전과 똑같이 건장하고 믿음직스러운 모습에 붉은 뺨을 하고, 숱이 많은 회색빛 콧수염을 기른 그는 태연하게 서 있었다.

"실례가 되지 않기를 바랍니다." 가까이 오면서 그는 상냥하게 말했다.

"괜찮소 무슨 일이오?"

"우리가 체트윈드 장관 사무실 문밖 복도에서 마주쳤었던 걸 기억하는지요?"

"기억하고 있소"

그는 대답하면서 테이블 앞으로 담뱃갑을 밀쳐 놓았다.

"앉으시오. 미처 묻지 못한 말이라도 있소?"

"체트윈드 장관은 거물입니다. 우린 그의 입을 다물게 했다고 생각합니다.

먼로 대령 또한 마찬가지가 되겠고요. 그분들은 그 일에 약간 당황해하고 있지요. 제 말은, 당신에 관한 사건 때문이란 말입니다."

"정말이오?"

스태퍼드는 자리에 앉아 미소를 머금고 담배에 불을 붙인 뒤, 헨리 호샴을 뚫어지게 쳐다보면서 물었다.

"이제 여기서 무슨 말을 해야 하오?"

"별다른 의도 없이 당신에게 앞으로 어떻게 하실지 물어봐도 될지 모르겠군요?"

"기쁜 마음으로 대답해 주겠소. 내게 레이디 마틸다 클렉히턴이라는 대고모가 한 분 계시오. 그분 댁에 갈 생각이오만. 당신이 원한다면 주소를 가르쳐 주겠소."

"저도 알고 있습니다." 헨리 호샴의 말이었다.

"아주 잘 생각하셨습니다. 당신 대고모님은 아무 탈 없이 무사히 돌아온 당신을 보면 무척 기뻐할 겁니다. 어떤 불상사가 생겼을 수도 있었는데 말입니다, 안 그렇습니까?"

"먼로 대령과 체트윈드 장관도 그렇게 생각하고 있소?"

"글쎄, 그건 당신도 알고 있는 사실 아닌가요? 당신이 더 잘 알겠죠. 그분들은 그런 분야엔 정통한 사람들입니다. 그분들이 당신을 믿는지 안 믿는지는 확실치 않습니다."

"나를 믿지 않는다고? 호샴, 그게 무슨 소리요?"

스태퍼드는 성난 목소리로 소리를 질렀다.

호샴은 별로 놀라는 기색 없이 싱긋 웃고 있었다.

"당신도 잘 알고 있잖습니까! 당신은 일을 진지하게 대하지 않기로 유명하죠"

"허, 당신은 마치 내가 떠돌아다니는 여행자나 사악한 일을 저지르는 자라도 된다는 말투로군."

"오, 아닙니다. 그들은 단지 당신이 신중하지 않다고 생각할 뿐입니다. 당신이 이따금 농담이나 해대는 사람쯤으로 생각한다는 거죠"

"사람이 어떻게 매사 신중하게만 살 수 있소?"

"그들도 이따금 당신이 농담하길 좋아하는 사람이라고 생각하죠."

"사람은 일생 동안 자신과 타인의 관계를 완전히 진지하게만 이끌어 갈 수는 없는 거요."

스태퍼드 나이는 다소 불만스러운 듯이 말했다.

"맞습니다. 하지만, 당신은 제가 아까도 말했듯이 꽤 재미있는 모험을 하게 된 겁니다. 그렇다고 생각되지 않습니까?"

"나는 당신이 무슨 얘기를 하고 있는지 도무지 알지 못하겠는데?"

"구체적으로 말하면, 일이라는 건 때론 잘못되어 갈 수도 있다는 겁니다. 그 것은 사람들이 잘못되어 가도록 만들었기 때문에 그런 것만은 아니죠. 당신이 전능하다고 믿는 것이 당신의 손을 잡아 이끈 겁니다. 그게 아니면 어떤 신사가, 제 말은 꼬리가 있는 신사가 일을 잘못되게 만든다는 거죠."

스태퍼드는 슬쩍 이야기를 돌렸다.

"제네바의 안개를 말하고 있는 거요?" 그가 물었다.

"바로 그겁니다. 안개가 끼었지요. 그것이 사람들의 계획을 모두 엉망으로 만들어 버렸습니다. 그래서 어떤 사람이 몹시 어려운 처지에 놓이게 되었고요."

"계속하시오. 구미가 당기는 얘기군."

"어제 당신이 탄 비행기가 프랑크푸르트를 떴을 때, 어떤 승객 한 명이 행방불명되었습니다. 당신은 그때 맥주를 마시고 있었거나, 아니면 구석에서 혼자 곤히 코를 골고 있었는지도 모르죠. 아무튼, 승객 한 명이 나타나지 않은 겁니다. 그래서, 그들은 그 여자를 찾는 방송을 여러 번 했습니다. 결국, 그 비행기는 그 여자를 찾지 못하고 그대로 떠나고 말았죠."

"아, 그러면 그 여자에게 무슨 일이 일어났을까?"

"그걸 알아내는 건 흥미있는 일이 될 겁니다. 어쨌거나 당신의 여권은 당신이 그러지 않았다 하더라도 히드로 공항에 도착했습니다."

"그러면, 지금쯤 내 여권이 어디에 있을까? 내가 갖고 있다고 여기는 거요?"

"아닙니다. 그럴 것 같지는 않습니다. 그러기에는 너무 이르지요. 이 얘기는 틀림없을 겁니다. 그렇고말고요. 일이 그렇게 되기는 했지만, 당신에게 특별히 나쁜 결과를 초래하지는 않았습니다."

"내게 귀찮은 골칫거리만 넘겨 주었지."

"아, 당신은 그걸 피할 수는 없었습니다. 그와 같은 상황에서는 피할 수 없었죠."

"당신은 모든 것을 알고 있다는 듯이 말하고 있는데, 만일 내가 그때 그 제안을 거절했을 경우(이건 한번 해보는 소리지만), 무슨 일이 일어났을 것 같소?"

"메리 앤이 죽었을지도 모릅니다."

"메리 앤? 그게 누구요?"

"다프네 데오도파누스 양입니다."

"들어본 것 같은 이름인걸. 사람 찾는 방송에 나왔던 여행자 말이오?"

"그렇습니다. 비밀 여행을 하고 있는 그 여자의 이름이지요. 우리는 그녀를 메리 앤이라고 부릅니다."

"그 여자는 누구요? 꽤 흥미있는 일인 것 같은데."

"그 여자 노선에서는 다소 고위층 인물이지요."

"그 여자의 노선이 뭐요? 우리 편이오, 아니면 다른 편이오? 그들이 누구인지 안단 말이오? 그런 일에 대해 판단을 내리기는 쉬운 일이 아닐 것 같은데."

"그렇지요. 어느 편인지 가리는 것이 쉽지는 않습니다. 중국인들과 소련인들, 그리고 학생 시위 배후의 묘연한 조직체들과, 새로운 마피아단이나 남아메리카의 기묘한 무리들도 어느 편인지 가릴 수가 없지요. 그들에게 자금을 대주는 조직체에 대해서도 분간할 수가 없고요. 쉬운 일이 아니지요."

스태퍼드 나이 경은 생각에 잠긴 채 말했다.

"메리 앤……, 그 여자의 본명이 다프네 데오도파누스라고! 그게 사실이라면 정말 기묘한 이름을 가진 것 같군."

"그 여자의 어머니는 그리스계 사람이고, 아버지는 영국계 사람이었습니다. 그리고 할아버지는 오스트리아 토박이고."

"내가 옷을 빌려 주지 않았다면 어떻게 되었을까?"

"살해되었겠죠."

"정말 그렇게 됐을까?"

"우리는 히드로 공항에 대해 걱정하고 있습니다. 최근에 그곳에서 발생한 일과, 좀더 세밀한 수사를 필요로 하는 일들이 있거든요. 만일 비행기가 예정대로 제네바를 거쳐서 왔다면 아무 탈이 생길 리 없었겠죠. 그 여자에겐 완벽하게 준비된 철저한 보호가 필요했습니다. 그러나 이번 경우, 무엇을 준비할 시간적 여유도 없었거니와, 누가 누군지도 알 수 없었으니 모든 사람이 이중 삼중 사중의 게임을 하고 있는 거죠."

"나를 불안하게 만드는군. 그러나 그 여잔 괜찮겠구먼, 안 그렇소? 당신이 내게 말하고 있는 것이 바로 그 말 아니오?"

"저도 그 여자가 무사하길 바라긴 합니다. 우린 그 반대의 어떤 소식도 듣지 못했으니까요."

"당신에게 어떤 도움이 될지 모르겠는데……, 오늘 아침 내가 화이트홀로 장관을 만나러 나간 사이에 누군가가 여기에 왔다오. 그는 내가 세탁소에 전화했던 것처럼 꾸며서, 어제 내가 입었던 옷과 다른 옷 한 벌을 가져갔소. 물론, 그가 단순히 옷이 탐나서 그랬을 수도 있겠고, 최근에 외국에서 돌아온 사람이 가지고 있을 이색적인 옷을 모으는 취미로 그랬을 수도 있겠지. 또 다른 경우가 있다면 생각해 보시오."

"그는 뭔가를 찾고 있었는지도 모르지요."

"그래, 그랬을 거요. 누군가가 뭔가를 찾고 있었어. 모든 것은 다시 깨끗하고 말끔하게 정리되었지. 내가 해놓았던 대로는 아니지만, 그건 상관없소. 그는 무엇인가를 찾고 있었어. 그가 찾는 것이 무엇이었을까?"

"잘 모르겠습니다만……." 호삼이 천천히 말했다.

"저였다면 좋았는데……, 어디서고 암암리에 진행되는 일인가가 있기 마련이지요. 많은 것들이 겉으로 드러납니다. 서툴게 묶은 짐짝처럼 말이지요. 당신은 이곳저곳을 기웃거려 보겠죠. 한순간은 바이로스 축제에서 일어난 것을, 다음 순간에는 남아메리카에서 밝혀진 것을 생각하겠지요. 그다음은 미국에서 약간의 실마리를 얻을 거고 다른 여러 곳에서도 계속 많은 성가신 일이 발생하여 점차 문젯거리를 일으켜 나갑니다. 아마도 정치운동으로부터 나오는 아주 특이한 종류의 어떤 일일 겁니다. 돈일지도 모르죠." 그가 덧붙였다.

"당신도 로빈슨 씨를 잘 아시죠? 아니면, 로빈슨 씨가 당신을 알고 있는 건가요? 제 생각엔 그 사람이 그렇게 말한 것 같은데."

"로빈슨?" 스태퍼드 나이 경이 말했다.

"로빈슨이라 괜찮은 영국식 이름이군." 그는 호샴 맞은편을 바라보았다.

"크고 누런 얼굴을 가진 사람 말이오? 뚱뚱한데다가 금융계에 손을 대고 있는 사람? 당신이 하려는 말은 그도 역시 천사의 편이라는 거요?"

"천사에 관해서는 잘 모르겠습니다. 그는 여러 번 이 나라에서 함정에 몰린 우리를 구해 주었지요. 체트윈드 같은 분은 그를 그다지 고마운 인물로 생각하지 않습니다. 그가 지나치게 사치스러운 사람이라고 생각하는 거죠. 체트윈드 장관은 심술궂은 면이 있습니다. 부적합한 곳에서 적을 만드는 위험한 사람이지요."

"사람들은 그를 '가난하지만 정직한 사람'이라고 말하지."

스태퍼드 나이 경이 생각에 잠긴 채 말했다.

"당신은 달리 해석하리라고 생각하오만. 로빈슨 씨는 사치스럽기는 하지만 정직한 사람으로 묘사할 수도 있겠지. 우리, 그렇게 표현하도록 합시다. 정직하지만 사치스러운 사람이라고."

그가 한숨을 내쉬며 말했다.

"그런 것이 무엇에 관계되는 얘긴지 설명해 주구료."

그는 간절하게 말했다.

"지금 난 무엇인가 혼동하고 있는 것 같소. 뭐가 뭔지 잘 모르겠어."

그는 구원이라도 해주길 바라는 듯이 헨리 호샴을 쳐다보았지만, 호샴은 고개를 저었다.

"우리 두 사람 아무도 모르는 일입니다. 정확하게는 모르죠."

"누군가 빈들빈들 시간을 보내며 무엇인가를 찾고 있다는 것과, 무엇인가가 숨겨져 있다는 사실을 어떻게 연결할 수 있겠소?"

"솔직히 말씀드려서, 전 아무 생각도 할 수 없습니다, 스태퍼드 경."

"나 또한 아무런 생각도 할 수 없으니 그것참."

"당신도 알고 있다시피, 당신은 어떤 정보도 얻을 수 없고, 그 누구도 당신을 지켜 줄 그 무엇을 줄 수도 없으며, 어느 곳에도 동반해 줄 수 없고, 또 돌

봐 줄 수도 없지 않습니까?"

"전혀 없지. 메리 앤인가 하는 여자는 자기 목숨을 구해 달라고 말했을 뿐이오. 그게 전부요."

"석간신문에 그녀에 대한 기사가 없다면, 당신은 그녀의 생명을 구해 준 겁니다."

"그것으로써 일단락 지어진 것 같군, 안 그렇소? 난 애석하게도 호기심이 자주 발동한단 말이야. 다음엔 또 무슨 일이 일어날지 몹시 궁금해지는군. 당신을 포함해서 인간 모두가 비관적으로 보이는 것 같소."

"솔직히 우리도 그렇습니다. 이 나라의 모든 일이 시원찮게 돌아가는 모양입니다. 당신은 그걸 부정할 수 있겠습니까?"

"당신이 무슨 말을 하는 건지 알겠소. 나도 때때로 나 자신을 의심한다오……"

제4장

에릭과의 저녁식사

"자네에게 뭘 좀 물어봐도 괜찮겠나?" 에릭이 말했다.

스태퍼드 나이 경은 그를 바라보았다. 그는 몇 년 동안 에릭과 알고 지내왔다. 그들은 절친한 친구 사이는 아니었다. 스태퍼드 경은 늙은 에릭이 좀 따분한 사람이라고 생각했지만, 다른 한편으로는 믿을 만한 친구이기도 했다. 그리고 그는 재미있는 사람은 못 되지만 일을 처리하는 데는 뛰어난 재능을 가진, 모범이 될 만한 인물이었다. 그는 사람들이 한 말을 기억해 두었다가 머릿속에 정리해 두는 것이었다. 그러한 것이 유용한 정보를 제공해 줄 때가 종종 있었던 것이다.

"그 말레이시아 회의에서 돌아오는 길인가?"

"그렇습니다."

"그곳에서 무슨 특별한 일이라도 있었나?"

"별일 없었는데요"

"오, 나는 무슨 일이 있었을까 궁금해했었네. 내가 하는 말을 자네도 잘 알걸세. 마땅히 비밀이 지켜져야 할 사건이 알려짐으로써 갑작스런 혼란을 가져오는 그런 일이 발생했네."

"무슨 일 말인가요? 그 회의에서 그랬다는 겁니까? 아닙니다. 회의는 예상했던 대로 조금 곤란했을 뿐이죠. 사람들이 얘길 하는데, 불행하게도 생각했던 것보다 한층 길게 말했으니까요. 이런 얘기는 그만 하는 게 좋겠습니다."

에릭은 중국인들이 뭔가 일을 일으킬 것 같다는 말을 따분하게 한두 마디 늘어놓았다.

"나는 그들이 정말로 무슨 일이고 사고 치는 사람들로는 생각지 않습니다. 불쌍하고 늙은 모택동이 걸린 병 얘기나, 그에 대한 음모, 그리고 그 이유는 모두 다 늘 있어 온 소문들이라고요." 스태퍼드 경이 말했다.

"아랍 대 이스라엘 일은 어떤가?"

"그것 또한 계획에 따라 진행되어 가고 있습니다. 말하자면, 그들 계획대로 진행되고 있는 거죠. 어쨌거나 말레이시아에서 무슨 일이 일어났다는 겁니까?"

"글쎄, 실은 말레이시아에서의 일을 말한 게 아니네."

"당신은 어딘지 가짜 거북같이 보이는데요." 스태퍼드 경이 말했다.

"저녁식사의 수프—아, 먹음직스런 수프, 그런데 기분이 왜 이리 우울하지!"

"글쎄, 난 단지 자네가 일을 저지르지나 않았나 하고 의심했다네—용서하게나. 내 말은, 자네는 자네 비망록에 오점을 남길 어떤 일도 하지 않았다는 말일세. 어찌 됐거나 그런 사실은 틀림없는 거지!"

"내가요?" 스태퍼드 경은 몹시 놀라는 표정이었다.

"자네는 자신을 잘 알잖나. 가끔 사람들을 놀라게 하기를 좋아하지. 스태퍼드, 안 그런가?"

"난 최근에는 일을 완벽하게 처리했습니다. 나에 대해 무슨 얘기라도 들었나요?"

"자네가 돌아오는 비행기 내에서 약간 문젯거리가 되는 일이 발생했다고 들었네만."

"오! 누가 당신에게 그와 같은 얘기를 해주었나요?"

"자네도 알고 있겠지. 난 카티슨 영감을 만났었네."

"형편없는 늙은이 같으니라고, 늘 일어나지도 않는 일을 가지고 지레짐작을 잘한단 말이야."

"나도 알고 있네. 그가 그러길 좋아한다는 걸 잘 알고말고. 그러나 그는 자네가 무슨 일인가에 휘말렸을지도 모른다고 누군가가 생각하고 있는 것 같다는 말을 했을 뿐일세."

"아니, 내가 무슨 일에 관련됐다는 겁니까? 관련되었기를 차라리 바랍니다." 스태퍼드가 말했다.

"어디선가 스파이 활동이 진행되고 있으며, 그는 신원이 아직 밝혀지지 않은 어떤 사람에 대해 약간의 걱정거리를 안고 있다는 거야."

"그들은 내가 제2의 필바이라도 된 듯이 생각하고 있는 건가요? 아니면, 그런 종류의 어떤 일이라도 있다는 듯이 여긴단 말인가요?"

"자네도 잘 알듯이, 자네는 말할 때나 농담할 때 보면 이따금 너무 분별력이 없네."

"이따금 억제하기 힘들 때가 있죠. 모든 정치가와 외교관, 그런 사람들은 굉장히 엄숙하죠. 당신은 이따금 그들을 뒤죽박죽 만들어 버리고 싶어질 때가 없습니까?"

"자네의 유머 감각은 매우 왜곡되어 있어. 나는 자네가 때론 걱정스럽다네. 그들은 자네에게 귀국길에 일어난 일들에 대해 몇 가지 의문 나는 것을 물어보고 싶어 하네. 그리고 그들은 자네가 하지 않은 일을 맘대로 추측하는 것 같단 말이야. 아마도 자네가 모든 일들에 대해 사실을 정확히 말하지 않았기 때문에 그럴 거야."

"허, 그들이 넘겨짚는 게 대체 뭔가요? 재미있군요. 내가 이제 슬슬 일을 시작해야겠다는 생각이 드는데요."

"성급하게 굴지 말게나!"

"나는 가끔씩 즐거운 시간을 가져야 한답니다."

"나 좀 봐! 자네는 단지 유머 감각에 빠져 자네의 일을 끝장내고 싶진 않겠지!"

"갑자기 직업을 갖는다는 것만큼 사람을 짜증 나게 만드는 것도 없죠."

"알았네, 알았어. 자네는 항상 그런 식으로 말하지. 그래서, 자네가 해야 할 일들을 다 해내지 못하는 거야. 자네는 한때 빈을 위해 온갖 힘을 다 쏟은 적이 있지. 하지만, 나는 자네가 일을 망치는 것을 보고 싶진 않네."

"나는 최고로 냉정한 침착성과 덕을 가지고 행동합니다. 확신할 수 있어요. 기운을 내십시오, 에릭. 당신은 참으로 좋은 분입니다. 진정입니다. 나는 재미나 장난으로 과실을 저지르지는 않아요."

에릭은 믿기지 않는다는 듯이 머리를 흔들었다.

신선함을 느끼게 하는 저녁이었다. 스태퍼드 경은 그린파크 공원을 가로질러 집으로 걸어갔다. 그가 버드케이지 가(街)의 도로를 가로지르고 있을 때, 차

한 대가 그를 칠 듯이 옆을 스쳐 굴러 내려갔다.

스태퍼드는 운동 신경이 예민한 사람이었다. 그는 재빠른 동작 덕분에 안전하게 길 위로 피할 수 있었다. 차는 이미 멀리 사라지고 없었다. 그는 이상한 생각이 들었다. 순간적으로 그는 누군가가 교묘하게 자기를 치어 죽이려고 한 것이 틀림없을 거란 생각이 들었다. 흥밋거리가 될 만한 생각이었다. 처음에는 그의 아파트를 뒤졌고, 지금은 그 자신이 표적의 대상이 되었을지도 모를 일이었다.

스태퍼드 경은 미개지 생활에서 이미 생명의 위험에 부닥친 적이 있었다. 모든 음모에서 그렇듯이 그는 생명의 위험을 느꼈을 뿐만 아니라, 위험의 냄새를 맡았다. 바로 지금, 그와 같은 신변의 위험을 피부로 느끼고 있었다.

누군가가 그를 죽이려 하는 것이다. 그러나 왜? 무엇 때문에? 그가 알고 있는 한, 자기는 모험에 가담하지 않았었다.

그는 아파트로 들어가서는 마룻바닥에 놓여 있는 편지들을 집어들었다. 우편물이 그리 많지는 않았다. '라이프보트'라는 잡지와 두 장의 세금 고지서였다. 그는 세금 고지서를 책상 위로 집어던지고는 '라이프보트'지의 봉투를 뜯었다. 그 잡지에는 종종 그에게 도움이 될 만한 기사가 실려 있었다.

그는 여전히 자신이 생각하고 있는 것에 골몰해 있었으므로 별 주의를 기울이지 않은 채 훌훌 페이지를 넘겼다. 그런데 그는 갑자기 책장을 넘기던 손을 멈추었다. 무엇인가가 책 사이에 끼워져 있었던 것이다. 그것은 접착테이프로 단단히 붙어 있었다. 그는 자세히 살펴보았다. 그의 여권이 예기치 않게 그런 식으로 되돌아왔던 것이다. 그는 책장을 뜯어내고 여권을 들여다보았다. 여권에는 어제 히드로 공항에 도착한 것을 나타내는 스탬프가 찍혀 있었다.

그녀는 그곳에 안전히 도착하기 위해 그의 여권을 사용했고, 그것을 다시 그에게 돌려주는 데 있어서 이런 방식을 택한 것이었다. 지금 그 여자는 어디에 있는 걸까? 그는 그 여자가 어디에 있는지를 알고 싶었다.

그는 다시 그 여자를 만날 수 있을까 하고 생각했다. 그 여자는 누굴까? 어디로 간 걸까? 그리고 무엇 때문일까? 마치 곧 상연될 연극의 제2막을 기다리고 있는 것 같았다. 제1막은 무척이나 어렵게 공연되었다고 느껴졌다.

그는 무엇을 본 것일까? 아마도 중세 시대의 개막극 정도나 본 것일까? 우스꽝스럽게 보이는 옷을 차려입고 남자처럼 변장을 한 그 처녀가 어떤 의심도 사지 않고 히드로 공항의 여권 검문소를 통과했을 뿐만 아니라, 그녀는 그 출입구를 나와 런던의 군중 속으로 스며든 것이다.

그는 결코 그녀를 만날 수 없을지도 모른다. 그런 생각이 그를 괴롭혔다. 그러나 왜, 왜 나는 그녀를 보고 싶어 하는 걸까? 하고 그는 생각했다. 그녀는 특별히 매력적인 여자도 아니었는데. 아니, 그런 구석은 한군데도 없었다. 그 여자는 별난 여자가 아니다. 아니, 그것은 거짓말이다. 그녀는 대단한 여자다. 대단한 여자가 아니라면 특별히 그를 설득하지도 않고, 성적 매력을 가지고 유혹하지도 않고, 그저 단순히 도와 달라는 말로만 자기가 원하는 것을 달성할 수는 없었을 것이다.

그것은 한 인간이 다른 인간에게 하는 요구였다. 그녀는 그가 기꺼이 다른 사람을 도와주기 위해 모험을 할 만한 남자라는 것을 알아냈던 것이다. 스태퍼드 경 역시 자기가 모험을 한 거라고 생각했다. 그녀는 그의 맥주잔에 독약을 넣을 수도 있었을 것이다. 만일 그녀가 그렇게 하려고만 했다면, 그는 공항 라운지의 한쪽 구석 잘 보이지 않는 곳에 있는 긴 의자에서 변사체로 발견될 수도 있었을 것이다. 그녀가 하려고 맘만 먹었다면, 그는 고공(高空)에서 호흡 곤란으로 심장마비를 일으키듯이 그와 비슷한 죽음을 당했을지도 모른다. 오, 왜 이런 생각을 하는 걸까? 이제 그는 다시는 그녀를 만나고 싶지 않았다. 마음이 어지러웠다.

그렇다. 그는 마음이 혼란스러웠다. 이런 상태가 싫었다. 그는 잠시 동안 그 문제를 골똘히 생각해 보았다. 그런 다음, 광고문을 작성했다.

'프랑크푸르트행 승객. 11월 3일. 런던행 동료 여행자에게 연락 바람.'

이걸로 충분하다. 그녀는 이 광고를 보게 될 수도 있고, 그렇지 못할 수도 있다. 광고가 그녀의 눈에 띄게 된다면, 광고를 낸 사람이 누구라는 건 알게 될 것이다. 그녀는 그의 여권을 가졌고, 그의 이름도 알고 있다. 그녀는 그를 조사해 볼 수도 있을 것이다. 그는 그녀의 소식의 듣게 될 수도 있고, 듣지 못할 수도 있다. 아마도 듣지 못할 것이다. 그렇게 된다면 개막극은 늦게 온 사람도 받아들여 저녁때 연극이 다시 상연될 때까지 그들의 기분 전환이나 시켜 주는 별 볼일 없는 극으로 끝날 것이다. 전쟁 이전 시대에는 개막극이 꽤 유용한 연극이었으리라.

그는 십중팔구 그녀에게서 소식을 듣지 못하게 될 것이다. 그 이유 중 하나는 런던에서 그녀가 할 일이 무엇이었든지 간에 이미 다 했을지 모르기 때문이다. 그리고 지금쯤은 이 나라를 떠나서 제네바를 향해 날아가고 있을 것이다. 아니면, 중동, 소련, 중국, 남아메리카, 미국? 왜 내가 남아메리카를 생각했을까? 틀림없이 이유가 있을 것이다. 그녀는 남아메리카 얘기를 한 적이 없다. 그 누구도 그곳을 언급하지 않았었다, 호샴을 제외하고는. 정말 그랬다. 호샴조차도 단지 여러 얘기를 하는 도중 남아메리카라는 말을 했을 뿐이다.

다음 날 아침 광고문을 넘겨 준 뒤 그는 세인트 제임스 파크 공원을 가로질러 나 있는 작은 길을 따라 느린 걸음으로 집을 향해 걸어오다가, 잘 눈에 띄지 않는 한 줌의 가을꽃을 발견했다. 이때쯤이면 금빛과 청동빛의 꽃봉오리들이 팽팽하게 긴 줄기 끝에 매달려 있을 들국화였다. 향내가 희미하게 풍겨 왔다. 그는 언제나 그리스의 언덕을 연상시키는 염소 떼로부터 풍기는 냄새 같다고 생각했다.

그는 매일 신문의 개인 광고란을 주의해서 살펴봐야 한다. 그러나 아직은 그럴 필요가 없다. 적어도 2~3일간 자신의 광고가 실리기 이전에, 그리고 누군가가 그 광고에 대해 응답하기까지는 그냥 지나쳐도 무방할 것이다. 마침내 그는 응답이 신문에 실렸는지 어떤지 세심하게 살펴봐야만 했다. 그러나 결국은 아무것도 알아내지 못해서 조바심이 났고, 지금까지의 모든 일이 무엇을 의미하는 것인지 생각조차 할 수 없게 되었다.

그는 공항에서의 그 여자가 아닌 자기의 누이동생 패밀라의 얼굴을 기억해 내려고 애써 보았다. 누이동생은 이미 오래전에 죽었기 때문에 얼굴을 자세히 기억할 수는 없었다. 기억할 수 없다는 것이 그를 괴롭혔다.

그는 길을 막 가로질러 가려고 하다가 그대로 멈추어 섰다. 근엄한 태도로 천천히 덜컹거리며 굴러오는 자동차 한 대밖에는 그곳엔 아무것도 없었다. 그는 오래된 차라고 생각했다. 구형 다이믈러 리무진이었다. 그는 어깨를 움찔했다. 나는 왜 이 길 위에 서서 멍청한 생각에 빠져 있는 걸까?

그가 깊은 생각에 잠겨 있을 때 그 리무진이 갑작스럽게 놀라운 속력으로 달려왔으므로, 그는 놀라서 재빨리 길을 가로질러 갔다. 그 자동차는 깜짝 놀랄 만한 속도로 달려왔다. 그가 반대편 보도로 뛰어 건너가는 순간 자동차는 그에게 돌진해 왔다. 그리곤 눈 깜짝할 사이에 길모퉁이를 돌아 멀리 사라져 갔다.

"거참, 이상하기도 하지." 스태퍼드 경은 혼잣말로 중얼거렸다.

"정말 이상한데. 내가 죽어 없어지길 바라는 사람이라도 있단 말인가? 필시 누군가가 내 뒤를 쫓아오다가, 내가 집으로 가는 걸 보고 기회를 잡으려고 기다리기라도 한 모양인데······."

점심시간의 막간을 이용해서 5분 내지 10분 동안 블룸즈버리의 작은 방에 앉아 있었던 뚱뚱한 체구의 파이커웨이 대령은, 여느 때와 같이 자욱한 담배 연기에 파묻혀 있었다. 그는 두 눈을 감고는 자기가 깨어 있다는 사실을 보여주기라도 하듯 눈을 이따금 끔벅거렸다. 그는 좀처럼 머리를 들지 않았다.

어떤 사람은 그가 고대의 부처상과 큰 청개구리와의 혼혈종 같아 보인다고 했다. 그리고 또 어떤 버릇없는 젊은이는 그의 조상 중에 하마로부터 나온 서자의 흔적이 있는 것 같다고 덧붙여 말하기도 했다.

그의 책상 위에 놓여 있는 인터폰의 부드러운 벨 소리가 그를 깨웠다. 그는 세 번쯤 눈을 끔뻑이더니 두 눈을 크게 떴다. 그러고는 약간 피곤해 보이는 팔을 앞으로 죽 펴고는 수화기를 들고 말했다.

"여보세요?"

"미니스터(Minister; 목사, 장관)께서 대령님을 만나시려고 기다리고 계십니다."

그의 비서 목소리였다.

"지금 그곳에 와 계시나? 무슨 교회 목사? 길모퉁이에 있는 그 침례교회 목사를 말하는 건가?"

"아, 아니에요, 대령님. 조지 팩햄 경입니다."

"제길―." 파이커웨이 대령이 천식 환자처럼 헐떡이며 말했다.

"정말 유감이군. 맥길 목사가 훨씬 더 재미있는 사람인데 말이야. 그 사람 주위에는 지옥의 불이 화려하게 타오르는 것 같아."

"그분을 모시고 갈까요, 파이커웨이 대령님?"

"아마 그 사람은 즉시 들어올 거야. 차관들이 요즘은 장관보다 더 까다롭다니까." 파이커웨이가 우울하게 말했다.

"장관이니 차관이니 하는 사람들은 들어와서 어디서나 자기감정을 거리낌 없이 나타내려 한단 말이야."

조지 팩햄 경이 들어왔다. 그는 기침을 하고 숨을 헐떡이며 말했다. 그 방에 들어오는 사람은 거의 다 그랬다. 작은 방의 창문들은 꼭 닫혀 있었다. 파이커웨이 대령은 의자에 기대어 앉아 완전히 담배 연기로 숨 막힐 정도로 피워댔다. 그 상태를 참아낼 수 있는 사람은 드물었다. 그 방은 동료 관리들에게는 '작은 고양이 집'으로 알려져 있었다.

조지 경이 그 금욕주의적이고 슬픈 듯이 보이는 외모와 어울리지 않게 다소 쾌활하게 말했다.

"아, 이 사람, 정말 오랜만이오."

"어서 오시오. 담배 한 대 피우겠습니까?" 파이커웨이가 말했다.

"고맙지만 사양하겠소. 하지만, 정말 고맙소."

조지 경은 가냘프게 떨리는 목소리로 말했다.

그는 창문을 뚫어져라 응시하고 있었다. 파이커웨이 대령은 그걸 알아차리지 못했다. 조지 경은 헛기침을 하며 입을 열었다.

"호샴이 당신을 찾아왔던 것 같은데."

"그렇습니다, 호샴이 왔었죠. 몇 가지 이야기를 했습니다."

파이커웨이 대령이 천천히 눈을 감으며 말했다.

"나는 이것이 최상의 방법일 거라고 생각했소. 여기에 있는 당신을 찾아와야만 하는 것 말이오. 그 일이 어디로도 새어 나가지 않게 한다는 것이 가장 중요한 일이지."

"아, 그러나 그들은 소문을 퍼뜨리게 될 테죠, 안 그렇습니까?"
파이커웨이가 말했다.

"뭐라고 말했소?"

"그들이 소문을 퍼뜨릴 것 같다고 말했습니다."

"최근의 일에 대해 당신이 얼마나 알고 있는지 모르겠군."

"우리는 이곳의 일을 모두 다 알고 있습니다. 우리가 찾는 것이 바로 그것이죠." 파이커웨이가 말했다.

"오, 오, 그래 맞소. 확실히 그렇지. 스태퍼드 나이 경에 대해. 내가 말하는 사람이 누군지 알겠소?"

"최근에 프랑크푸르트에서 온 사람이죠!" 파이커웨이가 말했다.

"아주 어처구니없는 일이오. 뜻밖의 사건이지. 사람들은 무척 놀라워하고 있소. 정말이오. 알 수 없는 일이라고. 상상조차 할 수 없어."

파이커웨이는 이해심 많은 사람처럼 듣고 있었다.

"어떻게 생각을 하고 있습니까?" 조지 경이 계속해서 물었다.

"당신은 개인적으로 그를 알고 있는 거요?"

"한두 번 만난 적이 있습니다." 파이커웨이 대령이 말했다.

"사람들은 그를 의심할 수밖에 없을 것 같소."

파이커웨이는 가까스로 하품을 참았다. 그는 조지 경이 생각하는 것, 의심스러워하는 것, 그리고 상상하는 것까지 그 모든 것들에 싫증이 난 듯이 보였다. 그는 조지 경이 생각하는 스타일이 형편없는 사람이라고 여겨졌다.

그는 자기가 맡은 분야에서는 조심스럽게 처신해서 신뢰감도 얻고, 생각도 깊은 사람이긴 하지만, 번득이는 재기는 갖추지 못하고 있었다. 파이커웨이는 아마도 자기 머리가 훨씬 좋을 거라고 생각했다. 깊은 생각에 잠긴 채 항상 의문을 품고 어떤 일에든지 쉽게 확신을 하지 않는 공직자들은 하나님과 유권자들이 허락한 자리에서 안전함을 지키고 있는 것이다.

"사람들은 뭔가 잊어버릴 수 없는 것을 간직하고 있소. 즉, 우리는 과거에 쓰라리게 경험한 환멸감을 잊을 수는 없다는 거요." 조지가 말했다.

파이커웨이 대령은 부드러운 미소를 지으며 말했다.

"찰스턴(Charleston), 콘웨이(Conway), 그리고 코트폴드(Courtfold). 충분히 믿을 만하게 조사되고 증명된 자들이죠. 모두 다 C자로 시작되더군요. 모두 죄악처럼 갈고리 모양입니다."

"가끔 우리는 누군가를 믿어야 할지 말아야 할지 의심스러울 때가 있소."

조지 경이 비참하게 말했다.

"그건 그리 어려운 일이 아닙니다. 그러나 당신한테는 좀 어려울지도 모르겠군요."

"스태퍼드의 경우, 그는 훌륭한 집안에서 태어났소. 그의 아버지도 할아버지도 널리 알려진 인물이오." 조지 경이 말했다.

"이따금 3대째에서 말썽이 생긴단 말입니다." 파이커웨이가 말했다.

그 말은 조지 경에게 도움이 되는 말이 아니었다.

"나는 의심하지 않을 수 없소. 내 말은, 그는 정말 우스꽝스럽게 보일 때가 있단 말이오."

"내가 젊었을 때 얘긴데, 난 어느 날 두 명의 조카딸에게 프랑스의 루아르 성을 보여 주려고 데려갔었죠." 파이커웨이 대령이 말했다.

"둑에서 낚시질하는 사람이 있었습니다. 나 또한 낚싯대를 가져갔었죠. 그 사람이 내게 말을 하더군요. 불어로 말이오. '당신이 여자들과 함께 있는 것을 보니 낚시하러 온 게 아니군요.'"

"당신은 스태퍼드 경도 그렇다고 생각하오?"

"아닙니다, 그는 결코 여자들과 잘 어울리지 않았었죠. 그의 문제는 아이러니한 것이죠. 그는 사람을 깜짝 놀래주기를 좋아합니다. 다른 사람으로 하여금 끽소리 못 하게 하는 일을 즐기는 것을 말릴 수가 없어요."

"흠, 별로 좋은 취미는 아니군."

"그렇지 않습니다. 개인적으로 농담을 좋아하는 것은 변절자와 타협하는 것보다는 훨씬 나은 거죠."

"사람들이 그가 정말 정상이라고 생각할 수 있다면야. 당신 개인적인 의견은 어떻소?"

"매우 정상이라고 봅니다. 만일 내가 당신이라면 걱정하지 않을 겁니다."

그는 다정하게 미소를 지어 보였다.

스태퍼드 나이 경은 마시던 커피 잔을 옆으로 밀쳐놓았다. 그러고는 신문을 집어들고 머리기사들을 한 번 죽 훑어보고 나서 개인광고란을 주의 깊게 살폈다. 그는 지금까지 1주일간을 하루도 빠짐없이 개인광고란을 조사해 왔다. 그것은 놀라울 것이 없는 실망만을 안겨다 줄 뿐이었다.

도대체 무엇 때문에 그는 응답이 오기를 기대하고 있는 걸까? 그는 평소에 흥밋거리로만 생각했던 가지가지 잡다한 광고들을 천천히 훑어 내려갔다. 거기에는 사람을 찾는 내용만 있는 것은 아니었다. 그것들 중 반 정도, 또는 그 이상이 상품을 매매하기 위한 것이었다. 그것은 다른 면에 게재되어야 했을 것이지만, 사람들 눈에 더 잘 띄게 하려고 그 면에 낸 것이라고 생각되었다. 그중에는 호기심이 가는 항목도 한두 가지 있었다.

'일을 열심히 하지 않으면서 인생을 즐기고 싶어 하는 젊은이도 자기에게 어울리는 직업을 택할 수 있음.'

'캄보디아로 여행을 떠날 여자. 아기 봐줄 사람 구함.'

'워털루 전쟁에서 사용된 소총 사실 분.'

'멋진 인조 모피 옷. 즉시 팔기 원함. 주인이 외국으로 가게 됨.'

'당신은 제니 캡스턴을 알고 있습니까? 그녀의 케이크는 최고입니다. 사우스웨스트 3구(區) 리자드 가(街) 14번지로 오십시오.'

순간, 스태퍼드 나이 경의 손가락이 그곳에 머물렀다.

제니 캡스턴. 그는 그 이름이 맘에 들었다. 리자드 가가 정말 있는 걸까? 그가 한 번도 들어본 적이 없는 곳이었다. 한숨을 쉬고는 손가락을 계속 아래쪽으로 옮기다 말고 순간적으로 한 번 더 멈추었다.

'프랑크푸르트행 승객. 11월 11일 목요일. 헝거퍼드 브리지에서 7시 20분.'

11월 11일 목요일, 그것은 바로 오늘이었다.

스태퍼드 나이 경은 의자에 등을 기대고 커피를 좀더 마셨다. 그는 흥분되었다. 용기가 샘솟는 것 같았다. 헝거퍼드 헝거퍼드 브리지. 그는 일어나서 작은 부엌으로 들어갔다. 워릿 부인은 감자를 길고 가늘게 썰어서 커다란 물통에 던져 넣고 있었다.

그녀는 약간 놀란 듯이 고개를 쳐들었다.

"뭐 필요한 거라도 있으세요?"

"예, 만일 누군가가 헝거퍼드 브리지로 나오라고 했다면 워릿 부인은 어디에 있는 헝거퍼드 브리지로 가겠습니까?"

"글쎄 어디로 가야 할까요? 저한테 거기에 가라고 하시는 건가요?"

"그러한 가정에서 이야기하는 거요."

"글쎄요, 아마 헝거퍼드 브리지로 가겠지요."

"버크셔 군에 있는 헝거퍼드로 가겠다는 거요?"

"그곳이 어딘데요?" 워릿 부인이 말했다.

"뉴버리를 지나 8마일 되는 거리요."

"저도 뉴버리를 들은 적이 있어요. 제 옛 친구가 작년에 그곳에서 말을 탔었지요. 아주 잘 탔어요."

"아주머니도 뉴버리 근처 헝거퍼드로 가겠습니까?"

"아뇨, 그렇지 않아요. 왜 그곳으로 가겠어요? 저는 헝거퍼드 브리지로 갈 거예요."

"그게 무슨 뜻이오?"

"채링 크로스(런던 시의 중심부) 근처에 있는 헝거퍼드 브리지 말이에요. 그곳이 어딘지 알고 계시죠? 템스 강 너머에 있어요."

"맞아요! 나도 그곳을 아주 잘 알고 있지요. 고맙소, 워릿 부인!"

마치 동전 던지기를 하는 것 같다는 느낌이 들었다. 런던 조간신문에 난 광고인만큼 런던에 있는 헝거퍼드 레일웨이 브리지를 말했을 것이다. 스태퍼드 경이 확신할 수는 없었다 하더라도 그 광고는 그것을 의미하리라.

그는 지난번 그녀와의 짧은 만남을 통해서 이런 아이디어가 그녀만이 가진 독특한 것임을 짐작할 수 있었다. 그것은 기대한 것만큼 만족스러운 응답은 아니었다. 게다가, 또 다른 헝거퍼드가 있을지도 모르잖은가? 영국의 여러 곳에 그런 다리들이 있을 것이다. 어떻든, 오늘 안에 알게 되겠지.

가는 안개비가 내리고 바람이 부는 쌀쌀한 저녁이었다. 스태퍼드 나이 경은 방수 외투의 깃을 세우고 터벅터벅 걸었다. 헝거퍼드 브리지를 처음 건너가는 것은 아니었지만, 결코 즐거운 산책은 아니었다. 그가 걷고 있는 다리 밑으로는 자기처럼 급한 모습으로 강물이 흘러가고 있었다. 사람들은 방수 외투에 모자를 쓰고 있었다. 그들은 모두 가능한 한 빨리 이 비바람에서 벗어나 집으로 돌아가려고 걸음을 재촉하는 모습이었다.

이렇게 급히 걸어가는 군중 속에서 사람을 찾아내기란 퍽 어려울 것이라는 생각이 스태퍼드 나이 경의 뇌리를 스쳐 지나갔다. 7시 20분, 그 시각은 사람을 만나기에 적합한 시간은 아닌 것 같았다. 어쩌면 이곳이 아니라, 버크셔 군에 있는 헝거퍼드 브리지일지도 모를 일이다. 아무튼, 뭔가 이상했다.

그는 계속해서 터벅터벅 걸어갔다. 자기 앞에 가는 사람들을 앞지르지도, 또 반대 방향에서 다가오는 사람들을 밀치지도 않으면서 그는 일정한 보폭을 유지했다. 그러나 그는 뒤에 오는 다른 사람들이 자기를 앞지를 정도로 천천히 걷지는 않았다. 물론, 그들이 더 빨리 걷고 싶어 했다면 충분히 그를 앞지를 수도 있었다.

스태퍼드 나이 경은 지금 걷고 있는 것이 웃기는 짓이라는 생각이 들었다. 자신이 만들어 낸 익살이 아니라, 타인에 의해 조작된 익살인 것이다.

아무래도 그녀가 벌인 유머 같지가 않았다. 바쁜 모습의 사람들이 그를 살짝 옆으로 밀치면서 지나갔다. 레인코트를 입은 한 여인이 무거운 걸음걸이로 다가오고 있었다. 그 여자는 그와 부딪쳐서 미끄러져 넘어졌다.

그는 그녀가 일어나도록 도와주었다.

"괜찮소?"

"예, 고맙습니다."

그가 그녀를 일으켜 주었을 때, 무엇인가를 쥐고 있던 그녀의 손이 그의 손바닥 안에 그것을 가볍게 밀어 넣고는, 마치 그를 슬쩍 지나치는 사람처럼 서둘러 가버렸다. 그의 뒤로 사람들 틈에 섞여 사라진 것이었다.

스태퍼드 나이 경은 계속 걸었다. 그는 뒤돌아서 그녀를 쫓아갈 수는 없었다. 그녀 또한 그러길 바라지 않을 것이다. 그는 손바닥 안에 받아든 무엇인가를 꼭 쥔 채 빠른 걸음으로 걸었다. 마침내 다리의 끝 부분에 이른 것 같았다. 그는 서리 쪽으로 닿아 있는 교각 끝에 이른 것이었다.

　몇 분 뒤 작은 카페에 들어가서 테이블에 앉은 그는 커피를 주문했다. 그런 다음 그는 손에 쥐고 있던 것을 펼쳐보았다. 얇은 기름종이 봉투였다. 그 안에는 싸구려 흰 종이봉투가 들어 있었다. 그는 봉투를 뜯어보았다. 그 안에 들어 있는 것을 보고 그는 깜짝 놀랐다. 그것은 티켓 한 장이었기 때문이다.

　다음 날 저녁 페스티벌 홀의 입장권이었다.

제5장

바그너의 주제음악

스태퍼드 나이 경은 의자에 편안하게 고쳐 앉았다. 그리고 프로그램의 첫 곡인 니벨룽겐을 계속 쿵쾅거리며 연주하는 소리를 듣고 있었다.

그는 바그너풍의 오페라를 즐겼지만, 지그프리트(게르만 민족의 전설적인 영웅)는 결코 그가 좋아하는 오페라가 아니었다. 라인골트와 괴터댐머룽(신들의 황혼)이 그가 즐겨 듣는 곡이었다. 새의 노랫소리같이 들리는 젊은 지그프리트의 음악은 선율의 만족감을 채워주는 대신 그를 초조하게 하는 몇 가지 이상한 요소를 지니고 있었다. 그 이유는 그가 젊은 시절에 뮌헨에서 한 음악회에 갔을 때 불행히도 테너가 지나치게 과장된 공연을 했기 때문이었다. 그때 그는 지그프리트를 보는 시각적 즐거움과 음악적인 즐거움을 분리할 수 없었다. 지그프리트 역을 맡은 테너는 너무 어려보여서 역겹게만 느껴졌다.

그는 또한 새들이나 숲의 속삭임 같은 부드러운 음악은 좋아하지 않았다. 그러나 그 당시 뮌헨에서 꽤 확고부동한 위치에 있었던 라인 메이덴스의 음악을 들으면, 그의 선호(選好)는 그리 중요한 문제가 되지 않았다. 물 흐름과 같은 멜로디와 기쁨이 넘치는 듯한 노래에 도취하여 시각적인 감상을 할 여유가 없었던 것이다.

이따금 그는 불쑥 주위를 둘러보았다. 그는 꽤 일찍 자리를 잡고 앉아 있었다. 그곳은 항상 그랬듯이 만원이었다. 휴식 시간이 되어 그는 일어나서 자리를 둘러보았다. 그의 옆자리는 여전히 비어 있었다. 오기로 되어 있는 그 누군가가 아직 도착하지 않은 것이었다. 그것이 옳은 추측일까? 아니면, 늦게 도착한 그 누군가가 바그너의 음악이 연주될 때는 그 자리에 가만히 서 있어야 하는 습관을 지키려고 아직 들어오지 못한 것일까?

그는 밖으로 나와 어슬렁거리다가 커피를 한잔 뽑아 마셨다. 그러고는 담배를 한 대 피운 뒤, 사람들이 자리로 되돌아가자 그도 자기 자리를 찾아갔다.

그가 자리에 가까이 다가갔을 때, 옆자리에 누군가가 앉아 있는 것이 보였다. 그는 갑자기 흥분이 일기 시작했다. 그는 자리에 앉았다. 그렇다, 바로 프랑크푸르트의 공항 라운지에서 만났던 그 여자다. 그녀는 그를 보지 않고, 똑바로 앞만 응시하고 있었다. 그녀의 옆모습은 생각대로 윤곽이 뚜렷하고 깨끗했다. 그녀는 머리를 약간 돌렸지만, 그를 아는 체하지는 않았다.

그렇게 의도적으로 모른 체하는 것은 말을 한 것이나 다름이 없었다. 그것은 남들이 알아차리지 말아야 하는 만남이어야 했던 것이다. 어쨌든 지금 상황에서는 그랬다. 조명이 희미하게 밝혀졌을 때, 그 여자는 그를 향해 얼굴을 돌렸다.

"실례지만, 프로그램을 좀 보여 주시겠어요? 제 것은 자리를 찾아오다가 그만 잃어버렸어요."

"물론이지요." 그가 말했다.

그는 프로그램을 건네주었고, 그녀는 그것을 받아들었다. 그녀는 프로그램을 펼쳐들고 유심히 보기 시작했다. 조명이 더욱 약해졌다.

프로그램의 중간 부분이 시작되었다. 그것은 로엔그린(바그너의 3막으로 된 오페라) 서곡으로 시작되었다. 그 곡이 끝났을 때 그녀는 감사의 말과 함께 프로그램을 다시 그에게 돌려주었다.

"정말 고맙습니다."

그다음 곡은 지그프리트 숲의 속삭임 곡이었다. 그는 그녀에게서 돌려받은 프로그램을 보았다. 어느 페이지인가 아랫부분에 희미한 연필 자국이 나 있는 것을 보았다. 지금 그것을 읽을 수는 없었다. 조명은 글씨를 읽기엔 너무 약했기 때문이다. 그는 프로그램을 덮어 손에 쥐고 있었다. 그는 자기가 프로그램에 쓴 것은 아무것도 없다고 생각했다. 그는 그녀가 미리 자신의 프로그램에 그에게 건네줄 글을 적어 핸드백에 넣어 두었을지도 모른다고 생각했다.

모든 것이 그에게는 여전히 비밀과 위험의 분위기가 어려 있는 듯이 보였다. 헝거퍼드 브리지 다리 위에서의 만남과 티켓이 든 봉투가 그의 손에 쥐어졌던 일, 그리고 이제 그의 옆에 앉아 있는 이 침묵의 여인.

그는 누구라도 옆자리에 앉아 있는 낯선 사람에게 줄 수 있는 무관심한 눈길로 한두 번 그녀를 흘끗 쳐다보았다.

그녀는 의자에 깊숙이 기댄 채 앉아 있었다. 그녀는 흐릿한 검은색의 하이네크 드레스를 입고 있었고, 고풍스러운 목걸이를 하고 있었다. 그녀의 검은 머리는 짧게 깎여 두형(頭形)의 선을 나타내 주고 있었다. 그녀는 눈 하나 깜빡하지 않고 앉아 있었다.

그는 의심이 생겼다. 이 페스티벌 홀의 어딘가에서 그녀, 아니면 그를 지켜보는 누군가가 있는 것인가? 그들이 서로 쳐다보거나 얘기하는지를 주시하는 것인가? 아마도 그럴 것이 틀림없다. 아니면, 최소한 그럴 가능성이라도 있을 것이다.

그녀는 신문에 낸 그의 광고에 응답했다. 그것으로 그에게는 충분하다고 하자. 그러나 그의 호기심은 가라앉지 않았다. 그는 지금 최소한 다프네 데오도파누스, 일명 메리 앤이 이곳 런던에 있다는 것을 알았다. 앞으로 무슨 일이 진행되어 갈지를 그는 더 많이 알게 될 것이다. 그러나 그 일은 그녀에게 위임된 것이 틀림없다. 그는 그녀의 지시에 따라야만 한다. 공항에서 그가 그녀에게 순순히 응했듯이 지금도 그는 그녀에게 복종해야 할 것이다. 그렇게 생각하니 갑자기 사건이 더욱 흥미로워진 것 같았다. 그것은 그의 정치적인 삶속의 따분한 여러 회의석상에서 있었던 일보다는 훨씬 더 나은 것이었다.

어느 날 밤 어떤 차가 그를 치려 한 것이 정말일까? 그는 그렇다고 생각했었다. 한 번도 아닌 두 번씩이나. 그것은 한 사람이 습격의 목표물이 되어 있었다는 사실을 추측하기에 너무나 명백한 사실이었다. 요즘 사람들은 너무도 분별력이 없어서 그렇지 않은 경우에도 사악하고 고의적인 행동이라고 쉽게 상상하긴 하지만 말이다.

그는 프로그램을 둘둘 말아서 다시는 펼쳐 보지 않았다. 오페라는 끝나가고 있었다. 옆에 있는 여인이 말했다. 그녀는 머리를 돌리지도 않고, 그에게 말하는 것 같지도 않게, 그러나 마치 자신에게 또는 다른 쪽에 있는 옆 사람에게 말하는 것처럼, 말하는 사이에 간간이 한숨을 내쉬면서 큰소리로 말했다.

"제2의 지그프리트……."

그녀는 그렇게 말하더니 다시 한숨을 쉬었다.

프로그램은 디 마이스터징거(오페라의 명가수들)의 행진곡으로 끝났다. 열광적인 박수갈채를 보낸 뒤 관중은 자리를 뜨기 시작했다. 그는 그녀가 혹시 자기에게 어떤 지시라도 주지 않을까 하고 기다렸지만, 그녀는 아무것도 지시하지 않았다. 그녀는 목도리를 다시 두르고는 그 좌석 줄에서 나와 약간 빠른 걸음으로 다른 사람들을 따라서 사라져 버렸다.

스태퍼드 나이 경은 다시 자기 차를 타고 집을 향해 달렸다. 집에 도착하자마자 그는 책상 위에 페스티벌 홀의 프로그램을 펼쳐놓고, 커피를 여과기에 넣은 뒤 프로그램을 주의 깊게 살펴보기 시작했다.

프로그램에 쓰어 있는 것은 특별한 것이 없는 맥 풀리는 것이었다. 어떤 정보가 될 만한 것도 담겨 있지 않았던 것이다. 단지 순서가 적힌 목록의 한 페이지에 그가 막연히 보았던 연필 자국들만이 있을 뿐이었다. 거기에는 단어나 문자, 아니 숫자 나부랭이조차도 적혀 있지 않았다. 그것은 단지 어떤 음악 부호처럼 보였다. 마치 희미한 연필로 멜로디의 한 구절을 휘갈겨 써놓은 것 같았다. 순간적으로 스태퍼드 나이 경에게는 어쩌면 빛을 이용함으로써 어떤 비밀 정보를 밝힐 수 있을지도 모른다는 생각이 떠올랐다. 다소 조심스럽게, 그리고 몹시 감상적인 공상에 다소 부끄러워하며 그는 그것을 전등 가까이에 대어 보았다. 하지만, 아무런 성과도 얻을 수 없었다.

그는 한숨을 푹 내쉬고는 그 프로그램을 책상 위로 내던졌다.

그는 화를 내는 것이 당연하다고 느꼈다. 이 모든 혼란스러운 것들. 바람 불고 비 내리는 강이 내려다보이는 교각 위에서의 랑데부! 연주회 내내 자기 옆에 앉아 있던 여인에게 물어보고 싶었던 것이 한 다스도 넘을 것 같았다. 그런데 그 결과는 무엇인가? 아무것도 없다. 더 이상 계속될 아무것도 없다. 그러나 그녀는 그를 만났다. 무엇 때문인가? 만일, 그녀가 그에게 말하는 것도, 더 이상 약속하는 것도 원치 않았다면 도대체 그녀는 왜 나타났단 말인가?

그의 눈은 방을 가로질러 다양한 추리소설, 그리고 몇몇 권의 공상과학 소설류가 꽂혀 있는 책장으로 움직였다. 그러고는 머리를 흔들었다. 그는, 소설은 실제생활을 무한히 초월하게 하는 것이라고 생각했다.

시체들, 의문의 전화벨 소리, 수많은 미녀 외국 스파이들! 그러나 이 특별한 의문의 여자에게는 아직도 그에게 하지 못한 일이 있을지도 모른다. 그는 다음번에는 자기 나름대로 어떤 사전준비를 해야겠다고 생각했다. 그렇게 되면 그녀가 혼자 즐기는 게임을 함께 즐길 수 있게 될 것이다.

그는 프로그램을 옆으로 밀어놓고 커피를 한잔 더 마시고는 창가로 갔다. 그는 다시 프로그램을 손에 쥐고 있었다. 그는 길가 쪽을 내려다보다 말고 갑자기 자기 손에 쥐고 있는 프로그램을 보고는 거의 무의식적으로 콧노래를 부르기 시작했다. 그는 훌륭한 음감(音感)을 지니고 있었으므로, 거기에 휘갈겨 쓴 부호들을 콧노래로 부를 수 있었다. 그는 자신의 콧노래가 꽤 익숙한 곡임을 느꼈다. 그는 약간 소리를 높였다.

팜팜팜 팜 팜 팜. 그렇다, 분명히 귀에 익은 곡이다.

그는 편지를 뜯어보기 시작했다. 대부분이 별 내용이 없는 것들이었다. 두 장의 초대장. 하나는 미국 대사관에서 온 것이고, 다른 하나는 아델햄프턴 부인에게서 온 것이다. 여왕도 참석하게 될 그 자선 쇼를 보려고 5기니를 낸다는 것은 좌석 한 개에 붙는 세금치고는 비싼 것은 아니다.

그것들을 살짝 옆으로 밀쳤다. 두 곳 중 어느 곳에 참석해야 할지 마음을 정할 수가 없었다. 그는 태평하게 런던에 머무는 대신 전에 약속한 대로 마틸다 대고모를 만나러 가기로 했다.

그는 비록 대고모댁을 자주 찾아가지는 않았지만, 대고모를 좋아했다. 그녀는 자기 할아버지에게서 상속받은 영국의 거대한 조지아풍 장원 저택의 뒷면에 여러 개의 방이 있는 복원된 아파트에 살고 있었다.

크고 아름답고 균형 잡힌 방, 작은 타원형의 식당, 옛날 가정부의 방으로 만든 새 부엌, 손님을 위한 두 개의 침실, 욕실이 갖추어진 그녀의 크고 안락한 침실, 그리고 그녀와 일상생활을 함께하는 인내심 있는 친구들이 거처하는 적당한 크기의 방이 있었다. 성실한 집안 일꾼들은 가족처럼 잘 대우를 받았고, 그 집에서 함께 살았다. 그 집의 나머지 부분은 정기적인 집 청소 때밖에는 평소에는 먼지가 낀 채 그대로 내버려 두었다.

스태퍼드 경은 어렸을 때 그곳에서 방학을 보냈고, 지금도 그곳을 좋아했다. 그때는 그곳이 더 화려했었다. 그의 제일 큰삼촌은 부인과 두 아이와 함께 그곳에서 살았었다. 그렇다. 그 당시 그곳은 정말 즐거움이 가득 찬 곳이었다. 그 집에는 돈도 넉넉히 있었고, 그 저택을 운영할 충분한 능력이 있는 집안 어른들도 있었다.

그는 그 당시엔 초상화나 그림들엔 별 관심을 두지 않았었다. 거기에는 상당한 수준의 빅토리아 시대의 대형 예술품들이 걸려 있었을 뿐 아니라, 그보다 더 오래된 다른 대가들의 작품도 있었다. 그렇다, 그곳에는 훌륭한 초상화가 몇 점 있었다. 래번 작품 하나, 로렌스 작품 둘, 게인스보로 작품 하나, 릴라이 작품 하나, 그리고 반다이크 작품 둘이 있었다. 그리고 터너 부부 초상화도 있었다. 그들 중 몇 점은 집안에 생활비를 대기 위해 팔아야 했었다. 그는 늘 그곳을 방문해서 이리저리 돌아보며, 자기 집안의 초상화들을 감상했었다.

그의 대고모 마틸다는 굉장히 수다쟁이였으며, 그를 항상 반겨 주었다. 그는 그녀를 끔찍이도 좋아했었다. 그는 지금 갑자기 그녀를 찾아가고 싶어진 이유를 확실히 알 수가 없었다. 그리고 무엇이 그의 마음속에 가족들의 초상화를 떠오르게 했을까? 20년 전, 당시 일류 예술가들 중 한 명이 그려 준 그의 누이 패밀라의 초상화가 거기 있었기 때문일까?

그는 패밀라의 초상화가 보고 싶었다. 아주 자세히 살펴보고 싶었다. 터무니없는 방법으로 그의 삶에 혼란을 야기 시킨 그 여자와 패밀라가 얼마나 비슷한 모습을 하고 있는지 보리라.

그는 페스티벌 홀의 프로그램을 약간 초조해하며 다시 집어들었다. 그리고 연필로 그려 놓은 곡조를 콧노래로 부르기 시작했다. 팜 팜 팜 팜.

그때 그 곡조가 무엇이었는지 그는 확실히 알게 되었다. 그것은 지그프리트의 주제곡이었다. 지그프리트의 호른 소리였다. 제2의 지그프리트의 주제곡. 그것은 지난 저녁에 그 여자가 한 말이었다. 그는 그것이 무슨 말인지 알 수 없었다. 그 누구라도 알 수 없을 말이었다. 그러나 그 말에는 어떤 메시지가 포함되어 있었다. 금방 끝난 연주곡에 대한 언급처럼 보였을 것이기 때문에 주위에 앉아 있던 누구도 눈치 채지 못했을 메시지였던 것이다. 그리고 또한 그의 프로그램에 그 주제곡이 음악 부호로 쓰여 있었던 것이다.

제2의 지그프리트. 그 말은 무엇인가를 의미하고 있음이 틀림없다. 아마도 한층 더 명쾌한 해석이 나와야 할 것이리라. 제2의 지그프리트 도대체 그것은 뭘 의미하는 걸까? 왜? 어떻게? 언제? 무엇을? 아, 이럴 수가? 모두가 의문 부호뿐이다.

그는 수화기를 들고 마틸다 대고모 집의 번호를 돌렸다.

"빨리 보고 싶구나. 4시 반 기차를 타거라. 여전히 운행되고 있단다. 한 시간 반 뒤면 여기 도착할 거야. 그리고 기차는 5시 15분에 런던의 패딩턴 역을 출발한다. 바로 그 시간이 선로 개량 이후 개정된 시간이지. 도중에 몇 군데 쓸데없는 역에 서긴 하지만 괜찮아. 호레이스가 킹스마스턴에 마중 나가 있을 게다."

"그가 아직도 거기에 있나요?"

"물론이지, 그는 항상 거기에 있단다."

"그렇군요." 스태퍼드 나이 경이 말했다.

한때 호레이스는 하인이었다가 마부가 되었으며, 나중에는 운전사로 일했다. 그가 아직도 살아 있는 모양이었다.

"그 양반, 적어도 여든 살은 되었을 겁니다."

스태퍼드 나이 경은 미소 지으며 말했다.

제6장

여인의 초상화

"검게 탄 게 아주 좋아 뵈는데."

그를 감상하듯 살피면서 마틸다 대고모가 말했다.

"네가 갔던 곳이 말레이시아라고 생각되는데, 맞니? 아니면, 샴, 아니 타이였나? 사람들은 그런 지명들을 쉽게 혼동하지. 그래서, 대화를 어렵게 만들어 버려. 어쨌든, 그곳은 베트남은 아니었지?

그렇지! 네가 잘 알다시피 나는 베트남의 '베' 자도 싫어한단다. 베트남은 온통 수라장이야. 북베트남이고, 남베트남이고, 베트콩이고, 베트남 국민이고 뭐고 간에 그들이 원하는 것은 온통 싸움질뿐이고, 그 누구도 싸우는 걸 그만두고 싶어 하는 사람이 없으니. 그들은 프랑스 파리나, 아니면 그곳이 어디가 되었든 간에 가서 회의에 참석해서 진지하게 대화하는 것 따윈 하지 않을 게다.

너는 그렇게 생각지 않니? 난 베트남에 대해서 죽 생각해 왔는데, 굉장히 멋진 해결책이 될 만한 것을 생각해냈어. 축구장을 여러 개 만드는 거야. 그러면, 그들은 모두 축구장으로 몰려가서 서로 싸우게 될 게다. 그럼, 좀 덜 무서운 무기를 사용하게 되겠지. 적어도 그 끔찍한 폭탄만은 사용하지 않잖겠니.

너도 알겠지만, 그냥 서로 치고받고 하는 게 전부란 말이다. 그들은 그런 싸움을 즐기게 될 것이고, 나아가 그것은 모두가 즐기는 놀이가 될 거야. 그러면, 너는 거기 들어가려는 사람, 그걸 구경하려는 사람들로부터 입장료를 받는 거야. 우리는 그들이 진정으로 원하는 바를 제공해 주는 데 있어서 이해력이 부족하다는 생각이 절실히 드는구나."

"아주 멋진 아이디어를 갖고 계신 것 같은데요."

스태퍼드 나이 경은 향수 냄새 나는 그녀의 창백하고 주름진 뺨에 키스하면서 말했다.

"그런데 어떻게 지내셨어요?"

"글쎄다, 늙었지 뭐." 마틸다 대고모가 말했다.

"그래, 난 늙은이란다. 물론, 넌 아직 늙는다는 게 뭔지 잘 모르겠지. 한곳이 괜찮으면 다른 곳이 탈이 난단다. 류머티즘이나 관절염, 그 귀찮은 잔기침, 편도선, 뻗 다리가 번갈아 아파지는 거야. 언제나 어딘가는 꼭 탈이 난단다. 그러나 그리 심하지는 않지. 그런데 무슨 일로 왔니?"

스태퍼드 경은 그 직선적인 질문에 다소 놀랐다.

"외국여행에서 돌아오면 항상 대고모님을 뵈러 왔었잖아요."

"좀더 가까이 오너라. 지난번에 만났을 때보다 난 귀가 더 어두워졌단다. 너, 어딘가 모르게 좀 달라 보이는구나. 왜 그렇지?"

"대고모님이 말씀하셨듯이 좀 탔기 때문이겠죠 뭐."

"그만둬라, 내 말은 전혀 그런 뜻이 아니었어. 여자 때문이라고 말하지는 마라."

"여자요?"

"그래, 난 언제나 그날이 올 거라고 생각했었단다. 문제는 네가 지나치게 유머 감각이 많다는 거야."

"대체 그렇게 생각하시는 이유가 뭐죠?"

"그건 사람들이 너에 관해 생각하고 있는 바야. 오, 그래. 많은 사람들이 그렇게 생각하고 있더구나. 너의 유머 감각이 역시 네 직업에 도움이 되겠지. 넌 외교계, 정치계 등 그런 모든 다양한 종류의 사람들과 섞여 있잖니. 또한, 사람들이 젊은 정치가라고 부르는 사람들, 노(老) 정치가라고 부르는 사람들, 중년 정치가라고 부르는 사람들, 그리고 또 여러 정당—그렇게 정당이 많은 것은 어리석다는 생각이 든단다. 무엇보다도 노동당 사람들은 형편없어."

대고모는 보수적인 인상을 주는 자신의 코를 위로 향해 치켜세웠다.

"그런데 왜 내가 어렸을 때에는 노동당 같은 것이 없었을까? 아무도 네가 거기에 대해 생각하는 바를 알 수 없을 거야. 그들은, '터무니없는 생각이오.'라고 말했을 거니까. 안됐지만, 터무니없는 생각은 아니지. 그다음엔 물론 자유당이 있었지만, 그들은 지독히도 시원찮았어. 그리고 그다음엔 토리당이 있었지. 그들이 지금 자기네들이 부르는 대로 보수당이지."

"그들에게 뭐가 문제란 말입니까?"

스태퍼드 경이 살짝 미소 지으며 물었다.

"너무나 많은 열성파 여성들 때문이야. 너도 알다시피 그게 보수당을 힘 빠지게 한단다!"

"아, 그렇지만, 요즘은 어떤 정당도 활기 있게 되어가는 정당은 없잖아요."

"그렇긴 해. 그러나 그게 바로 네가 잘못 말한 것이란다. 너는 항상 사태가 호전되기를 원하지. 또, 활기 있는 걸 좋아한단 말이야. 그래서, 넌 사람들에게 고상한 농담을 하곤 하지. 물론, 그들이 그걸 좋아할 리 만무하지. 그들은 이렇게 말한단다. '저 사람은 무게 있는 사람이 아니야.'라고 말이다."

스태퍼드 나이 경은 싱긋이 웃으면서 방 안을 빙 둘러보았다.

"뭘 찾고 있니?"

마틸다 대고모가 물었다.

"대고모님의 초상화 좀 보려고요."

"내가 그런 것들을 파는 걸 넌 원하지 않겠지! 요즘 사람들은 자기네 집안의 초상화를 팔아 버린단다. 너도 잘 아는 그램피온 경은 자기의 터너 작품뿐만 아니라, 선조의 초상화 몇 점을 팔았단다. 그리고 제프리 구드먼은 멋진 말 그림들을 몽땅 팔았다더구나. 스터브스 종이었지. 아! 그 사람들이 팔아 버린 가격이란! 그러나 난 내 그림들을 팔고 싶지 않단다. 난 그 그림들이 좋아. 이 방에 있는 대부분의 그림이 내 조상이라니 재미있지 않니? 요즘 사람들이 조상 그림을 좋아하지 않는 걸 보면 난 구식인가 봐. 난 조상을 좋아한단다. 우리 조상을 말이다. 뭘 보는 거냐? 패밀라의 초상화?"

"예, 그래요. 며칠 전에 그 애 생각이 났어요."

"정말 너희 둘은 너무나 닮았어. 너희가 쌍둥이가 아닌데도 사람들은 너희를 이란성 쌍둥이로 생각하고, 마치 일란성 쌍둥이같이 분간할 수 없다고 말했었지."

"그렇다면, 셰익스피어는 비올라와 세바스찬에 대해 실수한 게 틀림없겠군요."

"보통의 형제나 자매들은 비슷할 수 있지. 그렇지 않니? 너와 패밀라는 언제 보아도 비슷했어. 겉으로 보기에 그랬었지!"

"다른 면에서는요? 저희의 성격은 비슷하지 않았나요?"

"아니, 전혀. 바로 그 점이 재미있었지. 그러나 물론 너희 둘은 한 가문의 얼굴 모습을 하고 있었지. 나이 가문의 혈통이 아니라, 볼드웬 화이트 혈통의 얼굴 모습을 하고 있었어."

얘기가 혈통에 관한 문제로 거슬러 올라갈 때면 스태퍼드 나이 경은 전혀 대고모와 맞설 수가 없었다.

"난 항상 너와 패밀라가 둘 다 알렉사를 닮았다고 생각한단다."

"어느 알렉사를 말씀하시는 겁니까?"

"너의 윗대의 윗대. 아마 하나 더 윗대의 할머니셨을. 헝가리인이셨어. 헝가리 백작부인인지, 남작부인이었나……, 너의 위, 위, 윗대 할아버지께서 빈의 대사관에 계실 때 그 할머니와 사랑에 빠지셨단다. 맞아, 알렉사 할머니는 헝가리인이셨어. 운동을 즐기셨지. 네가 잘 알고 있듯이 헝가리인은 운동을 좋아한단다. 할머니는 사냥개를 앞세워 달리곤 했었지. 그리고 멋지게 말도 타시곤 했단다."

"초상화 중에 알렉사 할머니 것도 있나요?"

"그분의 그림은 2층 충계에 있단다. 복도 바로 위, 약간 오른쪽으로."

"잠자러 갈 때 그 초상화를 꼭 봐야겠어요."

"지금 보고 와서 나와 그분에 대해 이야기하는 것이 어떻겠니?"

"그게 좋으시다면 그러죠." 그는 대고모에게 미소를 지어 보였다.

그는 방을 뛰다시피 나가 충계로 올라갔다. 역시 마틸다 대고모는 예리한 안목을 지닌 분이었다. 그 그림은 바로 자신의 얼굴형과 똑같았다.

또, 그 그림의 얼굴은 자기가 본 적이 있어서 기억하고 있는 얼굴형이었다. 그 그림이 자신과 비슷해서도 아니었고, 패밀라와 비슷해서 기억하는 것은 더더욱 아니었다. 여기 있는 초상화와 상당히 밀접한 유사한 침묵 때문이었다.

몇 대 할아버지였는지는 확실치 않지만, 그 대사 할아버지께서는 정말 멋진 여자를 데려오셨다. 알렉사 할머니가 이곳에 올 때는 약 스무 살 정도였다. 그녀는 이곳에 온 뒤 쾌활한 생활을 보냈다. 말을 타고 멋지게 달렸고, 아름답게 춤을 추었으며, 남자들은 그녀를 연모했었다. 그러나 그녀는 정숙했으며 외교계의 착실하고 단정한 할아버지에게도 그 사실이 항상 전달되었다.

그녀는 할아버지와 함께 외국 대사관으로 나갔다가 오기도 했다. 그들에게는 스태퍼드 경이 알기에 서너 명의 아이가 있었다. 코와 목의 선을 닮은 그 자녀 중 한 명을 통해 그와 패밀라에게까지 할머니의 모습이 유전된 것이다.

그는 자기의 술에 수면제를 넣고 자신의 외투를 강제로 빌려가고, 자기가 요구하는 것을 들어주지 않으면 당장 죽기라도 할 것 같이 하여 자기를 속인 한 젊은 여인이 어쩌면 자신이 지금 바라보는 벽에 걸려 있는 여인의 먼 후예, 즉 자기와 5촌이나 6촌쯤 되는 사람이 아닐까 하고 생각했다.

어쩌면 그럴지도 모른다. 어쩌면 그들은 같은 혈통을 가진 사람일지도 모른다. 어쨌든, 그들의 얼굴은 서로 너무나도 닮았다.

오페라를 보고 있었던 그녀의 자세는 또 얼마나 고결한 모습이었던가? 그녀의 옆모습은 또 얼마나 차분한 모습이었던가! 그리고 가늘고 약간 아치형으로 구부러진 코와, 그녀가 풍겼던 분위기……

"그림은 보았니?"

그녀의 거실이 언제나 그렇게 불리듯 그 하얀 응접실로 스태퍼드 경이 돌아왔을 때 마틸다 대고모가 물었다.

"재미있는 얼굴이잖니?"

"예, 역시 잘 생기셨더군요!"

"아름답다는 표현보다는 독특하다는 표현이 훨씬 더 낫지. 그러나저러나, 넌 헝가리나 오스트리아에 가본 적이 없지? 말레이시아에서 그분과 비슷하게 생긴 여자를 만나본 적은 없을 거다. 그분은 책상머리에 앉아 메모를 하거나 연설문을 교정하거나 그 비슷한 종류의 일을 하면서 앉아 있는 사람은 아니었으니까 말이야. 그분은 야생동물 같았지. 그분의 행동이나 태도는 모두 사랑스러웠어. 그러나 광적이었지. 울부짖는 새처럼 광적이고 열정적이었단다. 그분은 위험한 것이 무엇인가를 몰랐지."

"대고모님은 그분에 대해서 어떻게 그렇게 많이 알고 계세요?"

"그래, 내가 그분과 같은 시대 사람도 아니고, 그분이 돌아가신 뒤 몇 년 뒤에 태어나긴 했지만, 언제나 난 그분에 대해 흥미가 있었단다. 그분은 모험적이었어. 정말 모험을 좋아했단다. 그분과 그분이 관련된 일에 대해 매우 이상한 이야기가 들렸었지."

"그런데 저의 위, 위, 윗대 할아버지는 그 일에 대해 어떤 반응을 보이셨나요?"

"내가 생각하기로는 그 사건은 그 할아버지를 몹시 상심시켰던 것 같아. 그런데도 할아버지는 그분에게 헌신적이었다고 한단다. 그런데 스태피, 너 《젠다 성(城)의 포로》란 책을 읽은 적 있니?"

"《젠다 성의 포로》요? 귀에 익은 제목인데."

"물론이지, 잘 알려진 책이다."

"맞아요, 그것이 책 제목이라는 사실을 저도 알겠어요."

"넌 그 책에 관해 모르는 것 같구나. 진부한 내용이지. 그러나 그것은 내가 소녀였을 때 처음 맛본 로맨스풍의 소설이었단다. 팝 가수도 비틀스도 없었을 때였고, 단지 로맨스풍의 소설만이 있었을 때란다. 내가 어릴 때에는 소설 읽는 것이 마음대로 허락되지 않았었단다. 아침나절에는 읽을 수 없었고, 오후에만 읽을 수 있었어."

"이상한 규칙이네요. 아침에 소설 읽는 것이 잘못인가요?"

"음, 사실 아침에는 여자란 무언가 유용한 일을 하는 걸로 되어 있었단다. 꽃꽂이라든가 은제사진틀을 청소하는 따위들이었지. 그렇지 않으면 가정교사와 공부를 하는 거였단다. 오후에야 우리는 앉아서 이야기책을 읽을 수 있었지. 《젠다 성의 포로》는 우리가 읽은 첫 번째 소설이었어."

"재미있고 좋은 이야기죠. 저는 그 내용 중에서 일부만 기억하고 있어요. 아마 읽었던 것 같아요. 매우 순수한 내용이었던 것 같아요. 진한 내용은 없었죠?"

"물론이지. 우리 시대에는 외설적인 책은 없었어. 거의 다가 순수한 로맨스풍이었단다. 《젠다 성의 포로》는 정말 낭만적이었단다. 처녀들은 언제나 루돌프 라센딜 같은 영웅을 동경했었지."

"저도 그 이름을 기억하고 있어요."

"난 그 이름이 아직도 낭만적이라고 생각한단다. 그때가 아마 열두 살이었을 거야. 너도 올라가서 플라비아 공주의 초상화를 보면 내 기분을 알 게다."

대고모가 덧붙여 말했다.

스태퍼드는 대고모를 향해 빙긋이 웃어 보였다.

"대고모님은 아직도 젊으시고, 멋쟁이시고, 매우 감상적으로 보이는데요."

"그래, 그게 바로 내가 느끼는 감정이란다. 요즘 처녀들은 그런 것들은 느껴 보려고 하질 않아. 요즘 처녀들은 사랑에나 빠져들고, 누군가 기타를 연주하거나 노래를 불러대고 하면 열광하거나 하지 감상적이 되지는 않지. 그러나 난 루돌프 라센딜과 사랑에 빠지지는 않았어. 나는 그의 다른 면을 사랑했단다."

"그가 1인 2역을 했나요?"

"오 그렇단다. 왕이었어. 루리타니아의 왕."

"아, 이제 기억이 나요. 루리타니아란 말이 유래한 것이 바로 그 작품에서지요. 사람들은 그 말을 함부로 사용하죠. 맞아요, 저도 그 책을 읽었어요. 루리타니아 왕과 루돌프 라센딜! 왕은 플라비아 공주와 사랑에 빠졌지요"

마틸다 대고모는 한층 깊이 한숨을 내쉬었다.

"맞아, 루돌프 라센딜은 붉은 머리카락을 선조로부터 물려받았단다. 책 어딘가에서 그는 초상화에 절하면서, 그 이름은 잘 기억이 안 나는데, 그가 용모뿐아니라 여러 가지를 유전 받은 아멜리아 백작부인인가 하는 그 여자에 대해 무엇인가를 말하지. 그래서, 나는 널 보고 루돌프 라센딜로 생각했단다. 너는 외국에 나가 네 친척일지도 모를 누군가를 보았고, 그녀가 너로 하여금 누군가를 상기시켜주는지를 알아보았겠지. 그래서, 넌 로맨스라고 할 수 있는 것에 빠져들어 갔지."

"도대체, 그렇게 말씀하시는 근거가 뭐예요?"

"글쎄다, 삶은 다양한 것 같으면서도 그렇지 않단다. 사람들은 커가면서 삶이라는 것을 알게 된단다. 삶이란 뜨개질에 관한 책과 같은 거야. 약 65개의 다른 형태의 멋진 스티치가 나와 있는 책 말이다. 넌 그걸 보고서 특별한 종류의 스티치를 알게 되는 거야. 바로 지금 너의 스티치는 낭만적인 모험이라고 말해도 될지 모르겠구나."

그녀는 숨을 크게 들이마셨다가 다시 내쉬었다.

"그러나 너는 그것에 대해 어떤 것도 내게 말하지 않을 게다."

"말씀드릴 거리가 없어요."

"넌 언제나 완벽한 거짓말쟁이였어. 음, 그러나 신경 쓸 것 없다. 언젠가는 그 여자를 내게 보여 주려고 데려올 테니까. 의사들이 금방 만들어 낸 항생물질로 날 죽이는 데 성공하기 전까지라면 난 괜찮아. 요즈음 내가 복용하고 있는 각양각색의 알약들! 넌 믿기 어려울 거야."

"왜 대고모님이 '그녀'니 '그 여자'니 하고 말씀하시는지 잘 모르겠어요."

"모르겠다고? 오, 내가 지레짐작해 보지만 난 그녀를 알지. 네 생활에서 네가 요리조리 피해 다니는 그 어느 곳엔가 그녀가 있겠지. 나를 초조하게 만드는 것은, 네가 어떤 방법으로 그 여자를 발견했느냐는 것이지. 말레이시아의 회의 석상에서? 대사의 딸이냐, 아니면 장관의 딸? 대사관 수영장에서 수영하던 미모의 비서? 아니야, 그 어느 것도 적합하지 않은 것 같다. 고국으로 돌아오는 배 안에서? 아니야 요즘은 너도 배를 타지 않으니까, 아마 비행기였겠구나."

"아주 비슷하게 맞추셨어요."

스태퍼드 나이는 말하지 않을 수 없었다.

"아!" 그녀는 갑작스럽게 말을 가로막았다.

"비행기 스튜어디스냐?"

그는 고개를 저었다.

"아, 그래, 비밀로 해둬라. 내가 알아낼 테니 염려 마. 네가 관련된 곳에서 일어나는 일이라면, 난 늘 냄새를 잘 맡아 왔다. 하긴 네가 관련된 일이라야 죄다 평범한 것들뿐이니까. 물론, 난 요즈음엔 일이 어떻게 돌아가고 있는지 잘 모르지만, 가끔 옛 친구들을 만나지. 그들로부터 한두 가지 정보를 얻어내는 건 쉬운 일이야. 사람들은 모두 근심거리들을 갖고 있단다. 이 세상 어디에나 근심거리들이 많이 있지."

"대고모님 말씀은 일상적인 불화나 혼란이 있다는 뜻인가요?"

"아니다, 전혀 그런 말이 아니다. 높은 양반들이 걱정하고 있다는 말이다. 우리의 위대한 정부에서도 속을 썩고 있고, 그 존경스러운 늙고 졸린 듯한 외국 공관원들도 우려를 한단다. 위험한 사태는 늘 일어나고 있어. 있어서는 안 될 사태지. 그런 소요는 말이야."

"학생 소요?"

"오, 학생 소요는 나무 위에 피어 있는 한 송이 꽃이지. 소요는 어느 곳에서나, 그리고 모든 나라에서나 다 만연되어 있어. 아침이면 내게 신문을 읽어 주는 여자애가 있지. 난 신문을 제대로 읽을 수가 없거든. 그 아이는 예쁜 목소리를 지녔어. 내 편지들을 받아써 주기도 하고 신문에 실린 기사들을 읽어 주기도 한단다. 그 아이는 참 착하지.

그 아이는 자기 생각에, 내가 알고 있어야 할 기사가 아니라 내가 정말 알고 싶어 하는 것들만을 골라서 읽어 준단다. 그래, 누구나 할 것 없이 모두 다 걱정을 하고 있지. 그건 나도 그렇고, 또 내 옛 친구도 그렇단다."

"그 친구란 사람은 대고모님의 옛 동료 군인 중 누군가를 말씀하시는 건가요?"

"그 사람은 몇 년 전에 퇴역했지만, 여전히 세상 소식에 밝은 전 육군소장이지. 젊다는 것을 너는 모든 일의 선봉이라고 말할지도 모르겠구나. 그러나 그런 것이 정말로 그렇게 걱정할 것들은 아니란다. 사람들은 누구든 간에 젊음을 거쳐 가게 마련이지. 어느 나라에도 젊은이가 없는 나라는 없어. 그 젊은이들은 자기네들이 무엇을 의미하는지 알지 못하면서도, 늘 흥분된 목소리로 구호를 부르짖으며 주장한단다.

그들은 쉽게 혁명을 일으키려 하지. 그것이 젊은이들의 본성이야. 항상 모든 젊은이들은 반항해 왔단다. 그들은 반항하고 뒤집어엎어 세계를 기존의 상태로부터 변화시키길 원하지. 그러나 그들은 현실을 직시하지 못하는 장님이란다. 젊은 사람들의 두 눈에 붕대가 감겨 있어. 젊은이들은 사태가 어떻게 되어 가는지 잘 볼 수가 없지.

다음엔 무슨 일이 일어날까? 그들 앞에 있는 것은 무엇일까? 그들을 자극하는 배후의 인물은 누굴까? 거기에 대해 모른다는 사실이 사람을 더 미치게 하는 거란다. 당나귀를 끌고 가려고 당나귀 앞에 당근을 들이미는 사람이 있는가 하면, 동시에 채찍으로 당나귀 엉덩이를 때리는 사람도 있어."

"대고모님은 정말 공상을 잘하시네요."

"단순한 공상이 아니란다. 그것은 사람들이 히틀러에 대해 이야기하는 거란 다. 히틀러와 그의 추종자들에 대한 거지. 그러나 그것에는 오랜 기간의 세심 한 준비과정이 있었지. 그것은 초인(超人)에 대한 준비로 주변 국가에 이식된 제5의 준비과정이었어.

그 초인은 독일의 꽃이 될 예정이었지. 바로 그것이 그들이 생각한 것이었 고, 열렬히 믿은 거였어. 아마도 어떤 사람은 아직도 그와 같은 걸 믿고 있을 지도 몰라. 만일 그것이 아주 그럴 듯하게 제공되기만 하면 그들이 기쁘게 받 아들일 만한 신조란다."

"대고모님이 말씀하시는 사람들은 대체 누굽니까? 중국인인가요? 소련인인 가요? 누굴 말하는 거죠?"

"나도 잘 모르겠어. 전혀 모르겠단 말이다. 그러나 어딘가에 무엇인가가 있 긴 있단다. 그것은 같은 선상에서 계속 진행되고 있지. 다 같은 모양을 하고 있어. 같은 패턴! 소련인! 공산주의의 막다른 골목에 몰려 있는 그들은 틀림없 이 낡은 사상을 가진 사람으로 간주하고 있으리라는 생각이 든다. 너무도 지 독한 중국 공산당 서기장인 모택동도 마찬가지일 테지.

나는 그러한 사람이 누구며, 그 계획에 동조하는 사람이 어떤 사람인지 모 르겠어. 내가 전에도 말했듯이 그것은 왜, 어디에서, 언제, 그리고 누구냐는 의 문부호일 뿐이야."

"정말 흥미진진한 얘기군요."

"그런 얘기는 놀랍고 무서운 일이기 때문에 언제나 반복되는 주제지. 역사 는 그 자체가 반복되고 있단다. 젊은 영웅은 모두가 추종해야만 하는 황금의 초인이야."

그녀는 잠시 말을 멈추었다가 다시 이었다.

"너도 알다시피 제2의 지그프리트가 그와 같은 영웅이지!"

제7장

대고모의 조언

마틸다 대고모가 그를 쳐다보았다. 대고모의 눈은 매우 날카롭고 예리했다.

스태퍼드 나이는 전에도 대고모의 그런 눈을 본 적이 있었다. 하지만, 특히 바로 이 순간에 그걸 더욱더 똑똑히 볼 수 있었다.

"그러니까, 네가 그 말을 들었단 말이지?" 그녀가 말했다.

"알겠다."

"무슨 뜻인가요?"

"모르겠니?"

대고모는 놀라는 눈짓을 지어 보였다.

"하늘에 맹세코 모를 일인데요." 스태퍼드는 정말 알 수 없다는 투였다.

"그래, 우린 언제나 그렇게 말하곤 했지. 정말 모르겠단 말이냐?"

"아무것도 모르겠어요."

"그러나 너는 정말로 그 말을 들었단 말이지?"

"예, 누군가가 제게 말했습니다."

"그 누군가가 중요 인물이었니?"

"그럴 거예요. 아마도 그럴 겁니다. '누군가 중요 인물'이란 것이 무슨 뜻이죠?"

"넌 최근에 여러 정부의 일에 연관됐지, 그렇지 않니? 기껏해야 네가 할 수 있었던 것은 이 가난하고 비참한 나라를 대표하는 거였지. 나는 그것이 다른 사람들처럼 책상머리에 앉아 떠들어대는 것보다야 조금 나은 것이 아니었나 하는 생각이 든단다. 그 모든 일에 결실이 있을 것인지에 대해서는 잘 모르겠지만."

"아마도 없을 거예요. 결국, 사람들이란 누구나 이러한 상황에 부닥치게 되면 비관적이 되거든요."

"사람들은 최선을 다해야 한단다."

마틸다 대고모는 스태퍼드 나이의 생각을 고쳐 주려는 듯이 말했다.

"마치 기독교 교리를 말씀하시는 것 같군요. 마틸다 대고모님, 요즘 고진감래(苦盡甘來)가 무엇을 뜻하는지 아세요?"

"모르겠구나." 대고모가 말했다.

"대고모님은 아시는 게 많잖아요."

"정확히 아는 건 없단다. 난 단지 여기저기서 주워들을 뿐이지."

"그래요?"

"이제 내겐 남아 있는 친구들도 그리 많지 않단다. 모두 세상 물정에 밝은 친구들이지. 물론, 그 친구들의 대부분은 이미 귀머거리가 되었거나, 장님이 되다시피 눈이 안 보인다거나, 또는 머리가 약간 이상해졌다거나, 똑바로 걸을 수가 없다거나 한 그런 사람들이란다. 그러나 완전히 인간의 기능을 잃지는 않았지. 말하자면 이런 거란다."

대고모는 단정한 흰머리 위에 손을 살짝 얹었다.

"세상 일이 두렵고 자신이 없어. 그건 젊었을 때보다 훨씬 더 하단다."

"항상 그런 것만은 아니죠."

"그래, 그래, 이것이 저것보다 약간 더하지. 수동적이기보다 능동적이야. 오랫동안 내가 외부로부터 알아온 것처럼, 그리고 내부로부터는 의심할 바 없이 너나 우리는 사태가 혼란스럽게 된 것을 느끼지. 좋지 않은 혼돈이야. 그러나 지금 우리는 혼란이라고 말해야만 하는 시점에 이르고야 말았어. 그 속엔 한 가지 위험스런 요소가 있다. 뭔가 계속해서 진행되어 가고 있다는 것과, 뭔가 잇따라 일어나려고 한다는 거야. 단지 한 나라 안에서만이 아닌 여러 나라에서 일어나는 일이지. 그들은 모두 군대를 키워왔어. 그들은 어느 정도 가망이 있다고만 생각되면 넘어뜨리고 파괴하고 혼란을 야기 시키는 것이 세상을 바꿀 좋은 동기가 되리라고 생각한다. 그들은 창조적인 면이 없고 단지 파괴 심리만을 가지고 있는데, 바로 그 점이 문제지. 창조력이 있는 젊은이는 시와 소설을 쓰며, 아마도 음악과 작곡도 하겠지. 그리고 그들이 언제나 해온 대로 그림 또한 그린단다. 그들은 잘 될 게야. 그러나 일단 사람들이 자기들의 안전만을 위해 파괴에 탐닉하는 것을 배우게 되면, 사악한 지도자가 그 기회를 노린다는 게야."

"대고모님은 '그들'이니 '그들은'이라고 말씀하시는데, 구체적으로 누굴 말씀하시는 건가요?"

"나도 알고 싶다. 정말이야. 나도 알고 싶단다. 정말 굉장히 궁금하구나. 만일 내게 그럴 듯한 소식이라도 들려온다면 네게 말해 주지. 그러면 넌 그 일에 관해 무엇인가 할 수 있겠지."

"불행하게도 제가 대고모님께 들은 소식을 다시 전달할 사람이 없군요. 누구에게 전달해야 할지 모르겠단 말입니다."

"아니야. 아무에게도 전하지 마라. 사람들을 믿을 수 없어. 정부에서 일하는 명청이 같은 관리들이나 그들과 관련된 자, 어떤 요행이나 생기지 않을까 하고 정부 측에 끼어들려는 자, 그 어떤 자에게도 말해서는 안 돼.

정치가는 자신들이 사는 세계를 돌아볼 여유가 없단다. 그들은 자신이 사는 나라를 하나의 거대한 선거유세장 정도로밖엔 생각지 않지. 그것은 일정한 기간에 그들의 간판을 걸어 놓기에 충분한 곳이야. 그들이 열성적으로 믿는 대로 한다는 것은 일을 호전시키게 될 테지. 그런데 그렇게 되지 않을 때, 국민이 원하는 것을 그들이 보여 주지 못할 때, 그들은 당황하게 되는 거란다. 그래서 사람들은, 정치가는 죄다 선의의 거짓말을 하는 일종의 신성한 권리마저 지니고 있다고까지 생각하게 된단다. 사실은 그렇지가 않은데 말이다.

스탠레이 볼드윈(1867~1947, 영국의 정치가. 수상을 세 번씩이나 역임) 씨가 오래 전에 한 그 유명한 말, "만일 내가 진실을 말했다면, 나는 아마 선거에 지고 말았을 겁니다."라는 말이 있단다. 수상은 여전히 그렇게 느끼고 있지. 지금 우린 새롭고 위대한 지도자를 모시는 거란다. 하나님께 감사해야 할 일이지. 그러나 그건 특별난 거야."

"대고모님은 어떻게 되어야 한다는 건가요?"

"내 의견을 얘기해 달라는 거냐! 내 의견을? 넌 내가 몇 살인지 알고 있니?"

"아흔 살쯤 되셨죠."

"아니야, 그렇게 늙진 않았어."

마틸다 대고모는 약간 기분이 언짢은 듯 말했다.

"내가 그렇게 늙어보이니?"

"아니에요, 대고모님. 기껏 해봤자 예순여섯쯤 돼 보여요."

"말만이라도 듣기 좋구나. 사실이 아니라도 상관없다. 어쩌면, 난 노 대령이나 노 육군장성, 공군중장과 같은 친구들로부터 자기네들이 주워들은 비밀정보를 얻어들을 수 있을지도 몰라. 그들은 여전히 동료 친구들을 만나고 있지. 늙은 양반들이 함께 모여 이야기를 나눈단다. 그들 사이엔 항상 떠도는 이야기가 있지. 사람이 나이가 얼마나 들었던 상관없이 언제나 소문을 퍼뜨리는 비밀 통로가 있게 마련이거든.

제2의 지그프리트, 우리는 그 말이 무엇을 의미하는 건지 실마리를 찾으려고 한단다. 나는 그것이 사람 이름인지, 또는 암호인지, 메시지인지, 팝 가수인지 잘 모르겠다. 그러나 그 말엔 무엇인가가 숨겨져 있어. 거기엔 또한 음악적 요소도 있지. 나는 이미 바그너 시대를 잊었다."

그녀의 노쇠한 목쉰 소리가 부분적으로만 알아들을 수 있는 멜로디를 웅얼거렸다.

"지그프리트의 호른 소리지. 그렇지 않느냐? 나무 피리를 하나 사지 않겠니? 나무 피리 말이다. 축음기 위에 올려놓는 레코드판을 말하는 것이 아니란다. 애들이 가지고 노는 물건이지. 그들은 학교에서 피리부는 법을 배우지. 그래서, 언제든지 그 소리를 낼 수가 있단다. 우리 목사님이 그걸 가르쳐 주셨어. 아주 재미있는 거야.

나무 피리의 역사를 거슬러 올라가 보면 엘리자베스 시대보다 더 앞선 시대부터 유래하였단다. 어떤 음은 높고, 또 다른 어떤 음은 낮게, 모두가 다른 소리를 내지. 정말 듣기 좋아. 두 가지 소리가 동시에 들리는 게 신기할 정도야. 나무 피리 소리 그 자체의 음과, 그 사이에 애교 있게 삑삑 하는 소리가 있지. 피리의 역사라, 그래, 아, 내가 뭘 말하고 있었지?"

"대고모님은 저더러 나무 피리를 사라고 하셨어요."

"그래, 그걸 사서 지그프리트의 호른 소리를 내도록 해 보아라. 너는 리듬에 민감하잖니? 너는 항상 음악에 있어선 남다른 재능을 보여 왔었지. 너, 피리 불 수 있겠지?"

"세상을 구원하는 일을 위해서라면 피리쯤 부는 것이 대단할 것도 없지요. 그걸 불겠다고 해야겠네요."

"그래, 그렇게 해보아라."

대고모는 자기의 안경 케이스로 책상 위를 탁탁 쳤다.

"언젠가는 네가 나쁜 사람들을 교화시키고 싶어 할지도 모르지. 그걸 유용하게 사용할 날이 곧 올지도 몰라. 그러면, 그들은 너를 대환영할 게다. 그땐 네가 가르쳐 줘야 할지도 모르지."

"대고모님은 확실히 그런 날이 올 것 같이 말씀하시는군요."

스태퍼드가 명랑한 목소리로 말했다.

"네가 내 나이쯤 되면, 그런 것밖에 무얼 할 수 있겠니? 넌 여행할 수도 없게 된단다. 또 사람들 가운데 끼어들 수도 없게 되고, 정원 손질조차 할 수 없게 된단다. 네가 할 수 있는 일이란 의자에 앉아서 머리를 굴리는 일뿐이지. 네가 마흔 살 더 먹은 뒤에 그런 것들을 다시 생각해 보아라."

"한 가지 말씀만이 저를 흥미 있게 만드는 것 같군요."

"한 가지라고? 내가 그렇게 많은 것을 얘기했는데, 겨우 한 가지라니 그건 좀 너무한 것 같구나. 그게 뭐니?"

"제가 나무 피리로 나쁜 사람들을 교화시킬 가능성이 있을지도 모른다고 하셨죠? 분명히 그런 말씀이셨죠?"

"글쎄, 그것도 한 가지 방법이잖니? 선한 사람은 문제가 되지 않아. 그러나 너는 여러 사건에서 나쁜 사람들을 발견했어, 안 그러니? 너는 그 사건에 뛰어들어야 해. 살짝수염벌레(그 소리를 죽음의 전조로 믿었음)와도 같이 말이야."

그녀는 깊은 생각에 잠긴 채 말했다.

"제가 그 벌레처럼 밤에 효과음을 내야 하는 겁니까?"

"우리 집에도 한때 살짝수염벌레가 있었지. 그걸 계속 살게 하려면 굉장한 희생이 따라야 한다. 감히 말하지만, 꼭 세상을 바로잡기 위해 들어야 하는 희생만큼 들어야 할 게야."

"사실은, 그것보다 더 많은 희생이 따라야 해요." 스태퍼드 나이가 말했다.

"그건 문제가 아니란다. 사람들은 결코 많은 돈이 들어가는 것을 꺼리지는 않을 게야. 그것이 사람을 감동시키지. 네가 그것을 경제적으로 이용하려고 한다면, 그들은 움직여지지 않는단다. 우리는 다 똑같은 사람이야. 이 나라 안에서 우리는 언제나 그랬듯이 같은 국민이란다."

"대체 무슨 뜻이에요?"

"우린 큰일을 할 능력이 있지. 우린 제국을 번영시키기에 적합한 국민이었어. 우리가 제국을 계속 번영시켜 나갈 수 없었다고 한다면, 그땐 우린 더 이상 제국을 필요로 하지 않았었다는 것을 너도 알고 있을 게다. 우린 그걸 깨닫게 된 거지. 지키기엔 너무 힘겹다는 것을. 로비가 그걸 내게 깨닫게 해주었어." 그녀가 덧붙여 말했다.

"로비라고요?"

그 이름은 약간 낯익은 것이었다.

"로비 쇼어 햄, 로버트 쇼어 햄이지. 내 옛 친구야. 지금은 반신불수가 되었지만, 여전히 나와는 이야기를 나눌 수 있지. 그리고 그는 성능 좋은 보청기도 가지고 있고."

"게다가, 세상에서 가장 유명한 과학자 중 한 명이고요."

스태퍼드 나이가 말했다.

"그분도 또 다른 대고모님의 옛 동료겠군요, 그렇죠?"

"그와는 어렸을 때부터 알고 지내는 사이였지. 그 양반과 내가 함께 이야기를 즐기는 친한 친구 사이라는 걸 네가 알면 놀랄 게다."

"흠, 전 그런 것에 대해서는 미처 생각을 못 했습니다."

"그 사람과는 많은 얘기를 했지. 로비는 네 살 때부터 벌써 가감산을 쉽게 풀었어. 요즈음 사람들은 그런 것에 별로 놀라지 않겠지만. 그리고 그는 말이 많았어. 나는 항상 덜렁거렸고 그런 나를 그는 재미있어했지. 그 점을 그는 항상 좋아했어. 그리고 나는 그의 얘기를 진지하게 들어주는 스타일이었고 정말이지 그는 아주 재미있는 얘길 해주곤 했단다."

"대고모님은 사랑스러운 분이세요. 저는 대고모님을 뵈러 온 것이 정말 즐거워요. 제게 말씀해 주신 것을 모두 다 기억하고 있겠습니다. 제게 들려주실 더 많은 조언이 있을 것 같지만, 계속하시지 않을 것 같네요!"

"적당한 순간이 오기 전까지는. 하지만, 난 마음속으로 너의 내력들을 알아냈단다. 가끔은 뭘 하는지 내게 말 좀 해주거라. 너는 미국 대사관에서 저녁식사를 할 거지? 다음 주에 말이야, 그렇지?"

"어떻게 그걸 아셨어요? 사실 초대받았는데."

"그리고 너는 수락했고 난 다 안단다."

"당연하죠. 그것이 의무니까요." 그는 그녀를 이상한 듯 쳐다보았다.

"그런데 대고모님은 어떻게 그렇게 정확한 정보를 얻으셨나요?"

"오, 밀리가 말해 줬단다."

"밀리?"

"밀리 진 코트먼. 미국 대사의 부인이지. 무척 아름다운 여자란다. 너도 알잖니? 왜 그 자그마하고 거의 완벽할 정도로 보이는 여자 말이다."

"오, 밀드레드 코트먼을 말씀하시는 거군요."

"세례명은 밀드레드지만, 그녀는 밀리 진이란 이름을 더 좋아한단다. 나는 그녀와 채리티 마티니에 대해서 통화를 했었단다. 우리는 그녀를 작은 비너스라고 부르곤 했지."

"참 매력적인 말이군요!" 스태퍼드 나이가 말했다.

제8장

대사관에서의 만찬

　코트먼 부인과 만났을 때, 그녀가 손을 내밀며 인사하러 다가오자 스태퍼드 나이는 대고모가 한 말이 생각났다. 밀리 진 코트먼은 35~40세쯤 되어 보이는 여인이었다. 그녀는 우아한 용모에 크고 회색빛이 감도는 푸른 눈을 가지고 있으며, 푸른빛을 띤 회색 머리는 거의 완벽하리만큼 특히 더 잘 손질되어 있었다. 그리고 그녀가 풍기는 정적인 매력의 어두운 기색에 그 색채가 한층 더 가미되어 있었다.

　그녀는 런던에서 매우 인기가 높았다. 그녀의 남편 샘 코트먼은 키가 크고 육중한 몸집을 하여 약간 둔해 보였다. 그는 자기 아내를 매우 자랑스럽게 여겼다. 그는 느릿하면서도 지나치게 강한 어조로 말하곤 했다. 이따금 그가 중요하지도 않은 말을 길게 늘어놓을 때면 사람들은 다른 데로 관심을 돌려 버리기도 한다.

　"말레이시아에서 돌아왔다죠, 스태퍼드? 그곳에 나간 것은 정말 굉장한 일이었을 거예요. 비록, 당신이 원하는 시기는 아니지만 말이에요. 하지만, 우리 모두 당신이 돌아온 것을 보게 되어 기뻐요. 알드보로프 부인과 존 경, 로켄씨 부부, 스태겐햄 부부를 아시지요?"

　그들은 모두 스태퍼드 나이에게는 어느 정도 알려진 사람들이었다. 그들 중에는 그가 전에 만난 적이 없는 네덜란드인 부부가 있었는데, 그들은 임명된 지 얼마 되지 않았기 때문에 그가 모르고 있었다. 스태겐햄은 사회보장성 장관이었다. 아주 흥미 없는 한 쌍이라고 그는 생각했다.

　"이쪽은 레나타 체르코프스키 백작부인이에요. 당신을 전에 만났었다고 하는 것 같은데?"

　"1년 전쯤이었을 겁니다. 지난번 영국에 있었을 때 만났었지요."

백작부인이 말했다.

그 여자는 프랑크푸르트에서 만난 바로 그녀였다. 침착하고, 편하고, 아름답게 친칠라가 스친 듯한 회색빛이 감도는 푸른빛을 엷게 드러냈다. 그녀의 머리는 고상하게 손질되었고, 고대풍의 루비 십자가 목걸이가 목에 걸려 있었다.

"가스파로 씨, 레이트너 백작, 아버스닛 부부입니다."

모두 스물여섯 명쯤 되었다. 저녁식사 때 스태퍼드 나이는 따분한 스태겐햄 부인과 가스파로 부인 사이에 앉았다.

레나타 체르코프스키는 그의 바로 맞은편에 앉아 있었다. 그가 가끔 참석했던 대사관에서의 만찬에는 늘 똑같은 스타일의 초대받은 사람들로 붐볐다. 외교계의 다양한 구성원들과 하급관리들, 그리고 실업가 한두 명, 두어 명의 명사들—대개 이들은 훌륭한 말솜씨 때문에 초청되었을 거라고 스태퍼드 나이는 생각했다. 한두 명은 아마도 좀 다를 것이다. 매력적이긴 하지만 수다쟁이이며 약간 경박스러운 가스파로 부인과 대화를 하느라고 정신없는 동안에도 그의 마음과 눈동자는 한곳을 배회하고 있었다.

그는 마음속으로 한 가지 질문을 했다. 그는 지금까지 늘 초대받아 왔다. 왤까? 어떤 이유, 또는 그리 특별한 이유도 없이 그는 늘 초대받아 왔다. 그는 장관들이 작성한 목록에 자동으로 올랐던 것이다. 파티의 초청객 명단을 작성할 때, 또는 그 테이블의 균형을 위해 여분의 남자 또는 여자가 필요할 때 그는 엑스트라로 언제나 초청되는 것이었다.

"오, 그래, 스태퍼드 나이 경이라면 무관하지 뭐. 그 사람을 아무개 마담, 또는 어떤 부인 옆에 앉히면 될 거예요." 한 외교관 부인은 말할 것이다.

그는 자리를 채우도록 초대된 거지, 그 이상 더 깊은 이유는 없었다. 그럼에도, 그는 지금 다소 놀라고 있었다. 그는 경험에 의해 다른 이유가 있다는 것을 알았던 것이다. 그리하여, 사교적인 온화함만 존재하고 그 밖의 것은 하나도 보이지 않은 분위기에서도 그는 눈을 부산히 움직이고 있었다.

이들 손님 중에는 중요한 인물이 있을 거라고 생각했다. 이곳에 초대된 누군가는 그냥 자리를 채우기 위한 것이 아니라, 이 손님들의 분위기를 조화시키려고 초대된 것이다. 그는 그들 중 어느 누가 그런 인물일까 하고 생각했다.

오늘 저녁의 이 파티는 단순히 하나의 사교적인 일만을 의미하는 것인가? 그의 민첩하고 날카로운 눈은 이제 저녁식탁 주위를 돌며 아직 그가 완전히 포착하지 못한 한두 인물을 뽑아내고 있었다.

한 미국인 사업가는 호감은 가지만 사교상 무뚝뚝하기 그지없었다. 중서부의 한 대학에서 온 교수 부부. 남편은 독일인, 부인은 분명히 아주 진취적인 미국인이다. 그녀는 굉장한 미모를 갖추고 있었다. 성적 매력이 풍부하다고 스태퍼드는 생각했다.

이들 중에 중요 인물이 끼어 있을까? 약자들이 그의 뇌리를 스쳐 지나갔다. FBI, CIA. 저 사업가는 아마도 CIA 요원으로 어떤 임무를 띠고 여기 온 것일지도 모른다. 그런 건 요즘 흔히 있는 일이다. 늘 그런 건 아니지만.

빅 브라더(조지 오웰이 지은 《1984》에 등장하는 독재자)가 감시하고 있다. 대서양 건너의 사촌을 감시하고 있다. 중부 유럽을 쥐고 있는 재벌을 감시하고 있다. 외교적 어려움이 나로 하여금 이 사람들을 감시하도록 초대한 것이다. 아, 그렇다. 요즈음은 사건의 배후에 숨겨진 것들이 많이 있다. 그러나 그것은 특이한 경우일 뿐인가?

모든 것이 무대를 세우려는 것이었다. 그러나 그 무대 뒤에는 또 다른 무대가 신호를 기다리고 있다. 또, 대사가 필요할 때 읽어 줄 준비도 되어 있다. 어떤 일이 벌어지고 있는가? 무언가 커다란 세계에서, 아니 그 뒤에서 무슨 일인가가 벌어지고 있다. 그는 움찔했다.

그는 자기가 아는 일들과 추측하고 있는 일들을 다시 한 번 속으로 더듬어 보고 있었다. 나는 아무것도 모른다. 그리고 그 누구도 내가 자기들에 관해 알기를 원치 않을 것이다.

그의 눈은 맞은편에 앉아 있는 여자의 주걱턱과 잔잔한 미소로 부드러운 곡선을 이룬 입술에 잠시 멈췄다. 그 순간, 그들의 눈이 마주쳤다. 그 두 눈은 그에게 아무것도 말하지 않았고, 그 미소 역시 그에게 아무런 의미도 주지 않았다. 그녀는 여기서 무엇을 하는 것일까?

그녀는 자기 영역 내에 있었고, 잘 조화를 이루고 있었으며, 이 세계를 알고 있었다. 그렇다. 그녀는 여기에서 아주 잘 어울리는 것이다. 그는 큰 어려움 없이 이 사교계에서 그녀가 어떤 위치를 차지하고 있는지 알아차릴 수 있었다. 그러나 그것이 그에게 정말로 그녀의 진정한 면을 보여 주는 것인가?

프랑크푸르트에서 갑자기 그에게 말을 걸어왔던 그 젊은 여인은 매우 지적인 얼굴을 하고 있었다. 그때의 모습이 진짜 모습일까? 아니면, 이 우연한 사교계에서 만난 모습이 진짜 모습일까? 그 인물 중 하나가 각각 한 가지 역을 맡은 것일까? 두 인물 이상이 될지도 모른다. 도대체 이 여자가 누굴까 하고 생각해 보았다. 그는 알아내고 싶었던 것이다.

그가 이곳에 초대되어 그녀를 만난 것이 단순히 우연한 일인가? 밀리 진은 일어섰다. 다른 부인들도 그녀와 함께 일어났다. 그때 갑자기 예기치 않은 비명이 들려왔다. 한쪽 창문에서 유리가 깨지는 소리였다. 그리고 또 다른 소리도 있었다. 그 소리는 분명히 권총 소리였다. 가스파로 부인이 스태퍼드 나이의 팔을 붙잡고 말했다.

"무슨 일이에요?" 그녀가 외쳤다.

"에구머니, 또 그 끔찍한 학생들이에요. 우리나라에서도 그랬어요. 왜 대사관을 습격하는 걸까요? 그들은 싸우고 반항하며 행진을 하고 천치 같은 구호를 외쳐대고 길거리에 드러눕곤 하지요. 그래요, 우리는 저들의 폭행을 로마에서도, 밀라노에서도 겪었어요. 유럽에서 우리는 마치 흑사병처럼 그런 걸 겪어야 해요. 왜 그들은 다른 젊은이들처럼 행복하질 못하죠? 그들이 원하는 게 도대체 뭘까요?"

스태퍼드 나이는 브랜디를 한 모금 마시고는 교만하고 서두르지 않는 찰스 스태겐햄의 정중한 어조를 들었다. 소동은 곧 가라앉았다. 경찰이 성미 급한 사람들 일부를 내보낸 모양이었다. 이런 사건들은 한때는 위험한 수준으로까지 여겨졌으나, 이제는 늘 일어나는 일로 취급되었다.

곧 남자들은 객실에서 부인들과 합류했다. 스태퍼드 나이는 여전히 완전히 무관심한 태도로 금발의 수다스러운 여인 옆에 앉아 있었는데, 그녀는 그가 어느 정도 잘 아는 여인으로, 깊이가 있거나 들을 만한 가치가 있는 말은 거의 하지 않는다는 것을 확신할 수 있는 여자였다. 그러나 그녀는 자신이 아는 사람의 영역 내에서 자기 친구들 모두에 관해서 속속들이 다 알고 있었다.

스태퍼드 나이는 직접적으로 묻진 않았으나, 곧 그 부인이 의식하지 못한 채 그가 대화의 주제를 자연스럽게 이끌어 감으로 말미암아 그는 레나타 체르코프스키 백작부인에 관한 몇 마디를 들을 수 있었다.

"매우 아름다운 여자죠. 그녀는 요즘 여기에는 별로 오지 않는답니다. 대부분 뉴욕 같은 데서 보내거든요. 제가 말하는 곳을 아시죠? 미노르카가 아니에요. 그녀의 여동생이 비누회사 사장과 결혼했잖아요. 적어도 저는 그가 비누업계에서는 최고라고 생각해요. 그리스인은 아니에요. 아마도 스웨덴인일 거예요. 돈에 파묻혀 살죠. 그녀는 돌로미트나 뮌헨 부근에 있는 어떤 저택에서 대부분 시간을 음악적 분위기가 감도는 속에서 보낸답니다. 그녀는 늘 그래 왔어요. 그녀가 당신을 전에 한 번 만난 적이 있다고 하던데요, 안 그런가요?"

"예, 한 1~2년 전쯤에 만났었습니다."

"아, 그러세요? 제 생각으로는 전에 그녀가 영국에 왔었을 때가 아니었나 싶군요. 사람들은 그녀가 어떤 체코슬로바키아인의 사업에 말려들었다고 말하던데요. 아니, 폴란드인과의 문제였었나? 아니, 그건 너무 어렵잖아요. 그 이름들 말이에요. 그 이름에는 Z자와 K자가 너무 많이 들어가요. 발음하기가 무척 어렵죠. 그녀는 문학가예요. 사인해 달라는 사람들이 많답니다. 요즘 사람들은 세금을 어떻게 하면 조금 덜 낼 수 있을까 하는 것밖에는 생각하지 않아요. 여행은 우리 기분을 다소는 좋게 만들어 주지만 썩 좋게 하는 것은 아니에요. 여행에는 돈이 들거든요. 당신도 외국으로 나가기 전에 돈을 많이 버셨죠, 그렇지 않은가요? 누가 어떻게 돈을 끌어들이는지 저는 몰라요. 아마, 여러 가지 방법이 있을 거예요."

그녀는 득의양양해하며 자신의 왼쪽 손을 내려다보았는데, 그 손에는 다이아몬드와 에메랄드가 한 개씩 박힌 반지 두 개가 끼어 있었다.

그 파티는 이제 끝날 때가 다 되어가고 있었다. 그는 프랑크푸르트에서 만난 그 여자에 관한 새로운 정보를 얻은 것이 거의 없다는 생각이 들었다.

그는 그녀의 얼굴이 잘 조각된 조상(彫像) 같다고 생각했다. 그녀는 음악에 매우 관심을 보였다. 그렇다, 그는 그녀를 페스티벌 홀에서 만났었지 않은가? 돌아다니는 것을 좋아한다고 했지? 지중해에 섬을 가진 돈 많은 친척이나 문학을 후원하는 자선가들 같은, 실로 훌륭한 친척을 가진 사람들은 그런 좋은 친척을 가진 덕택에 사교계에 쉽게 들락거리게 된다. 외관상으로 지나치게 정략적이지 않게, 그러나 형편에 따라서는 조용히 어떤 단체에 가입한다. 어떤 이는 이곳에서 저곳으로, 이 나라에서 저 나라로 돌아다닌다. 부자들이나 명사들 사이를, 그리고 문학가들의 세계를 돌아다닌다.

그는 잠시 스파이 행위를 생각했다. 그것이 가장 있을 법한 해답인 것처럼 생각됐다. 그러나 아직 그는 그것으로 완전히 결론 내리지는 않았다.

어둠이 점점 짙어갔다. 마침내 여주인과 대면할 차례가 되었다.

"오랫동안 당신과 이야기하게 되기를 바랐어요. 말레이시아 대해서 듣고 싶군요. 저는 아시아에 대해서는 아무것도 모르거든요. 거기서 어떤 일이 일어났는지 말씀해 주세요. 무슨 재미있는 일이라도, 아니면 얼마나 지겨웠는지에 대해서도요."

"그 질문에 대한 대답은 부인이 추측할 수 있으리라고 믿습니다."

"글쎄요, 저로서는 매우 지루했을 거라고 생각되는군요. 하지만, 당신은 그렇게 말하는 것을 허락하지 않으실 것 같군요."

"예, 그렇습니다. 저도 그렇게 생각할 수 있고, 또 그렇게 말할 수도 있지요. 그곳은 정말 제 마음에 들지 않았습니다. 그건 부인도 알 겁니다."

"그럼, 왜 그곳에 가셨나요?"

"오, 그건……, 저는 항상 여행하는 것을 좋아한답니다. 여러 나라를 관광하기를 좋아하죠."

"당신은 여러 가지 면에서 꽤 재미있는 분이군요. 사실, 외교가의 생활이란 매우 지겨운 것이지요. 그렇게 생각지 않으세요? 제가 그렇다는 건 아닙니다. 저는 단지 그렇다는 사실을 당신에게 말할 뿐이지요."

마치 숲 속의 초롱꽃같이 푸른 눈동자의 두 눈을 크게 뜨고 있었고, 그 위의 검은 눈썹은 안쪽이 약간 위쪽을 향해 곡선을 이룬 반면에, 바깥쪽은 부드럽게 내려와 있었다. 그런 모양은 그녀를 아름다운 페르시아산(産) 고양이처럼 보이게 해주었다.

그는 밀리 진이 정말 어떤 여자일까 하고 생각했다. 그녀의 부드러운 목소리는 남부인(南部人)의 목소리와 같았다. 아름다운 형체를 이룬 작은 머리와 거의 완벽할 정도의 윤곽을 지닌 그녀는 정말 어떤 여자일까? 멍청이는 아닐 것이라고 그는 생각했다. 필요할 때 사교적인 무기를 쓸 수 있는 그녀는 원할 때면 매력을 풍길 수 있는 수수께끼 같은 사람이었다. 만일, 그녀가 누구에게서 무언가를 원한다면, 그녀는 쉽게 그것을 얻어낼 수 있을 것이다.

그는 지금 그녀가 자기에게 던지는 눈짓의 강렬함을 느끼고 있었다. 그녀는 자기에게서 무엇을 원하는 것일까? 그는 알 수 없었다. 그는 도무지 감도 잡을 수가 없었다. 그녀가 말했다.

"스태겐햄 씨를 만난 적이 있으세요?"

"아, 예. 저녁식사 때 그 사람과 얘기를 나누었지요. 전에는 만나본 적이 없습니다."

"그 사람을 중요 인사라고들 하지요. 실은 그 사람이 PBF의 회장이에요."

"허, 그렇습니까?"

"끔찍해요." 밀리 진이 말했다.

"끔찍해요. 그런 머리글자들은 지긋지긋하다고요. 사람이 모인 집단이 아니죠. 단지 머리글자일 뿐이에요. 얼마나 끔찍한 세상이에요! 그게 바로 제가 가끔 생각하는 거랍니다. 얼마나 끔찍한 세상인지 몰라요. 저는 이 세상이 색다른, 아주 아주 색다른 것이었으면 해요."

그녀가 진정으로 하는 말이었을까? 그는 아마도 그럴 거라고 잠시 생각했다. 흥미있는 일이었다.

그로스브너 광장은 고요함 그 자체였다. 포장도로 위에는 산산 조각난 유리 조각들이 여기저기 흩어져 있었다. 심지어 달걀들과 으깨어진 토마토와 번쩍이는 금속의 파편들까지도 있었다. 그러나 그 위에 떠 있는 별들은 자못 평화스럽기만 했다.

차들이 줄지어서 집으로 가는 손님들을 태우려고 대사관 문 앞까지 몰려들었다. 경찰이 그 광장의 한 모퉁이에 있었으나, 허세를 부리진 않았다. 모든 것이 정상이었다. 정계에 있는 손님들 중 하나가 경관에게 가서 말했다. 그러고는 다시 돌아와서 중얼거렸다.

"그리 많이 체포되진 않았군. 여덟 명이라는데. 그들은 아침에 보우 가(街)에 나타날 거요. 거기가 그들이 모이는 곳이지."

"여기서 그리 멀지 않은 곳에 사시죠?"

스태퍼드 나이의 귀에 어떤 목소리가 들려왔다.

"제가 가는 길에 당신을 내려 드릴 수 있어요."

"아니, 괜찮소. 나는 잘 걸을 수 있소. 겨우 10분 정도 거리일 뿐이오."

"제 걱정은 조금도 하지 마세요, 전 괜찮으니까."

체르코프스키 백작부인이 말했다.

"저는 세인트 제임스 타워에 머물고 있어요."

세인트 제임스 타워는 최신식 호텔 중 하나였다.

"매우 친절하시군요."

크고 비싸 보이는 렌터카가 대기하고 있었다. 운전사가 문을 열자, 레나타 백작부인이 올라타고 스태퍼드 나이가 그녀 뒤를 따랐다. 레나타 백작부인이 운전사에게 스태퍼드 나이의 주소를 댔다. 그러고 나서 차는 달리기 시작했다.

"이제 보니 당신은 내가 사는 곳을 알고 있었군요?" 그가 말했다.

"왜 모르겠어요."

그는 그 대답이 무엇을 의미하고 있는지를 잠시 생각해 보았다. 왜 모르겠느냐고?

"그렇겠군. 모를 리가 없지. 당신은 원래 아는 것이 많으니까, 안 그렇소?"

그가 덧붙였다.

"내 여권을 돌려주어서 고맙소."

"저는 그것이 어느 정도 불편을 덜게 할지도 모른다고 생각했어요. 만일 그것이 불에 타 버렸다면 더 간단했을지도 모르지요. 제 생각에는 당신이 새로운 여권을 발급받을 것 같았으니까요."

"당신 추측이 맞았소."

"당신의 산적 외투는 당신 옷장의 맨 아래 서랍에서 찾을 수 있을 거예요. 오늘 밤에 거기에 갖다 놓았어요. 다른 걸 사시는 건 당신에게 좋지 못할 것 같다는 생각이 들었지요. 그리고 사실 그 비슷한 것을 찾는다는 것도 쉽지 않을 테고요."

"그 옷은 이미 어떤 모험을 경험했으므로 내겐 좀더 많은 것을 의미하죠."

차는 어둠을 뚫고 계속 달려갔다. 체르코프스키 백작부인이 말했다.

"그래요, 그 옷은 제가 이곳에 살아서 돌아온 이후로도 아주 유용하게 쓰였어요."

스태퍼드 나이는 아무 말도 하지 않았다. 그의 추측이 맞는지는 알 수 없지만, 그는 그녀가 자기로 하여금 묻도록 유도하여 그녀가 무슨 일을 해왔는지, 그녀가 왜 그런 도피행각을 벌여야 했는지를 털어놓고 싶어 하는 것 같았다.

그녀는 그가 호기심을 나타내기를 원했지만, 스태퍼드 나이는 호기심을 보이려 하지 않았다. 그는 오히려 그렇게 하지 않는 것을 즐겼다. 그녀는 매우 조용한 웃음소리를 냈다. 놀랍게도 그것은 만족하는 웃음, 안도의 웃음이었지 답답해하는 웃음은 아닌 것 같았다.

"오늘 저녁 즐거우셨나요?" 그녀가 물었다.

"내가 보기엔 아주 훌륭한 파티였던 것 같소. 밀리 진은 언제나 훌륭한 파티만 열죠."

"그럼, 당신은 그녀를 잘 알고 계세요?"

"나는 그녀가 결혼하기 전 뉴욕에서 어린애였을 때부터 알고 지냈소. 그녀는 꼬마 비너스였지."

그녀는 기절할 듯이 놀라서 그를 쳐다보았다.

"그렇게 말할 정도로 가까웠나요?"

"아니, 그렇진 않소. 그 얘긴 나이 많은 친척에게서 전해들은 거요."

"그렇겠죠. 그런 말은 요즘의 여자들이 듣기 좋아하는 표현이 아니거든요. 하지만, 그 말은 그녀에게 잘 어울리는 것 같군요. 다만……."

"다만?"

"비너스는 매력적이지요. 그렇지 않은가요? 그녀는 야심만만한 여자죠?"

"당신은 밀리 진 코트먼이 야심만만한 여자라고 생각하오?"

"예, 그래요."

"그리고 당신은 대사 부인이 되는 것이 야심을 만족하게 하기엔 불충분하다고 생각합니까?"

"오, 아니에요. 그건 단지 시작일 뿐이에요."

그는 아무 대답도 하지 않고서 차창을 통해 밖을 내다보고 있었다. 그는 무슨 말인가를 하려다가 중단해 버렸다. 그녀가 자기를 흘끗 쳐다보는 것을 눈치챘다. 그러나 그녀 역시 침묵을 지켰다.

템스 강이 내려다보이는 다리 위를 달리고 있을 때가 되어서야 그가 말했다.

"당신은 나를 집에 데려다 주는 것이 아니었군. 그렇다고 세인트 제임스 타워로 돌아가는 것도 아니었고 우리는 템스 강을 건너고 있으니 말이오. 전에 이 다리를 건너면서 우리가 만났었지. 나를 어디로 데려가는 거요?"

"걱정되나요?"

"약간."

"그러시겠죠."

"당신은 정말 유행을 잘 따르는군. 납치가 요즘의 유행이니까, 그렇잖소? 당신은 나를 납치했소. 이유가 뭐요?"

"그건, 지난번에도 그랬듯이 전 당신이 필요하기 때문이에요."

그녀가 덧붙였다.

"그리고 다른 사람들도 당신이 필요하고요."

"정말이오?"

"그것만으론 만족하시지 않는군요."

"만일 내가 초대한다면 당신은 올 거요?"

"아마 가게 될 거예요. 어쩌면, 그러지 않을 수도 있겠지만."

"유감이로군."

"글쎄……."

그들은 입을 다문 채 어둠을 뚫고 달렸다. 호젓한 시골길을 달리는 것이 아니라, 시내 중심가를 달리는 것이었다. 가끔 불빛이 도로표지판을 비추어서 스태퍼드 나이는 차가 어느 도로를 달리고 있는지 분명히 알 수 있었다.

서리 군을 지나고, 서식스 지방의 첫 번째 주택지를 지났다. 이따금 그는 눈에 잘 띄지 않는 임시 우회로나 변두리 도로를 달리고 있다고 생각했으나, 그것에 관해서는 확신할 수 없었다. 그는 함께 탄 여자에게 자기 생각이 맞는지를 물어보고 싶었다. 왜냐하면, 그들은 런던에서부터 계속 미행당하고 있는지도 모르기 때문이다. 그러나 그는 침묵 작전을 고수하기로 했다. 말하는 사람도, 정보를 주는 사람도 모두 그녀였다. 그가 얻을 수 있었던 부수적인 정보에서도 그는 그녀가 도대체 알 수 없는 수수께끼의 인물임을 느낄 뿐이었다.

그들은 런던에서의 저녁 파티 후 시골길을 향해 달리고 있었다. 자신이 고급 렌터카를 타고 있다는 확신이 그에게 들었다. 이것은 분명히 미리 계획된 일일 것이다. 이에 관해서는 의심의 여지가 없는 것 같다. 자기들이 가는 곳이 어딘지 밝혀지게 되리라고 생각했다. 만일, 그들이 해안까지 몰고 가는 것이 아니라면……, 그것도 역시 가능하겠다고 그는 생각했다.

그는 도로 표지판을 보았다. 헤이슬레미어였다. 지금 그들은 고달밍의 변두리를 지나는 것이다. 모든 것이 명백했다. 돈 많은 부자들은 교외에서 산다. 아름다운 숲과 멋진 저택들이 보였다. 차는 우회전을 했다. 마침내 차는 천천히 곧 목적지에 도착할 모양이다. 어느 저택의 정문이 보였다. 그 옆에는 작고 하얀 수위실이 있었다. 계속해서 안으로 들어가자. 길 양쪽으로 잘 손질된 만병초가 늘어서 있었다. 그들은 굽은 길을 돌아 저택 앞으로 향했다.

"증권 중개인 튜더." 스태퍼드 나이가 작은 목소리로 중얼거렸다.

옆에 앉아 있는 여자가 뭐라고 말했느냐는 듯이 그를 향해 고개를 돌렸다.

"아무것도 아니오. 신경 쓸 것 없어요. 이제야 당신의 목적지에 도착한 것 같은데, 그렇소?"

"그런데 당신은 이곳 모습에 대해 별로 감탄하지 않으시는 것 같군요."

"정원은 손질이 잘된 것 같군."

차가 커브 길을 돌 때, 헤드라이트 불빛을 따라 눈을 주며 스태퍼드가 말했다.

"이곳을 유지해 나가려면 돈이 꽤 많이 들겠군요. 살기엔 아주 쾌적할 것 같소."

"쾌적하지만 아름답지는 못해요. 이 집에 사는 사람은 아름다운 것보다 쾌적한 것을 더 좋아하는 모양이에요."

"그게 더 현명할지도 모르죠. 꽤 심미안을 가진 사람인 것 같소."

그들은 환하게 불이 켜진 현관 앞에 멈췄다.

스태퍼드가 먼저 내려서 여자의 손을 잡아 차에서 내려 주었다. 운전사가 층계로 올라가 벨을 눌렀다. 운전사는 그녀가 층계를 오르자, 그 여자가 무슨 일이라도 시키지 않을까 하는 듯한 눈길로 내려다보면서 말했다.

"오늘 밤엔 다시 저를 부르지 않을 겁니까, 부인?"

"그래요, 이젠 다 됐어요. 아침에 전화 걸겠어요."

"안녕히 주무십시오. 안녕히 주무십시오, 선생님."

안쪽에서 발걸음 소리가 들리더니 문이 활짝 열렸다.

스태퍼드는 집사일 거라고 생각했으나, 대신에 키가 큰 척탄병 같은 하녀였다. 회색 머리에 굳게 입을 다물고 있었다. 확실히 믿을 만한 적임자의 모습이라고 그는 생각했다. 굳이 가치를 따질 필요도 없이 요즘은 거의 찾아볼 수 없는 사람이었다. 믿음직스러워 보이면서도 어딘지 모르게 광폭해질 수 있는 태도를 지닌 것 같았다.

"조금 늦지나 않았는지 모르겠네." 레나타가 말했다.

"주인님은 서재에 계십니다. 부인이 도착하시면 부인과 신사분을 그곳으로 모셔오라고 하셨습니다."

제9장

고달밍 근처의 저택

하녀는 앞장서서 넓은 층계로 올라갔다. 두 사람은 그녀의 뒤를 따라갔다. 스태퍼드의 생각대로 매우 안락한 집이었다. 암갈색의 벽지와 모양없이 깎아 만든 참나무 층계지만, 내딛기에 편한 얕은 디딤판……, 그림들은 세심하게 선택된 것 같았지만, 특별한 예술적인 취향은 드러나 보이지 않았다. 그냥 어떤 부잣집이라고 스태퍼드는 생각했다. 나쁜 취향은 아니지만, 관례적인 것을 좋아하는 남자의 취향인 것 같았다. 보기 좋은 건포도색 천으로 된 두껍고, 부드러운 털이 나 있는 훌륭한 카펫이 깔려 있었다.

2층에서 그 척탄병 같은 하녀는 첫 번째 문으로 들어갔다. 그녀는 문을 열고 그들이 들어가도록 옆으로 비켜섰으나 이름을 말하지는 않았다. 백작부인이 먼저 들어갔고 스태퍼드 나이가 그녀 뒤를 따랐다.

문이 뒤에서 조용히 닫혔다. 그 방에는 모두 네 사람이 있었다. 신문, 서류, 벽걸이용 지도와 검토 중인 것으로 보이는 서류들로 뒤덮인 큰 책상 뒤에는 매우 누런 얼굴을 한 뚱뚱한 남자가 앉아 있었다.

그 순간 그의 이름이 떠오르진 않았지만, 스태퍼드가 전에 본 적이 있는 얼굴이었다. 그는 단지 우연한 기회에 만난 사람이었지만, 지금은 그것이 중요한 경우가 된 것이다. 그가 알아야 할 이름이었다. 그렇다, 틀림없이 그가 알고 있어야 할 이름이었다. 그러나 왜, 왜 그 이름이 떠오르지 않는 것일까?

책상에 앉아 있던 그 사람이 일어섰다. 그는 레나타 백작부인이 내민 손을 잡았다.

"이제 도착했군. 장하시오." 그가 말했다.

"제 생각에 당신은 이분을 알고 계신 것 같지만, 그래도 제가 소개하겠어요. 스태퍼드 나이 경, 이분은 로빈슨 씨예요."

맞았다. 스태퍼드 나이 경의 머릿속에 마치 사진기의 셔터같이 어떤 것이 찰칵 찍혔다. 그 이름은 또한 다른 이름과도 연결되는 것이다.

파이커웨이, 그는 로빈슨에 관해 모든 것을 알고 있지는 못하다. 그는 로빈슨이 자신을 드러낸 범위 내에서만 알고 있었다. 비록 그의 본명이 외국 이름인지도 모를 일이지만, 사람들이 아는 한 그의 이름은 로빈슨이었던 것이다.

아무도 이 같은 일을 생각하지 못했었다. 그의 외모는 역시 특이했다. 높은 이마, 우울해 보이는 검은 눈동자, 크고 넓은 입, 그리고 인상적인 하얀 치아, 아마 틀니일 것이다.

또한, 그는 로빈슨이라는 이름이 무엇을 의미하는지 알고 있었다. 단 하나의 단어가 그것을 묘사해 주었던 것이다. 로빈슨은 대문자 M으로서, 돈을 나타내는 것이다. 여러 방면에서의 재산이다. 국제적, 세계적인 재산, 개인 금융사업 등, 보통 사람이 바라보는 방식의 돈이 아니다. 사람들은 결코 그를 재벌로 생각하지 않는다. 그는 틀림없는 갑부였지만, 그 사실은 중요한 것이 못 된다. 그는 금융가들 중에서 가장 큰 영향을 미치는 사람으로서 돈줄을 쥔 인물에 속한다. 합리적이고 평범한 안락, 심지어 향락까지도 로빈슨의 생활방식이 될 것이다. 그러나 그 이상은 아니다. 따라서, 이 모든 비밀스런 사업 뒤에는 돈의 권력이 있는 것이다.

로빈슨이 악수를 하며 말했다.

"하룬가 이틀 전에 당신에 대해 들었소. 우리의 친구 파이커웨이로부터 말이오. 당신도 잘 아시지요?"

자신의 추측이 들어맞았다고 스태퍼드 나이 경은 생각했다. 왜냐하면, 지금 그가 로빈슨을 만나기 이전에 언젠가 파이커웨이가 존재했었다는 것을 기억하고 있었기 때문이다. 아마도 호샴이 로빈슨에 관해 말했던 것 같았다.

지금 이곳에는 메리 앤(아니면 체르코프스키 백작부인?)과 자는 건지 깨어 있는 건지 모르게 반쯤 감긴 눈을 한 파이커웨이가 연기 자욱한 방에 앉아 있었다. 크고 누런 얼굴을 한 로빈슨과 어딘가에 돈이 걸려 있는 일이 있는 것 같았다.

그의 눈길은 그 방 안에 있는 다른 세 사람에게 옮겨갔는데, 그건 그들이 누구인지, 무엇을 원하는지, 그리고 추측 가능한 대상인지 알아보고 싶었기 때문이다.

그러나 그는 추측할 필요가 없어졌다. 마치 의자를 액자로 하고 그 액자 속에 들어 있는 듯한 모습을 하고 난로 옆 높은 의자에 앉아 있는 그 늙은 남자는 영국에서 아주 유명한 인물이었던 것이다. 요즘은 모습을 잘 나타내지 않았지만 그래도 유명한 인물이다. 병자로, 폐인으로 육체적 고통을 겪느라 초췌해진 모습을 한 그는 다름 아닌 앨터마운트 경이었다.

가냘프고 여윈 얼굴, 두드러진 코, 회색 머리카락이 이마 위로 약간 흘러내려와 있었고, 숱 많은 회색 머리카락은 뒤로 빗어 넘겨져 있었다. 그리고 그의 일생에 걸쳐 만화가들의 그림 대상이 되었던 그 두드러진 귀, 관찰한다기보다는 오히려 자세히 주시하는 듯한 깊고 날카로운 눈길은 사물을 꿰뚫어 보는 것 같았다. 바로 이 순간에도 그 눈길은 스태퍼드 나이 경을 보고 있었다.

스태퍼드가 그를 향해 다가가자 그는 한 손을 내밀었다.

"나는 일어나지 못하오."

앨터마운트 경이 말했다. 그것은 꺼져 가는 듯한 노인의 목소리였다.

"등이 아프기 때문이오. 말레이시아에서 돌아온 지 얼마 안 되지요, 스태퍼드 나이 경?"

"예."

"간 보람이 있었소? 난 그럴 것 같지 않다고 생각하오만. 아마 당신은 늘 옳게 살아왔겠지만, 우리는 살아가면서 무가치한 것들도 지녀야만 하고 좀더 나은 외교적 일을 하려면 이러한 겉치레적인 일들도 해야 한다오. 오늘 밤 당신이 여기 올 수 있게 되어 기쁘오. 내 생각에는 메리 앤이 이 자리를 마련한 것 같은데?"

메리 앤, 바로 이것이 그가 체르코프스키 부인을 부르는 이름이었고, 그녀에 대해 짐작했던 대로라고 스태퍼드 경은 생각했다. 그것은 호샴이 그녀를 부른 이름이기도 했다. 의심할 바 없이 그들은 함께 있었던 적이 있었다.

앨터마운트 경, 이 사람은 요즘 무엇을 하는 걸까? 스태퍼드 나이 경은 생각해 보았다. 그는 영국을 대표하는 이름이다. 웨스트민스터 사원에, 또는 국

립묘지 중 어디에 묻히든 간에 죽을 때까지 그는 영국을 대표한다. 그는 영국에서 죽 살아왔으며, 영국에 대해 잘 알고 있고, 그가 비록 전혀 말하지 않았다 하더라도 모든 정치가와 정부 관리들의 진가를 아는 것이 확실하다.

앨터마운트 경이 말했다.

"이쪽은 제임스 클릭 경이오."

스태퍼드 나이 경은 클릭을 알지 못한다. 그에 대해 들어본 적이 없었던 것이다. 침착하지 못하고 불안해하는 타입이었다. 예리하고 의심 많은 눈초리는 결코 어느 한 곳에도 오래 머무르는 법이 없었다. 앨터마운트 경은 뛰어다니고 싶어 안달을 내며 주인의 명령을 기다리는 개를 데리고 다니는 듯했다. 그는 주인의 눈짓만 보고도 언제든지 출발할 태세를 갖추고 있었던 것이다.

그러나 누가 그의 주인인가? 앨터마운트인가, 아니면 로빈슨?

스태퍼드의 눈은 네 번째 사나이에게로 향했다. 그는 문 가까이에 앉아 있다가 의자에서 일어섰다. 숱이 많은 콧수염과 위로 치켜 올라간 눈썹, 그리고 주의 깊고 부끄럼 잘 타는 듯한 모습을 한 그는 다소 낯익은 듯한 얼굴이었지만, 그럼에도 거의 알아보기 어려웠다.

스태퍼드 나이 경이 말했다.

"오, 바로 당신이로군. 잘 있었소, 호샴?"

"여기서 당신을 만나게 되어 무척 반갑습니다, 스태퍼드 경."

재빨리 주위를 돌아보며 스태퍼드는 각처의 대표자 회의라고 해도 좋을 정도라고 생각했다.

그들은 난로 곁에 낮아 있는 앨터마운트 경에서 멀지 않은 곳에 레나타에게 자리를 마련해 주었다. 그녀는 앨터마운트 경에게 한 손을 내밀었다. 그는 왼손이라는 것에 주의를 기울였다. 그는 그녀의 손을 자신의 두 손 사이에 포개어 잡고 있다가 놓으면서 말했다.

"모험을 했구먼, 너무 많은 모험을 했어."

그를 바라보며 그녀가 말했다.

"그걸 제게 가르쳐 준 사람은 바로 선생님이세요. 그리고 그것만이 유일한 삶의 방식이고요."

앨터마운트 경은 스태퍼드 나이 경을 향해 머리를 돌렸다.

"너에게 저 사람을 선택하도록 가르친 건 내가 아니야. 그 점에서 너는 천부적인 재능을 지니고 있구나."

스태퍼드 나이 경을 보며 그가 말했다.

"나는 당신의 대고모인지 대대고모인지 하는 분을 알고 있소."

"마틸다 대고모 말씀이군요."

스태퍼드 나이 경은 즉시 대답했다.

"그렇소, 바로 그분이오. 19세기 빅토리아 시대의 산증인 같은 분이지요. 지금쯤 아마 아흔 살은 되었을 게요." 그가 계속해서 말했다.

"나는 그분을 자주 만나보지는 못했소. 그러니까 1년에 한두 번 정도 하지만, 그때마다 그분의 생동감 넘치는 생명력이 육체적 힘보다 더 오래 생명을 지속시킨다는 사실이 나를 놀라게 한다오. 그런 분들은 그 비결을 잘 알고 있지요. 그것은 굴하지 않는 빅토리아 시대 사람들의 특성이겠지. 에드워드 시대 사람들도 마찬가지요."

제임스 클릭 경이 말했다.

"한잔하시겠소? 나이 경, 어떤 걸로?"

"진토닉으로."

백작부인은 고개를 살짝 저으며 마시지 않겠다는 표정을 지어 보였다.

제임스 클릭 경은 진토닉을 가져와 로빈슨이 앉아 있는 옆 테이블 위에 놓았다. 스태퍼드 나이 경은 먼저 말을 걸려고 하지 않았다. 책상 뒤의 그 검은 눈동자는 잠시 동안 그 우울한 빛을 떨쳐 버리고 갑자기 반짝거리기 시작했다.

"물어보고 싶은 거라도 있소?" 그가 말했다.

"모든 것이 다 궁금합니다." 스태퍼드 나이 경이 말했다.

"내가 묻는 것보다 먼저 얘기를 해주시는 것이 낫지 않을까요?"

"그걸 원하시오?"

"그것이 문제를 간단하게 해줄지도 모르지요."

"좋소, 우리가 먼저 사실에 대한 몇 가지 얘기를 솔직하게 들려주겠소. 당신은 여기에 초대되지 않을 수도 있었소. 만일 여기 오지 않았다면, 사실은 일이 약간 꼬여질 수도 있었지."

"이분은 항상 초대받기를 좋아해요. 저에게 그렇게 말했어요."

백작부인이 말했다.

"그건 이상할 게 없지." 로빈슨이 말했다.

"나는 납치를 당한 거요." 스태퍼드 나이 경이 말했다.

"아주 유행의 첨단을 걷는 일이죠. 또, 우리의 더욱 현대적인 방법의 하나고요."

그는 밝고 유쾌한 목소리로 말했다.

"나는 당신에게 물어보고 싶은 것을 얘기하라고 했소." 로빈슨이 말했다.

"내가 물어보고 싶은 건 단지, '왜?'라는 한 음절의 의문사뿐이오."

"좋소. 난 '왜?'라고 하는 당신의 적절한 단어 선택이 맘에 들었소. 이건 비밀스런 위원회, 조사위원회라오. 세계적으로 중대한 사건을 조사하지요."

"흥미있는 얘기군요." 스태퍼드 나이 경이 말했다.

"흥미 그 이상이오. 무섭고도 현실적이오. 오늘 밤 이 방에서는 네 가지의 각기 다른 생활방식이 나타나게 될 거요." 앨터마운트 경이 말했다.

"우리는 각 분야의 대표자들이오. 나는 이 나라에 몸바쳐 일하다 이제 퇴직했소. 그러나 아직 조언해 줄 권한은 갖고 있다오. 이 특별한 해에 세계에서 무슨 일이 벌어지는지를 이 조사위원회에 조언을 해달라는 요청을 받았지요. 왜냐하면, 뭔가 일이 벌어지고 있기 때문이오. 제임스는 이곳에서 특별한 임무를 맡았소. 그는 나의 오른팔이오. 또한, 우리의 대변인이기도 하고 만일 원한다면, 제이미, 여기 스태퍼드 경에게 개괄적인 것을 설명해 주게나."

스태퍼드에게는 그 사냥개가 드디어, '내가 나설 기회가 왔구나. 내가 찾을 기회가 왔구나.' 하는 듯이 보였다. 그는 의자에서 몸을 앞으로 당겼다.

"만일 이 세상에 어떤 일이 발생한다면, 당신은 그 일의 진상을 규명해야 합니다. 표면에 드러난 증거는 눈에는 금방 띄지만, 그것은 그다지 중요하지가 않지요."

그는 앨터마운트 경에게 고개를 잠시 숙였다.

"로빈슨 씨와 호샴 씨도 그렇게 생각하고 있습니다. 그것은 항상 같은 방법이었습니다. 우리는 자연의 힘, 즉 폭포로 하여금 터빈을 돌리게 합니다. 우라늄 광산에서 우라늄을 발견했고, 그것은 지금껏 꿈꾸어 오거나 환상으로만 여겼던 에너지를 가져다주었습니다. 석탄과 광석을 발견했을 때, 그러한 것들은 우리에게 수송기·힘·에너지를 주었습니다. 그러나 이러한 모든 힘 뒤에는 그것을 조종하는 인간이 있습니다. 유럽의 각 나라에서, 나아가 아시아 지역에서 실제로 천천히 주도권을 늘리는 그 세력들을 누가 지배하고 있는가를 당신은 알아내야 합니다. 어쩌면 아프리카에서는 좀 약하겠지만, 남북아메리카 대륙에선 크게 일어나고 있습니다. 당신은 이러한 내면을 파헤쳐, 진정한 세력을 찾아내야 합니다. 그런 일들을 일어나게 하는 요소 중 하나는 돈이지요."

그는 로빈슨을 향해 고개를 끄덕거렸다.

"내 생각에는, 로빈슨 씨는 돈에 대해서는 이 세상의 누구보다도 많이 아는 것 같습니다."

로빈슨이 말했다.

"그건 매우 간단한 일이오. 큰 사건이 진행될 때 그 뒤에는 돈이 있게 마련이죠. 우리는 그 돈이 어디에서 나오는지 알아냈습니다. 그들은 어디서 돈을 얻어낼까요? 그들은 어디로 돈을 보낼까요? 왜? 제임스 경이 한 말은 사실입니다. 나는 돈에 대해 많은 것을 알고 있지요. 오늘날 모든 사람들이 아는 만큼 말입니다. 거기에는 당신이 '경향'이라고 부를지도 모르는 것이 있습니다. 그것은 요즘 우리가 많이 쓰는 단어지요. 방향 또는 경향, 그것은 우리가 사용하는 수많은 단어 중 하납니다. 그것은 모두가 아주 똑같은 것을 의미하지는 않습니다. 그러나 그들은 서로 관련이 있습니다. 경향이라는 것은 반란을 드러내는 것이라고 말할 수도 있겠지요. 역사를 한번 뒤돌아보십시오. 당신은 그것이 되풀이하여 일어나고, 또 주기율표처럼 반복되는 것을 알게 될 게요. 반란에 대한 욕망, 반란에 대한 감정, 반란의 방식, 반란이 취하는 그 형식, 그것은 어떤 특정한 나라의 특정한 것이 아닙니다. 만일 그것이 한 나라에서 일어나면, 그것은 얼마 안 있어 다른 나라에서도 일어나게 됩니다. 바로 이런 뜻 아닙니까?"

그는 앨터마운트 경에게로 고개를 반쯤 돌렸다.

"그렇소. 아주 잘 표현했소"

"그것은 하나의 패턴, 즉 일단 발생하면 피할 수 없을 것 같아 보이는 패턴이지요. 당신은 그것을 발견하게 되면 정확히 깨달을 수 있을 겁니다. 한때 십자군에 대한 열망이 모든 나라를 휩쓴 적이 있었지요. 모든 유럽 사람들이 배에 올라타서 성지를 구하려고 떠났습니다. 정말 모든 것이 분명했고, 단호한 행동이었고 아주 훌륭한 패턴이었지요. 그런데 왜 그들이 갔을까요? 그것이 바로 역사에 있어서 재미있는 점입니다. 왜 이러한 욕망과 패턴이 일어나고 있는지를 살펴봐야 합니다. 그것은 유물론적 대답을 주진 않습니다. 자유에 대한 갈망, 언론의 자유, 종교의 자유 등 모든 종류의 일들은 반란의 원인이 될 수 있으며, 그것은 다시 일련의 패턴과 밀접하게 관련되는 겁니다.

그것은 사람들로 하여금 다른 나라로 이주할 기회를 얻게 해주고, 그들이 뒤에 남긴 종교의 형식만큼이나 학대를 많이 받고 새로운 종교를 형성하게 하지요. 이 모든 점을 만일 충분히 관찰하고 세심히 연구한다면 사람들은 무엇이 이들, 그리고 다른 많은 패턴(나는 계속 같은 단어를 쓰겠소), 그 패턴들을 유발시키는지 알아낼 수 있을 겁니다. 여러 가지 면에서 그것은 바이러스 질병과 같은 겁니다. 그 바이러스는 세계를 돌고, 바다를 건너고, 산을 오르며 옮겨질 수 있습니다.

그것은 외관상으로는 보이지 않지만, 넓게 퍼질 수 있는 겁니다. 그러나 아직도 그것이 언제나 진실인지는 확신할 수 없습니다. 거기엔 원인이 있겠지요. 사건을 일으키는 원인. 몇 걸음 더 나아가 봅시다. 거기엔 사람들이 있습니다. 한 가지 원인을 존재하게 하고 움직일 능력이 있는 하나, 열, 몇백 명의 사람들이 있는 겁니다. 따라서, 그것은 지켜보아야 할 과정의 끝이 아닙니다. 그 원인을 움직이는 사람은 그 첫 번째 사람들입니다. 그 사람들은 자신의 십자군 군사를 지녔고, 자신에 대한 종교적인 열광자를 가졌고, 자유에 대한 욕망도 가졌고, 다른 패턴들도 가졌습니다. 여기서 사람들은 더욱 뒤로 갑니다. 오지를 향해 더욱 후퇴하는 겁니다. 환상, 꿈을 가지고 말입니다. 예언자 요엘은 자신이 '너희 노인들은 꿈을 꿀 것이고, 너희 젊은이들은 환상을 보게 될 것이다.'라고 쓸 때 그것을 알았습니다.

그렇다면, 그 둘 중 어느 것이 더 강한 걸까요? 꿈은 파괴적인 것은 아닙니다. 그러나 환상은 당신에게 새로운 세계를 열어 줄 수 있습니다. 그리고 환상은 또한 이미 존재하고 있는 이 세계를 파괴할 수도 있는 겁니다."

제임스 클릭 경은 갑자기 앨터마운트 경을 향해 돌아서고는 말했다.

"잘 연결된 건지 모르겠군요, 선생님. 선생님께서 그전에 베를린 대사관에서 어떤 인물에 대해 얘기를 해주셨죠. 어떤 여인에 대해서 말입니다."

"오, 그런가? 맞아. 나는 그때 그것이 매우 흥미롭다고 생각했지. 그래, 그것은 지금 우리가 말하는 것과 관련이 있어. 당시 대사 부인들 중 한 사람은 총명하고 지적인 여인으로, 많은 교육을 받은 사람이었어. 그녀는 직접 가서 히틀러의 연설을 듣고 싶어 했지. 지금 1939년 전쟁이 발발하기 바로 전의 얘기를 하는 걸세. 그녀는 웅변이 어떤 힘을 지녔는지 알고 싶어 했지. 왜 모두 그렇게 흥분하는 걸까 하고 말이야. 그녀는 돌아와서 이렇게 말했어.

'그건 특이한 거예요. 처음엔 저도 믿지 않았어요. 물론, 저는 독일어를 잘 이해하지는 못해요. 하지만, 저 역시 넋을 잃고 말았답니다. 이제 저는 왜 모두 그러는지 알겠어요. 그의 사상은 정말 놀라운 것이에요. 그 사상은 사람들의 마음속을 불 지르게 하는 요소를 가지고 있어요. 누구라도 그를 따르면, 전혀 새로운 세계가 열릴 거라는 생각밖에 다른 것은 생각할 수 없는 거예요. 오, 어떻게 더 이상 설명할 수가 없네요. 저는 언제까지나 기억할 거예요. 만일 제가 그것을 당신에게 가져올 수가 있었다면, 지금 제가 설명하는 것보다 더 많이 아시게 될 거예요.'

나는 그녀에게 아주 좋은 생각이라고 말해줬지. 그녀는 그다음 날 내게 와서 다시 말했어.

'당신이 제 말을 믿게 될지 모르겠군요. 제가 들은 것들, 히틀러가 말한 것들을 글로 써 보려 했었어요. 하지만, 전 아무것도 쓸 수가 없었어요. 자극적이고 사람을 흥분시키던 그 연설 중 단 한 문장도 기억할 수가 없는 거예요. 몇 마디는 물론 기억하죠. 하지만, 그것들을 써놓고 보니 그때와 똑같은 느낌을 주지 않는 단지, 오, 단지 무의미한 것일 뿐이었어요. 도무지 이해할 수가 없어요.'

그것은 사람들이 평상시에 깨닫지 못하는 가장 위험한 것 중 하나를 보여주는 것이지. 그러나 그것은 엄연히 존재하는 거야. 인생과 사건에 대해 일종의 미래도(未來圖)라고나 할까 혹은 비전과 같은 것을, 다른 사람들에게 광폭한 열광의 형태로 전달할 능력이 있는 사람들이지. 비록 그것이 실제로 그들이 말한 것도 아니고, 당신이 들은 말도 아니며, 더 나아가 그것이 하나의 사상이 아니라고 하더라도 그들은 그렇게 할 수 있는 거야. 그것은 좀 다른 거지. 그것은 어떤 일을 착수하고, 미래도를 만들고 창조하는 극소수 사람들이 가지는 최면술적인 힘이야. 어쩌면, 그들 신체의 자력에 의해, 어조라든가 또는 육체 밖으로 나오는 어떤 발산물일지도 모르지.

잘은 모르겠지만, 확실히 그것은 존재하긴 해. 그런 사람들은 권위를 갖고 있지. 위대한 종교 지도자들은 그와 같은 권위를 지니고 있어. 그리고 사악한 영혼의 힘 또한 가지고 있지. 그것에 도취한 사람들은 그것을 위해 일하고, 그것을 위해 싸우며, 심지어 죽기까지 하는 거야."

그는 목소리를 낮추어 말했다.

"잔 스머츠 장군은 그것을 한 구절로 표현해서, 위대한 창조적 힘 뒤에 존재하는 지도력은 잔인해질 수 있다고 말했지."

스태퍼드 나이 경은 앉아 있는 의자에서 몸을 뒤척였다.

"무슨 말씀을 하시는 건지 잘 알았습니다. 무척 흥미있는 얘기군요."

"과장되었다고 생각하시오?"

"그럴지도 모르지요." 스태퍼드 나이가 말했다.

"하지만, 과장되었다고 생각되는 일들이 전혀 그렇지 않을 때가 있지요. 사실 그런 얘기들은 들은 적도 없으며, 그전에 미처 생각해 본 적도 없는 것들이지요. 제가 간단한 질문을 하나 해도 될까요? 그것에 대해 사람들은 어떻게 해야 합니까?"

"만일 이런 종류의 일이 벌어지고 있다는 의심이 들면, 우리는 그에 관한 원인을 찾아야만 하오." 앨터마운트 경이 말했다.

"당신은 키플링(1865~1936, 영국의 소설가, 시인. 유명한 《정글 북》의 저자)의 몽구스처럼 가야 하오. 가서 찾아내시오. 어디에서 돈이 생기는지와 어디에서 그 사상들이 나오는지, 그리고 그렇게 할 수 있다면 어디에서 그 기관이 생겼는지를 찾아내시오. 누가 그 기관을 조종하는지 말이오. 당신이 우리 일에 참여해서 도와주기를 바라오."

이런 일은 스태퍼드의 생애에 있어서 매우 진기한 경우 중 하나였다. 이전의 다른 경우에 그가 무엇을 느꼈든지, 그는 항상 그 사실을 어떻게 해서든 숨겼었다. 그러나 이번엔 달랐다.

그는 그 방 안에 있는 사람들을 한 사람씩 살펴보았다. 로빈슨의 한껏 이를 드러낸 노란 얼굴은 무감각하게 보였다. 제임스 클릭 경은 다소 경솔하게 이야기하는 사람이라고 스태퍼드 나이 경은 생각했지만, 그럼에도 그는 분명히 유능한 사람이었다. 주인의 개, 그는 속으로 그렇게 그를 불렀다.

그는 앨터마운트 경을 쳐다보았다. 그가 앉아 있는 의자의 후드가 그의 머리를 둥글게 둘러쌌다. 방 안의 불빛은 그리 밝지 않았다. 그 분위기는 그에게 성당 어딘가의 한 벽감에 있는 성자의 모습을 느끼게 해주었다. 14세기 수도자이며 위인 같은 모습.

그렇다, 앨터마운트 경은 과거의 위인 중의 한 사람이었다. 스태퍼드 나이 경은 그 점을 의심하지는 않았다. 그러나 이제 그는 노령이다. 그래서, 제임스 클릭 경에 대한 필요성과 앨터마운트 경의 그에 대한 신뢰성을 생각했다. 그의 눈길은 그들을 지나쳐 자기를 여기로 데려온 레나타 체르코프스키 백작부인, 일명 메리 앤, 일명 다프네 데오도파누스인 그 수수께끼 같고 냉정한 여인을 바라보았다. 그녀의 표정이 그에게 아무런 말도 해주지 않았다. 심지어, 그녀는 그를 쳐다보지도 않았다.

그의 눈은 마침내 조사위원회의 헨리 호삼에게로 돌아갔다. 그는 헨리 호삼이 자기에게 싱긋 웃는 것을 기절할 듯이 놀란 눈으로 쳐다보았다.

"이것 보쇼—"

스태퍼드 나이 경이 모든 형식적인 언어를 버리고 한때 그가 그랬었던 18세기의 다소 반항적인 학생같이 말했다.

"도대체 내가 어디에 들어온 거요? 내가 뭘 안단 말이오? 당신도 알다시피, 솔직히 말하면 나는 내 직업 어디에서도 두각을 나타내지 못한 사람이오. 그

외무성에서조차도 나를 대단하게 생각지 않아요, 절대로."

"알고 있소." 앨터마운트 경이 말했다.

이번엔 제임스 클릭 경이 웃으면서 말했다.

"어쩌면 누구보다도 나은 인물일지도 모르죠."

그때 앨터마운트 경이 그에게 인상을 찌푸리자, 변명조로 덧붙였다.

"죄송합니다, 선생님." 로빈슨이 말했다.

"이곳은 조사위원회입니다. 당신이 과거에 무엇을 했고, 다른 사람들의 의견이 무엇이든지 간에 그것은 문제가 되지 않습니다. 우리의 일은 조사위원회에서 새로운 인물을 찾는 겁니다. 우리는 당신이 수사와 같은 조사업무를 도와줄 수 있는 자질이 있다고 생각하기 때문에 여기에 끼어 줄 것을 요구하는 겁니다."

스태퍼드 나이 경은 호샴에게로 고개를 돌리고 말했다.

"어떻게 된 거요, 호샴? 당신도 이 일에 끼어 있다는 것은 믿을 수 없는데, 어찌된 일이오?"

"믿지 못할 일은 아니지요." 헨리 호샴이 말했다.

"정말이오? 당신이 말한 내 그 '자질'이란 게 뭐요? 솔직히 말해, 나는 그런 것을 갖고 있다고 믿을 수 없소."

호샴이 말했다.

"당신은 영웅 숭배자가 아니잖습니까. 그것이 이유입니다. 당신은 허위를 간파해 낼 수 있는 사람입니다. 그리고 다른 사람들의 평가에 선입관념을 두지 않을 사람입니다. 당신은 자신의 판단대로 사람을 볼 줄 알지요."

'이 친구는 진지한 사람이 아니군.' 하는 생각이 스태퍼드 나이 경의 마음속에 떠올랐다.

그가 말했다.

"당신에게 말해 주겠소. 나는 실수로 여러 번 좋은 직장을 잃어버린 사람이오. 감히 말하지만, 나는 이 같은 중요한 일에 적합한 진지한 놈은 못 된단 말이오."

호샴이 말했다.

"맘대로 생각하십시오. 그것이 바로 우리가 당신을 원하는 이유 중 하납니다. 제 말이 맞습니까, 선생님?"

그는 앨터마운트 경을 향해 고개를 돌렸다.

앨터마운트 경이 말했다.

"이것은 공무요. 당신에게 말하겠는데, 공공생활에서 가장 심각한 불명예 중 하나는 공적 위치에 있는 사람들이 자신을 너무 중요 인물로 여기는 거요. 우리는 당신이 그러지 않으리라고 생각하오. 메리 앤도 그렇게 생각하지?"

스태퍼드 나이 경은 고개를 돌렸다. 그녀는 여기에서는 더 이상 백작부인이 아니었다. 그녀는 다시 메리 앤이 되었던 것이다.

"내 질문에는 신경 쓰지 않는군요. 당신은 대체 누굽니까? 당신은 정말 백작부인이오?" 그가 말했다.

"그렇고말고요. 독일어로는 게보렌이에요. 우리 아버지는 훌륭한 가문 출신이고 훌륭한 스포츠맨이었어요. 굉장한 명사수였죠. 그리고 독일의 바바리아 지방에 아주 낭만적이기는 하나 다소 낡은 성을 갖고 있었지요. 그렇게 해서 저는 혈통이 관련되어 있는 한 아직도 몹시 속물적인 유럽 세계의 큰 부분과 연줄이 닿아 있죠."

"다프네 데오도파누스는 무엇이오? 그 이름은 어디서 나왔소?"

"여권에 쓰기에는 적당한 이름이지요. 우리 어머니는 그리스인이었거든요."

"그리고 메리 앤은?"

스태퍼드 나이 경은 그녀의 얼굴에서 처음 보는 미소를 발견했다. 그녀의 두 눈이 앨터마운트 경에게로 갔다가 다시 로빈슨에게로 향했다.

그녀가 말했다.

"아마도, 저는 이런 일을 위한 일종의 심부름꾼이기 때문일 거예요. 여러 곳을 다니면서 물건을 찾고, 그것을 한 나라에서 다른 나라로 나르고, 침대 아래를 청소하는 등 허드렛일을 하며, 어디든지 가서 혼란을 수습하지요."

그녀는 다시 앨터마운트 경을 돌아보았다.

"제 말이 맞죠, 네드 삼촌?"

"맞고말고. 메리 앤, 너는 지금도 그렇고, 언제나 우리와 함께 있게 될 거야."

"당신은 그 비행기에서도 뭔가를 가지고 있었소? 내 말은, 중요한 것을 한 나라에서 다른 나라로 가져가고 있었느냐는 겁니다."

"예. 그랬어요. 만일 당신이 저를 구하러 오시지 않았다면, 만일 당신이 수면제를 탄 맥주를 마시지 않았거나, 당신이 진홍색 산적 옷을 주지 않았다면 사고가 일어났을 거예요. 저는 이곳에 올 수 없었겠지요."

"당신은 무엇을 가져왔소? 물어보면 안 되는 거요? 내가 절대로 몰라야 할 일들이 있는 거요?"

"거기에는 당신이 알 수 없는 일이 많이 있죠. 또한, 당신이 물어봐서는 안 될 것들도 많이 있어요. 하지만, 제 생각으로는 당신이 물어본 것에 대해서는 대답해야 할 것 같군요. 그렇게 하는 것이 허락된다면요."

그녀는 다시 앨터마운트 경을 보았다.

앨터마운트 경이 말했다.

"나는 네 판단을 믿는다. 계속하거라."

"한마디예요. 출생증명서 한 통을 가져왔어요. 그게 전부예요. 이 이상은 말할 수 없어요. 여기서 더 이상 묻게 되면 그건 무모한 짓이 될 거예요."

스태퍼드 나이 경은 사람들을 둘러보았다.

"좋소, 참여하겠소. 당신네들이 나를 요구한다는 것이 마음에 듭니다. 여기에서 어디로 갈 거요?"

레나타가 말했다.

"당신과 저는 내일 여길 떠나게 될 거예요. 우리는 유럽 대륙으로 가요. 바바리아 지방에서 음악제가 열리는 것을 당신도 들어서 알고 있을 거예요. 그것은 2년 전에 생긴 아주 새로운 행사예요. 독일 이름으로 '젊은 가수들의 모임'이란 뜻이 있죠. 여러 나라의 정부로부터 후원을 받는답니다. 그곳에서 연주되는 것은 대부분 현대적인 것들이예요. 젊은 작곡자들에게 기회를 마련해 주는 거죠. 어떤 이들은 굉장히 격찬하는 반면에, 완전히 거부하고 경멸하는 사람들도 있어요."

스태퍼드가 말했다.

"나도 그 기사를 읽었소. 우리가 거기에 참석할 예정인가요?"

"그곳 공연 중에서 두 가지를 예약했어요."

"그 축제가 우리의 조사에 특별한 의미가 있나요?"

"아니에요. 그것은 그저 편리한 출구나 입구라고 부를 수 있는 거예요. 우리는 겉치레이면서도 그럴 듯한 이유로 거기에 가는 거죠. 다음 단계를 위해 순서를 밟아 그곳으로 떠나는 거예요."

그는 방 안을 둘러보았다.

"명령은? 나는 어떤 명령을 받나요?"

"아니에요, 당신 말처럼 그렇게 거창한 것은 아니에요. 당신은 그냥 조사를 위한 여행을 떠나게 되는 거예요. 일을 해나가면서 서서히 배우게 되는 거죠. 당신은 현재 아는 지식만 가진 채 떠나는 거예요. 그저 한 음악 애호가로서, 또 본국에서 어디로 발령을 내릴지 모르는 외교관의 신분으로서 가는 거예요. 당신은 아무것도 모르는 게 좋아요. 그것이 더 안전하죠."

"그것이 내 활동의 전부요? 독일, 바바리아, 오스트리아, 티롤, 그런 세계에서?"

"그곳은 우리의 관심 중 하나에 지나지 않아요."

"단 하나가 아니고?"

"그렇죠. 그것은 중요한 축에 끼지도 못해요. 지구상에는 가지각색의 중요성을 가진 장소들이 많아요. 그런 장소들이 얼마나 많은 중요성을 가지는가를 알아내야 해요."

"하지만, 다른 곳에 대해서는 아직 듣지도 못했잖소?"

"다른 곳은 아직 어렴풋이 짐작만 할 뿐이에요. 그 밖의 여러 곳에서 현재 정체를 알 수 없는 집단들이 성장하고 있어요. 자기들 정부의 정치에 대해, 자기들 조상의 전통에 대해, 자기들이 성장하며 믿어온 종교에 대해서 반대하는 젊은이들의 집단이 곳곳에서 생겨나고 있단 말이에요. 거기에는 음험한 사이비 종교와 같은 것이 곁들여 있고, 폭력에 대한 숭배가 증대되고 있어요. 돈을 얻기 위한 수단으로서의 폭력이 아니라, 폭력을 사랑하기 때문에 생기는 폭력이에요. 그것은 폭력을 중요하게 생각하고, 폭력에 최대한의 의미를 부여하는 사람들이 그들을 조종하기 때문이죠."

"마약도 끼어 있소?"

"마약에 대한 숭배도 점차 커지고, 또 조장되고 있어요. 막대한 양의 돈이 그 일에 투자되고 있지요. 그런데 전적으로 돈 때문에 그렇게 되는 것은 아니에요."

그들 모두 천천히 머리를 흔드는 로빈슨을 보았다.

그가 말했다.

"아니야, 그것은 이렇게 생각해 볼 수 있을 거요. 마약 밀매업자들 중에는 체포되어 정의의 편으로 전향하는 사람들도 있소. 그래서, 다른 마약 밀매업자들을 추적할 수 있지. 그러나 그 모든 것 뒤에는 마약밀매 이상의 것이 있소. 마약밀매는 돈을 버는 하나의 수단, 악한 수단일 뿐이오. 그 뒤에는 그것 이상의 의미가 있어요."

"하지만 누가……." 스태퍼드 나이 경은 말을 멈추었다.

"누가, 무엇을, 왜, 그리고 어디서? 그 다섯 가지 질문, 그것이 당신의 임무요, 스태퍼드 경." 로빈슨이 말했다.

"그것이 바로 당신이 알아내야 할 거란 말이오. 쉽지는 않을 겁니다. 그리고 이 점을 명심하시오. 세상에서 가장 어려운 일 중 하나는 자신의 비밀을 지킨다는 것임을!"

스태퍼드는 로빈슨의 살찐 누런 얼굴을 흥미롭다는 듯이 쳐다보았다.

아마도 금융업계에서 로빈슨의 1급 비밀이 바로 그것일 것이다. 그는 비밀을 철저히 지켰던 것이다. 로빈슨은 다시 그 미소를 보여 주었다. 커다란 이빨이 빛났다.

그가 말했다.

"만일, 당신이 어떤 사실을 알게 된다면, 당신이 그것을 안다는 것을 나타내 보이려고, 즉 그것에 관해 말하고 싶은 유혹이 항상 따르게 되지요. 그것은 당신이 정보를 주고 싶기 때문이 아니오. 정보를 제공하는 데 대해 보수를 받기 때문도 아니오. 그것은 당신이 얼마나 중요 인물인가를 나타내 보여 주고 싶어서입니다."

로빈슨은 그렇게 말하고는 눈을 반쯤 감았다.

"이 세상의 모든 것이 다 그렇다오. 그것이 바로 사람들이 이해하지 못하는 점이지."

백작부인이 일어섰다. 스태퍼드 나이 경도 그녀를 따라 일어났다.

로빈슨이 말했다.

"푹 자고 편히 쉬기 바라오. 이 집은 아주 안락한 곳이오."

스태퍼드 나이 경은 자신도 이미 그렇게 생각했다고 중얼거렸다. 그 점에 있어서는 레나타의 생각보다 자기 생각이 옳았음이 증명된 것이다.

그는 베개에 머리를 파묻고 금방 잠이 들었다.

제2부 지그프리트를 찾아서
제10장

성에 사는 여인

그들은 페스티벌 유스 극장을 나와서 신선한 밤공기를 들이마셨다. 그들의 발아래에 넓게 펼쳐진 평지에는 환하게 불이 켜진 음식점들이 즐비하게 늘어서 있었다. 언덕 옆쪽으로는 작은 음식점들이 서 있었다. 그 음식점들은 약간의 가격 차이가 있긴 했으나, 아주 싼 음식을 파는 곳은 한군데도 없었다. 레나타는 검은 벨벳으로 된 야회복을 입고 있었으며, 스태퍼드 나이 경은 흰 넥타이에 완전한 야회복 차림을 하고 있었다.

"청중들이 다 화려하군요. 젊은이들이 대부분인 것 같소. 여기에 오려면 돈이 많이 들 텐데, 그 사람들이 그 돈을 다 댈 수 있다고 생각하시오?"

스태퍼드 경은 레나타에게 중얼거리듯이 말했다.

"아! 그럴 수 있다고 생각해요. 가능하죠."

"젊은 엘리트들에게 지급하는 국가 보조금 같은 것으로 가능하다는 말이오?"

"예, 그래요."

두 사람은 언덕 옆쪽에 있는 음식점으로 발길을 옮겼다.

"식사시간은 한 시간인가요?"

"말로만 한 시간이지요. 사실은 한 시간 15분이에요."

"그 청중들은 대부분, 아니 거의 모두 다라고 하는 게 낫겠지. 거의 다 음악을 정말 사랑하는 것 같더군."

"대부분이 그렇지요. 그 사실이 중요해요."

"중요하다는 것이 무엇을 의미하오?"

"그 열정이 순수하다는 거지요. 어느 모로 보나 말이에요."

"그 말은 또 무슨 뜻이오?"

"폭력을 행하고 계획하는 사람은 폭력을 원해야 하고, 그것에 대한 애착을 갖고 갈망해야 해요. 다른 사람을 치고 때리고 상처 입히는 순간순간마다 황홀경을 맛봐야 하지요. 음악도 그와 마찬가지예요. 아름다운 화음과 선율을 듣는 순간순간마다 우리의 귀는 그것을 감상하며, 그 속에 빠져들어 가야 해요. 이 게임에는 그런 체한다는 것은 있을 수 없지요."

"당신은 1인 2역을 할 수 있다고 생각하오? 폭력을 사랑하는 것과, 예술이나 미술을 사랑하는 것을 연결할 수 있다고 생각 하냔 말이오?"

"그것이 쉽지는 않지만 가능하다고 생각해요. 그렇게 할 수 있는 사람들이 꽤 있어요. 그러나 억지로 두 가지 역할을 다 하지 않는 것이 더 안전하겠지요."

"우리 친구 뚱뚱보 로빈슨이 말했듯이, 간단하게 생각하는 것이 좋을 것 같소. 음악을 좋아하는 사람은 음악을 좋아하게 하고, 폭력을 사랑하는 사람은 폭력을 사랑하게 놔두자는 거요. 당신의 말에도 그런 의미가 포함된 것 같은데?"

"물론이지요."

"나는 이곳에 이틀 동안 머물면서 음악 감상을 하는 것이 상당히 즐겁소. 내 취미가 현대적이 되지 못하기 때문에 음악을 완전히 즐길 수는 없었지만, 사람들의 의상이 나를 꽤 즐겁게 했어요."

"무대 의상을 말씀하시는 건가요?"

"아니오, 그게 아니오. 나는 청중들의 의상을 말하는 거요. 당신과 나도 고풍스러움이 물씬 풍기는 옷을 입고 있잖소. 당신은 백작부인을 나타내는 의상에다, 나는 흰 넥타이에 꼬리가 긴 연미복을 입고 있소. 전에는 입어 본 적이 없는 아주 불편한 옷차림이지. 다른 사람들을 보면, 실크와 벨벳에다 주름 잡힌 레이스가 너풀너풀한 셔츠를 입고 있어요. 유행을 창조하는 사람들인 듯한 호사스러움과 머리 모양도 볼만한 것이었고, 그 옷들은 19세기 귀족 차림 같더군. 엘리자베스 여왕 시대나 반다이크의 초상화에 나오는 사람들 같더라고요."

"참 잘 보셨네요."

"그렇지만, 그런 것들이 의미하는 것을 다 이해하지는 못했소. 나는 배운 것이 없어요. 새로운 것을 발견하지 못했단 말입니다."

"초조해하실 필요 없어요. 이 음악회는 젊은이들의 요구와 지지를 받고, 누군가에 의해 후원을 받아 진행되는 거예요."

"그게 누구요?"

"지금은 모르지만, 차차 아시게 될 거예요."

"그렇게 확신 있게 말하니 참 좋군."

그들은 음식점에 들어가 자리를 잡았다. 음식이 화려하게 나오지는 않았지만 먹을 만했다. 아는 사람이나 친구들이 식사 중에 한두 번 말을 걸어왔다. 스태퍼드 나이 경을 알아본 두 사람이 기쁨과 놀라움을 금치 못했다. 레나타는 외국인들을 더 많이 알고 있었다. 그중에는 옷을 잘 차려입은 부인들과 남자도 한둘 섞여 있었다. 대부분이 독일인이나 호주인이었다. 스태퍼드 나이의 생각에는 미국인도 한둘 섞여 있는 듯했다.

그들의 대화는 별로 수다스럽지는 않았으나 산만했다. 그들은 주로 음악회 입장료에 대한 찬반론을 이야기하고 있었다. 하지만, 시간이 넉넉지 않기 때문에 시간을 낭비하려는 사람은 없었다.

그들은 음악회의 2부에 참석하려고 다시 제자리로 돌아왔다. 젊은 작곡가 솔루코노프의 교향곡과 '기쁨의 균열'이라는 장엄한 행진곡이 연주되었다.

그들은 다시 어둠 가운데로 나왔다. 여느 때와 같이 그들을 마을에 있는, 작지만 고급 호텔로 데려다 주기 위한 차가 대기하고 있었다. 스태퍼드 나이 경은 레나타에게 작별인사를 했다.

그녀는 낮은 목소리로 말했다.

"새벽 4시까지 준비를 끝내셔야 해요!"

그녀는 곧장 자기 방으로 들어가 문을 닫았고, 그도 자기 방으로 들어갔다.

그다음 날 새벽 정확하게 4시 3분에 문 열리는 소리가 났다. 그는 준비를 끝내고 문밖에 서 있었다.

"차가 준비돼 있어요." 그녀가 말했다.

그들은 산에 있는 작은 여관에서 점심을 먹었다. 날씨는 화창하고 산은 매우 아름다웠다. 스태퍼드 나이 경은 자기가 도대체 무엇을 하는 것인지 이해할 수가 없었다. 그는 자기와 함께 다니는 여자를 점점 더 이해할 수가 없었다. 그녀는 거의 말이 없었다.

그는 자기도 모르게 그녀의 옆모습을 물끄러미 쳐다보았다. 그녀가 자기를 어디로 데려가는 건가? 그 이유는 또 무엇인가? 마침내 해가 저물어 갈 무렵에 그는 입을 열었다.

"어디로 가고 있는지 물어봐도 되오?"

"그럼요."

"그렇지만, 대답하지는 않겠지?"

"아니에요. 대답할 수 있어요. 그러나 그것이 뭐 그리 중요할까요? 제가 아무 말도 없이 당신을 데려가는 것은, 당신이 새로운 상황에 부닥칠 때 좀더 깊은 인상을 받게 될 것 같아서예요."

그는 그녀를 다시 한 번 주의 깊게 바라보았다. 그녀는 가장자리를 박음질한 트위드 천으로 된 코트를 입고 있었다. 그 옷은 멋진 여행복이었으며, 디자인이나 재단 솜씨를 보건대 외국산임이 분명했다.

"메리 앤—"

그는 조심스럽게 불렀다. 그의 어조에는 희미한 의문이 감춰져 있었다.

"아니에요. 지금은 아니에요."

"아, 아직은 체르코프스키 백작부인이군?"

"그래요, 아직까진 체르코프스키 백작부인이에요."

"당신은 지금 고향에 와 있는 거요?"

"그렇다고 볼 수도 있죠. 저는 이곳에서 어린 시절을 보냈어요. 매년 휴가철이 되면 이곳에서 별로 멀지 않은 곳에서 이곳 성으로 놀러 오곤 했죠."

그는 미소를 지으며 조심스럽게 말했다.

"성이라는 말이 참 멋있게 들리는데. 뭔가 신뢰할 수 있는 견고함을 나타내는 것 같소"

"요즘에는 견고하게 서 있는 성들이 거의 없어요. 대부분 파괴되었지요."

"이곳이 히틀러가 살던 곳 아니오? 여기서 베르헤테스가든(서독 바이에른 주에 있는 도시로, 히틀러의 산장이 있었다)이 별로 멀지 않은 것 같은데."

"그곳은 동북쪽으로 좀더 가야 해요."

"당신의 친척들과 친구들은 히틀러를 인정했나? 그런 것은 물어보면 안 될 것 같기도 한데?"

"그들은 히틀러가 하는 일 모든 것을 혐오했지만, '하일 히틀러'라고 외치긴 했어요. 그들은 당시 일어난 일에 묵묵히 따를 수밖에 없었지요. 그러지 않으면 어떻게 되었겠어요? 누구든지 그 당시에는 그렇게밖에 할 수 없었지요."

"우리는 지금 돌로미테스로 가는 거요?"

"우리가 어디에 있으며, 어디로 가는지가 중요한가요?"

"당연하지. 이 여행은 탐험을 위한 여행이니까."

"그래요. 그러나 지리적 탐험은 아니에요. 우리는 어떤 사람을 만나러 가는 거예요."

"당신은 나로 하여금 깊은 산중에 사는 이상한 노인을 만나러 가는 착각에 빠지게 하는군."

스태퍼드는 하늘에까지 닿아 있는 듯한 산들을 바라보며 말했다.

"당신은 십자군 전사를 암살하도록 파견된 회교도 광신자의 지도자를 말하는 것 같네요. 그 지도자는 추종자들이 자기를 위해 온 힘을 다해 순교할 수 있도록 약을 먹였지요. 그들은 어렴히 죽을 것을 알면서도 그에게 순종했어요. 그들이 그렇게 할 수 있었던 이유는 죽음 뒤에는 즉시 아름다운 여자와 아편과 에로틱한 쾌락을 맘껏 누릴 수 있는 완전하고도 영원한 행복이 있는 회교도의 천국에 가게 된다고 믿었기 때문이지요."

그녀는 잠시 말을 멈추더니 다시 말을 이었다.

"대중을 매혹하는 사람! 그런 사람들은 어느 시대에나 존재하지요. 사람들로 하여금 '자기를 위해 죽을 수 있도록' 자기를 신뢰하게 만드는 사람들이 회교도의 지도자뿐만이 아니에요. 회교도만 그런 죽음을 당한 것이 아니라, 기독교인들도 그런 죽음을 당했지요."

"그 성스러운 순교자 말이오? 앨터마운트 경 같은 사람?"

"왜 앨터마운트 경을 말씀하시는 거죠?"

"나는 그날 저녁 그를 그런 식으로 보았소. 13세기 성당에 돌로 조각되어 있는 인물로"

"우리 중 하나는 그보다 더 심하게 죽게 될 거예요."

그녀는 그가 말하려는 것을 가로막았다.

"제가 가끔 생각하는 것이 있어요. 그것은 신약성경에 나오는 구절이지요. 아마 누가복음일 거예요. 최후의 만찬에서 그리스도는 제자들에게 이렇게 말했어요. '너희가 나의 동료이며 친구이지만, 너희 중 하나는 사탄이니라.' 그러니 우리 중에도 사탄이 있을 가능성이 있다는 거지요."

"당신은 그것이 가능하다고 생각하오?"

"거의 확실해요. 우리가 알고 신뢰하는 사람들이 밤에 잘 때 순교하는 꿈을 꾸지 않고 은화 30냥을 받고 예수를 파는 꿈을 꾼다는 사실이에요."

"돈을 사랑해서?"

"야망이 그 탐욕을 가려 주지요. 어떻게 사람들이 사탄을 알아보겠어요? 악마는 여러 사람 가운데에서 두각을 나타내고, 흥분해서 자신을 선전하고, 지도력을 과시할 거예요."

그녀는 잠시 침묵을 지키다가 생각에 잠긴 듯한 음성으로 말했다.

"제 친구 중에 외무성에서 일하는 사람이 있는데, 한번은 독일 여자에게 오버암머가우에서 고난주간 때마다 상연하는 그리스도 수난극이 감명 깊지 않느냐고 물어보았대요. 그랬더니 그 여자는 경멸적인 어조로 이렇게 말했다는군. '당신은 모르시는군요. 우리 독일인은 예수가 필요 없어요. 우리에겐 아돌프 히틀러가 있지요. 그분이 예수보다 위대하단 말이에요.' 그 여자는 꽤 교양 있는 여자였는데도, 그렇게 생각하고 있었던 거예요. 그러니 거의 모든 사람들이 그렇게 생각하는 게 당연하지 않겠어요? 히틀러는 사람을 홀리는 웅변가였어요. 히틀러가 말할 때마다 사람들은 자신의 귀를 기울이며 사디즘과 가스실과 게슈타포의 고문을 용납했죠."

그녀는 어깨를 한번 으쓱하더니, 원래 음성으로 돌아와 말했다.

"다 그런 거예요. 당신이 그런 얘길 했다는 것이 신기하네요."

"무슨 얘기 말이오?"

"산속에 사는 이상한 노인 얘기 말이에요. 회교도의 지도자 얘기."

"산속의 노인이 여기에 있다는 거요?"

"아니에요. 산속의 노인은 없지만, 산속의 노파는 있어요."

"산속의 노파가 어떻게 생겼소?"

"오늘 저녁에 보시게 될 거예요."

"오늘 저녁에는 무엇을 할 거요?"

"사교계의 파티에 나갈 거예요."

"당신이 메리 앤이었을 때가 아주 오래전의 일 같군."

"다시 비행기를 탈 때까지 기다리셔야겠네요."

"나는 세상의 높은 곳에서 사는 것이 도덕적으론 좋지 않다고 생각하오."

스태퍼드 나이 경은 조심스럽게 말했다.

"사회적 지위를 말씀하시는 건가요?"

"아니오, 지리적으로 높은 지대를 말하는 거요. 당신이 산봉우리에 있는 성에 살면서 산 밑의 세계를 내려다본다면, 그곳 사람들을 무시하게 되지 않겠소? 당신은 가장 높은 존재고, 또한 가장 큰 존재가 되는 거지요. 아마 베르히테스가든에서 히틀러도 그런 식으로 느꼈을 것이고, 등산하는 사람들도 산 위에서 골짜기의 동료 인간들을 내려다보며 그런 식으로 느낄 거요."

"오늘 밤에 조심하셔야겠어요. 좀 까다로워지시는 것 같아요."

레나타는 그에게 경고했다.

"더 충고할 건 없소?"

"당신은 불만에 가득 찬 사람이에요. 당신은 확립되고 완성된 것과 판에 박힌 듯이 돌아가는 세계를 혐오하는 사람이에요. 당신은 반역자예요. 그러나 은밀한 반역자예요. 그렇지 않다는 것을 보여 주실 수 있겠어요?"

"해보겠소"

눈에 들어오는 경치가 더 야성적이 되었다. 큰 차는 구불거리는 길과 산 마을을 지나 나아갔다. 가끔 아주 먼 곳의 강가에 불이 밝혀져 있는 것을 내려다보며, 교회 첨탑의 원경(遠景)을 감상하며 지나갔다.

"어디로 가고 있소, 메리 앤?"

"독수리 둥지로요."

이제 마지막 모퉁이를 돌았다. 그 길은 숲 속으로 굽어져 있었다. 스태퍼드 나이 경은 사슴이나 다른 짐승들을 얼핏 본 것 같았다. 가죽 옷을 입고 공기 총을 든 사람들의 모습도 드문드문 보였다. 그는 관리인이겠거니 하고 생각했 다. 그리고 마지막으로 바위산에 지어진 거대한 성을 보게 되었다.

그 성은 일부가 파괴되었다가 다시 지어진 것 같았다. 성은 크고 웅장했지 만, 그 성이 지닌 느낌은 새로운 것이 없었다. 그것은 과거에 지니고 있던 권 력만을 나타내 주고 있었다.

"이곳은 원래 리히텐슈톨치 공작의 영지예요. 저 성은 1790년에 루드비히 공작이 지은 거예요." 레나타가 말했다.

"지금은 누가 살고 있소? 현재의 공작이 살고 있나요?"

"아니에요. 그들은 모두 사라졌어요. 자취를 모두 감추어 버렸지요."

"그러면, 누가 살고 있소?"

"현재 권력을 지닌 누군가가 살고 있겠지요." 레나타가 말했다.

"돈을 가진 사람?"

"예, 아주 많은 돈을 가진 사람."

"우리를 맞으려고 먼저 비행기를 타고 온 로빈슨 씨를 만날 수 있을까요?"

"당신이 여기서 만나게 될 마지막 사람이 로빈슨 씨예요. 이건 분명해요."

"그가 별로 중요한 인물이 못 된다니 참 유감스럽군. 나는 로빈슨 씨를 좋 아해요. 그 사람은 뭔가 다른 데가 있거든. 그 사람은 정말 어떤 인물이오? 국 적은 어딘가요?"

"아마 누구도 알지 못할 거예요. 모두가 다 다르게 말을 하지요. 어떤 사람 은 그 사람이 터키인이라고도 하고, 어떤 사람은 아르메니아인이라고도 하고, 또는 네덜란드인, 영국인 등 말도 많아요. 어떤 사람은 그의 어머니가 서카시 아의 노예였다고도 하고, 또는 러시아 공작부인이라는 말도 있고, 인도의 귀부 인이라는 말도 있어요. 하지만, 아무도 몰라요. 어떤 사람이 저에게 그의 어머 니가 스코틀랜드에서 온 맥렐란이라는 여자라고 했지만, 그것도 다른 헛소문 과 같은 거예요."

그들은 큰 현관 밑으로 다가갔다. 제복을 입은 두 하인이 계단을 내려왔다.

손님을 환영하는 그들의 인사는 형식적이었다. 그들은 손님의 짐을 안으로 받아들였다. 꽤 많은 짐이었다. 스태퍼드 나이 경은 처음에 그 많은 짐을 가져오도록 한 것이 이해가 안 갔지만, 차츰 그 짐이 사용됨에 따라 그 이유를 알게 되었다. 그는 그날 밤에도 그것들이 사용되리라고 생각했다. 그가 동행한 여인에게 질문했을 때도, 그러리라는 대답을 들었다.

그들은 커다랗게 울려 퍼지는 종소리를 들으며 저녁식사 시간에 만났다. 그는 그녀가 내려올 때까지 홀에 잠자코 서 있었다. 그녀는 정교한 장식이 달린 야회복에 자줏빛 벨벳으로 된 가운을 걸치고, 루비 목걸이에다 머리에는 루비가 박힌 페르시아식 두건 같은 관을 쓰고 나타났다. 하인이 얼른 다가오더니 문을 열고 그들을 소개했다.

"체르코프스키 백작부인과 스태퍼드 나이 경이십니다."

"드디어 여기에 왔군. 중요한 것을 볼 수 있어야 할 텐데."

스태퍼드 나이 경은 속으로 중얼거렸다.

그는 자기 셔츠 앞에 달린 사파이어와 다이아몬드 단추를 만족스러운 표정으로 내려다보았다. 그 순간이 지난 뒤 눈을 든 그는 놀라움으로 숨이 막힐 것만 같았다. 그가 보게 되리라고 예상한 것은 그런 것이 아니었던 것이다.

그곳은 로코코 양식으로 꾸며진 큰 방이었다. 의자와 소파와 커튼은 모두 무늬를 놓아 짠 정교한 비단과 벨벳으로 되어 있었다. 벽에는 단번에 알아보기 어려운 그림들이 걸려 있었다. 그러나 그는 그림을 좋아했기 때문에 곧 알아볼 수 있게 되었다. 그것은 분명히 세잔과 마티스, 르누아르의 그림이었다. 엄청난 값어치를 지닌 그림이었다.

커다란 의자에는 거대한 부인이 왕좌에 앉은 듯한 자세로 앉아 있었다. 고래 같은 여자라고 스태퍼드 나이 경은 생각했다. 그녀를 묘사할 다른 말이 정말 없는 것 같았다. 그녀는 기름을 두른 커다란 치즈같이 보였다. 턱은 두 겹세 겹, 아니 네 겹까지 되는 것 같았다. 그녀는 오렌지색의 빳빳한 새틴으로 된 옷을 입고 있었으며, 머리에는 값진 보석이 정교하게 박힌 왕관 같은 페르시아식 두건이 씌어 있었다.

무늬를 넣어 짠 비단으로 된 의자의 팔걸이에 놓여 있는 그녀의 손도 대단히 거대한 것이었다. 넓고 크고 굵고, 모양이 없는 살찐 손이었다. 그리고 손가락마다 보석 박힌 반지가 끼워져 있었다. 그것은 틀림없는 보석이었다. 루비와 에메랄드, 사파이어, 다이아몬드, 그 밖에 그가 알지 못하는 연두색 보석, 황색 보석 등이었다. 그것은 녹옥수와 황옥, 아니면 황색 다이아몬드일 것이다.

그는 무시무시한 여자라고 생각했다. 그녀는 지방질에 싸여 있었다. 얼굴에는 크고 허옇게 주름 잡힌 지방이 흘러내리는 듯했다.

그 얼굴에는 건포도 빵에 건포도가 박힌 것처럼 작고 검은 눈이 두 개 박혀 있었다. 그 눈은 날카로웠다. 세상을 평가하듯이 바라보는 듯했으며, 그를 살피고 있었다. 그녀는 레나타를 알고 있었다.

레나타는 명령에 의해서, 약속에 의해서 온 것이다. 레나타는 그를 그곳으로 데려오라는 명령을 받았던 것이다. 그는 그 이유를 모른다. 그는 왜 이곳에 왔는지 정말 알 수 없었지만, 그녀가 자기를 유심히 쳐다보고 있다는 것은 확신할 수 있었다. 그녀는 그를 평가하며 가치를 따지고 있었다. 이 남자는 그녀가 원하는 사람인가? 고객이 주문한 상품인가?

그는 그녀가 무엇을 원하는지 알고 있다는 생각이 들었다.

'나는 최선을 다해야 해. 그렇지 않으면……' 그렇지 않으면 그녀가 반지 낀 손을 들고 키가 크고 근육이 불끈불끈 솟은 하인에게, '저놈을 데리고 가서 성에 가둬라.' 하고 명령할 것 같았다.

'이건 터무니없는 생각이야. 그런 일은 요즘 같은 때에 있을 수 없지. 내가 지금 어디에 있는 거지? 지금 참석하고 있는 가면무도회와 음악회는 어떤 것일까?' 스태퍼드 나이 경은 생각했다.

"얘야, 정각에 맞추어 왔구나."

그 소리는 한때는 힘까나 있었고, 아름다움마저 있었던 저음이었고, 거칠고 천식을 앓는 듯한 소리였다.

레나타는 앞으로 걸어나가서 무릎을 구부리며 공손히 절했다. 그녀는 그 살찐 손을 잡고 무릎을 굽힌 채 손에 키스했다.

"카를로테 폰 발트자우젠 백작부인, 스태퍼드 나이 경을 소개하겠습니다."

그 살찐 손이 그를 향해 뻗쳐왔다. 그는 외국식으로 그 위에 몸을 굽혔다.

그러자, 그녀는 그를 놀라게 하는 말을 했다.

"나는 당신의 대고모를 알고 있어요."

그는 놀라운 표정을 지었다. 그리고 곧 그녀가 자기의 놀라는 모습을 기대하고 있었고, 또 그것을 즐기고 있다는 것을 알 수 있었다.

그녀는 기묘한 웃음소리를 내며 귀에 거슬리게 웃고 있었다. 매력적인 웃음소리가 결코 아니었다.

"나는 오래전부터 당신의 대고모를 알았지요. 그녀를 만난 지 꽤 오래되었다오. 우리는 소녀 시절에 스위스의 로잔에 살았지. 그녀의 이름은 마틸다 볼드웬 화이트였어요."

"참 놀라운 일인데요." 스태퍼드 나이 경이 말했다.

"그녀는 나보다 나이가 많소. 요즘 건강한가요?"

"나이에 비해서 건강합니다. 요즘은 시골에서 살고 계십니다. 관절염과 신경통을 앓고 계시지요."

"아, 그래요? 늙으면 아프기 마련이라오. 프로카인(국부마취제) 주사를 맞으면 좀 나을 텐데. 이곳 의사는 그런 처방을 내리고 있어요. 몸을 참 편하게 하는 주사지. 당신이 이곳에 온다는 사실을 대고모가 알고 계시나요?"

"전혀 알지 못하십니다. 제가 현대 음악 축제에 참석한다는 사실만 알고 계십니다."

"그 축제는 즐거웠나요?"

"대단히 즐거웠습니다. 정말 멋진 오페라 홀이었습니다."

"가장 멋진 홀 중 하나죠. 바이로이트 축제홀은 마치 종합대학 같아 보이지요! 그 오페라 하우스를 건설하는 데 돈이 얼마나 들었는지 아세요?"

그녀는 수백만 마르크의 액수를 말했다. 스태퍼드 나이 경은 놀라서 숨을 쉴 수가 없었다. 그러나 그 놀라움을 감출 필요가 없었다. 그녀가 이미 자기 말의 효과가 그에게 나타나는 것을 보고 즐거워하고 있기 때문이었다.

"지식이 있고 능력과 판단력이 있고, 또 돈이 있으면 못할 일이 어디 있겠어요? 돈은 우리에게 최선의 것을 선사하지요."

그녀는 마지막 말을 아주 즐거운 표정으로 입맛을 다시듯이 말했다. 그렇게 말하는 그 입술은 악의가 약간 어려 있었고 불쾌하게 보였다.

"그런 모습을 이곳에서도 볼 수 있는 것 같습니다."

그는 벽을 둘러보며 말했다.

"그림을 좋아하시는군. 당신이 그렇다는 걸 알아차릴 수 있어요. 동쪽 벽에 붙어 있는 그림은 요즘에 남아 있는 세잔의 그림으로는 세계에서 제일가는 거랍니다. 어떤 사람은 뉴욕에 더 좋은 그림이 있다고 하지요. 그러나 그것은 사실이 아니에요. 마티스와 세잔의 수작(秀作)과 모든 화풍의 수작들이 여기 나의 산 '아이라'에 모여 있답니다."

"참 놀랍습니다. 정말 놀라운데요." 스태퍼드 경이 말했다.

술이 돌려졌다. 스태퍼드 나이 경은 이 산의 노파가 술을 전혀 마시지 않는다는 걸 알아차렸다. 그 체구에 혈압이 오를까 두려워서 마시지 않는 것 같았다.

"이 애를 어디서 만났나요?" 이 산의 용이 물었다.

'이게 함정은 아닐까?' 그는 확신할 순 없었지만 대답하기로 했다.

"런던에 있는 미국 대사관입니다."

"아, 맞아요. 들은 기억이 나요. 이름이 뭐더라, 그래, 밀리 진은 어떻게 지내고 있나요? 참 매력적인 여자지요?"

"예, 참 아름다운 여자입니다. 런던에서 대단히 크게 성공했죠."

"가엾고 어리석은 미국 대사 샘 코트먼은 어때요?"

"아주 성실한 사람이라고 생각합니다." 스태퍼드는 공손하게 말했다.

그녀는 껄껄 웃었다.

"당신은 재치가 있군. 그럼요, 그 사람, 참 잘하고 있고말고. 정치가로서 해야 할 일을 잘 해내고 있어요. 런던에서 대사 일을 하는 것을 즐기고 있을 거예요. 밀리 진이 더욱더 그렇게 해줄 거고. 그녀는 두둑한 지갑을 갖고 있기 때문에 세계 어느 곳에서라도 그의 대사 직무를 가능케 할 수 있지요. 그녀의 아버지는 텍사스 유전의 반을 소유하고 있고, 넓은 땅에다 금광과 모든 것을 소유하고 있어요. 하지만, 천박하고 못생긴 사람이지. 그런데 그녀는 어때요? 점잖은 귀족 같잖아요? 야하지도 않고 부자인 체하지도 않고. 그게 바로 그녀가 영리하다는 것을 나타내 주는 거예요."

"부유함은 아무런 어려움도 겪게 하지 않지요." 스태퍼드가 말했다.

"당신은 부자가 아닌가요?"

"과거에는 부자가 되기를 바랐습니다."

"외국 공관에서는 일할 만하나요?"

"그런 얘긴 하고 싶지 않습니다. 사람은 여러 장소를 다니면서 기분 좋은 사람들을 만나고, 세상을 알고, 무엇이 어떻게 돌아가는지 알게 되니까요."

"그런 면도 있지요. 그러나 모든 것이 다 그렇지는 않아요."

"그렇게 사는 것이 매우 어렵겠지요."

"당신은 이 생(生)에 나타나는 장면들 뒤에서 무엇이 진행되고 있는지 알고 싶어 한 적이 있나요?"

"누구나 가끔가다 그런 생각을 해보곤 하죠."

그는 관심 없는 듯한 목소리로 말했다.

"당신이 그런 데 대해 가끔 생각한다는 것을 들은 적이 있어요. 설마, 고리 타분하고 판에 박힌 듯한 식으로 생각하지는 않겠지요?"

"저는 한때 나쁜 사람으로 취급된 적도 있었습니다."

스태퍼드는 웃으며 말했다.

늙은 카를로테가 껄껄 웃었다.

"당신은 언제나 사실을 그대로 인정하는 솔직함을 가지고 있군요."

"아닌 체해서 좋을 게 뭐가 있겠습니까? 사람들은 상대방이 무엇을 숨기고 있다는 것을 금방 알아채게 됩니다."

그녀는 그를 응시했다.

"젊은이, 당신은 이생에서 무엇을 원하고 있나요?"

그는 어깨를 으쓱했다. 여기서 그는 다시 악보도 없이 연주해야 하는 심정이 되었다.

"아무것도 없습니다." 그가 말했다.

"정말, 지금 한 말을 믿어도 되나요?"

"예, 믿으십시오. 전 야망이 없는 사람입니다. 제가 야심 있는 사람처럼 보입니까?"

"아니에요. 그건 인정해요."

"저는 즐기기 위해 살고 있습니다. 편하게 살고, 적당하게 먹고 마시고, 즐거운 친구들을 갖기를 원하고 있을 뿐입니다."

그 노파는 몸을 앞으로 굽혔다. 그녀는 서너 번 눈을 끔벅끔벅했다. 그러고는 좀 달라진 목소리로 말했다. 그것은 휘파람소리 같았다.

"당신은 누구를 증오할 수 있나요?"

"증오하는 것은 시간낭비입니다."

"알겠어요. 당신의 얼굴에는 불만족해하는 표정이 전혀 없어요. 정말이에요. 나는 운명이 인도하는 길로 당신이 기꺼이 가리라고 생각해요. 당신은 원치 않더라도 웃으며 그 길을 갈 거예요. 그리고 올바른 조언자나 좋은 사람의 도움을 받을 수 있다면, 마지막에 가서는 좋은 결과를 볼 수 있을 거요. 당신은 원하는 게 있다면 분명히 얻게 될 거예요."

"다른 사람도 다 마찬가지 아닙니까? 부인은 너무 많은 것을 알고 계십니다." 그는 부드럽게 고개를 끄덕이며 말했다.

하인이 문을 열어젖혔다.

"저녁이 준비되었습니다."

식사가 나오는 절차는 꽤 형식을 갖추고 있었다. 모든 음식은 대단히 훌륭하고 궁중 냄새가 풍기는 듯했다. 방의 가장자리에 있는 큰 문이 활짝 열려 있어서, 밝게 불이 켜진 식당의 천장과 거대한 샹들리에가 세 개나 걸려 있는 것이 보였다. 중년 여자 둘이 백작부인 양쪽으로 다가왔다.

그들은 야회복 차림에다 흰 머리를 위로 조심스럽게 말아 올렸고, 다이아몬드 브로치를 달고 있었다. 스태퍼드 경은 그들의 의상에서 희미한 향수 냄새를 맡을 수 있었다. 그들은 백작부인의 안전을 지키는 사람이라기보다는, 백작부인 옆에서 잔시중을 드는 전속 간호사였다. 존경하는 태도로 인사를 한 뒤 그들은 양쪽에서, 앉아 있는 노파의 팔꿈치 밑으로 팔을 넣어 노파가 위엄 있는 자태로 일어나는 것을 도와주었다. 그들의 솜씨는 오랜 세월을 거친 숙련된 것이었다.

"이제 저녁식사를 하러 가는 거예요." 카를로테가 말했다.

그녀를 부축하는 두 간호사와 함께 그녀는 앞서갔다. 그녀는 자신의 비만한 발이 젤리처럼 물컹물컹하는 것을 보았다. 그러나 그녀는 만만한 상대가 아니었다. 그녀는 보통 사람이 생각하는 뚱뚱한 노파가 아니었다. 그녀는 대단한 사람이었다. 그녀는 자신이 보통이 아니라는 사실을 알고 있었고, 대단한 사람임을 애써 나타내려 했다. 세 사람 뒤에는 스태퍼드와 레나타가 따르고 있었다.

그들이 식당에 들어섰을 때, 그는 식당이라기보다는 연회장에 들어선 기분이었다. 그곳에는 키가 크고 잘생긴 금발의 젊은이들이 호위병으로 서 있었다. 제복을 입은 그들은 카를로테가 들어섰을 때 한 사람이 하듯 동시에 칼을 뽑아 머리 위로 쳐들어 엇갈리게 해서 통로를 만들었다.

카를로테는 간호사의 부축을 받지 않고 안정된 자세로 그 길을 지나서, 테이블 위쪽에 마련된 자리로 다가갔다. 그 자리는 금으로 된 부속품을 갖추고, 수놓은 비단으로 커버를 씌우고, 정교한 조각이 되어 있는 큰 의자였다.

스태퍼드는 그 노파의 행진이 결혼식의 신부 입장식 같다고 생각했다. 그것은 군대식이었다. 신랑이 빠지긴 했지만 완전한 군대식 행진이었다.

그 호위병들은 멋진 체격을 갖춘 사람들이었다. 그들 중에 아무도 서른 살이 넘지 않은 것 같았다. 모두 잘생기고 건강했다. 그들의 얼굴에는 거의 웃음기가 없었다. 아주 심각한 표정들이었다. 좀더 적합한 말로 표현한다면, 그들은 헌신적인 사람들이었다. 그들의 행위는 군대에서의 사열이라기보다는 종교적인 의식에 가까웠다.

하인들이 나타났다. 그들은 1939년 전쟁 이전 사람들 같은 복장을 하고 있었다. 마치 사극의 무대를 보는 듯했다. 그런데 식탁의 상석에 앉아서 왕좌를 점령하고 그들 위에 군림하는 사람은 여왕도 황후도 아닌 비만한 거구와 아주 추한 얼굴을 지닌 노파였다. 그녀는 누구며, 무엇을 하는 것인가? 왜 이렇게 살고 있는가? 이 가면무도회 같은 것은 무엇이며, 호위병은 또 왜 있는가? 신변을 보호하기 위한 호위병인가?

다른 손님들이 식탁 앞으로 왔다. 그들은 상석에 앉아 있는 괴물에게 절을 하고는 제각기 자리를 잡았다. 그들은 평범한 야회복을 입고 있었다. 노파는 그들이 누군지 소개하지 않았다.

스태퍼드 나이는 여러 해 동안 사람들을 관찰해 온 경력으로 보아 그들이 어떤 사람인지 짐작할 수 있을 것 같았다. 모두 다 다른 타입의 사람들이긴 하지만, 대부분이 변호사임이 분명했다. 회계사나 재무관인 사람도 끼어 있는 것 같았다. 한두 명은 평상복을 입은 장교였다. 그들도 그 성에 사는 식구일 거라고 스태퍼드는 생각했다. 그들은 봉건적인 사고방식에 젖어서 사는 사람들 같았다.

음식이 나왔다. 고기 젤리에 절인 산돼지의 머리와 사슴고기, 레몬으로 만든 시원한 소르베(과즙·술·향료로 만든 일종의 아이스크림), 산더미처럼 쌓인 과자, 말할 수 없이 달콤하게 보이는 파이에 크림을 넣은 케이크 등이 나왔다.

그 거대한 노파는 굶주림에 허덕인 사람처럼 게걸스럽게 아주 맛있게 먹고 있었다. 밖에서 낯선 소리가 들려왔다. 그 소리는 최고급 스포츠카의 강력한 엔진에서 나는 소리였다. 그 차의 흰 불빛이 창문을 통해 보였다.

방 안에 있던 호위병들은, "하일 프란츠께서 오셨습니다." 하며 소리쳤다. 호위병들은 아주 익숙하게 군대식으로 이동해 갔다. 모든 사람들이 일어섰다. 노파만이 자기의 상석에서 머리를 꼿꼿이 세운 채 앉아 있었다.

스태퍼드는 새로운 흥분이 방 안 가득히 스며들어오는 것을 느꼈다.

다른 손님들은 깨어진 벽 틈으로 도마뱀처럼 사라졌다. 금발의 청년들은 새로운 대열을 만들었다. 그들의 칼이 날아다니는 듯했다. 그들은 여주인에게 절을 하고, 여주인이 고개를 끄덕이자, 칼을 집어넣고서 방문을 통해 나갔다.

노파의 눈은 그들을 따라가다가 레나타와 스태퍼드에게 옮겨졌다.

"저 사람들을 어떻게 생각해요? 저 사람들은 내 자식들이고 나의 작은 군단이에요. 그래요, 나의 자식들이지요. 저들을 묘사할 다른 말이 생각나는 게 있나요?"

"대단히 훌륭합니다." 스태퍼드는 경의를 표하며 말했다.

"그래요!"

그녀는 고개를 끄덕이며, 얼굴에 있는 주름이란 주름은 다 잡아가며 미소를 지었다. 그때 그녀의 모습은 꼭 악어 같았다.

그는 참 징그러운 여자라고 생각했다. 정말 있을 수 없는 일 같았고, 또 극적이었다. 전에 이런 일이 일어난 적이 있었던가를 생각할 때, 결코 그럴 수 없을 것 같았다. 식당에서 벌어지는 이 일을 어떻게 설명해야 하는가?

식당 문이 다시 한 번 활짝 열렸다. 금발의 젊은이들로 구성된 밴드가 전처럼 앞서 들어왔다. 이번에는 칼을 뽑아 쳐들지 않고, 대신 노래를 불렀다. 그들의 노래는 신비에 가까운 아름다운 목소리와 곡조가 어우러진 것이었다.

오랫동안 팝 뮤직만 들어온 스태퍼드는 이루 말할 수 없는 즐거움을 느꼈다. 그것은 오랜 연습을 한 흔적이 엿보이는 목소리였다. 귀에 거슬리게 소리를 질러대는 것이 아니라 전문적인 성악가에 의해 교육을 받은 목소리였다. 성대에 힘을 주거나, 틀린 음을 내서는 안 되게 되어 있었던 것이다.

그들은 신세계의 새로운 영웅 같았다. 그러나 그들이 부른 노래는 새로운 곡이 아니라 전에 들어본 적이 있는 곡이었다. 그것은 찬송가를 편곡한 것이었다. 스태퍼드는 방 꼭대기의 갤러리에 오케스트라가 숨겨져 있다고 생각했다. 그들이 부른 노래에는 바그너의 주제곡을 편곡한 것도 있었다. 또, 라인의 음악도 포함되어 있었다.

엘리트 군단은 누군가가 통과할 수 있도록 두 줄로 좁은 길을 만들었다. 이번에는 늙은 황후를 위한 것이 아니었다. 그녀는 누군가가 들어오기를 기다리며 상석에 앉아 있었다.

마침내 주인공이 들어왔다. 그가 들어오자 음악이 바뀌었다. 그 음악은 스태퍼드가 귀를 기울여 감상할 만한 것이었다. 지그프리트 왕자의 멜로디였던 것이다. 지그프리트가 승리를 거두고 새로운 세계를 다스리게 됨을 기뻐하며 호른을 부는 멜로디였다.

문을 통과해서, 부하들로 보이는 사람들의 대열 사이로 행진해 들어오는 사람은 스태퍼드가 여태껏 본 적이 없는 잘생긴 청년이었다. 금발 머리에 푸른 눈, 균형 잡힌 체격, 그 모든 것이 마술사의 지팡이에 의해 만들어진 것 같았다. 마치 신화의 세계에서 나온 사람 같았다. 영웅, 재생, 부활 등 모든 것을 그에게서 찾을 수 있는 듯했다. 그는 아름다웠고, 강인했고, 확신에 차 있으며, 오만해 보였다.

그는 호위병들 사이를 지나서 상석에 앉아 있는 소름끼치는 노파 앞으로 다가갔다. 그는 한쪽 무릎을 꿇고 그녀의 손에 입을 맞추고 일어나서 팔을 올려 경례를 하고는, 호위병들이 소리쳤던 만세를 독일어로 되풀이했다.

하일! 그의 독일어 발음은 명확하지 않았다. 그러나 스태퍼드는 '할머니 만세'라는 말을 알아들을 수 있었다.

그런 뒤 젊은 미남 영웅은 방을 둘러보았다. 그는 별 흥미를 나타내지는 않았지만, 레나타를 알아보는 듯했다. 그런데 그의 시선이 스태퍼드에게 와서 닿았을 때 대단히 흥미있는 기색을 띠고 그를 자세히 쳐다보았다.

스태퍼드는, '조심해야 해.'라고 생각했다. 이제 그는 자기 역을 제대로 해내야 할 것 같았다. 그 역은 지옥의 경험과도 같은 것이 아닌가? 그는 무엇을 하려는 걸까? 레나타와 그가 이곳에서 해야 할 일은 무엇인가? 왜 그들은 이곳까지 왔는가?

그 영웅은 입을 열었다.

"손님이 오셨군요!"

그는 자신이 세상의 어느 누구보다 우월하다는 것을 의식하며 오만한 웃음을 짓고서, "손님들 두 분 다 환영합니다."라고 말했다.

그때 성 깊은 곳에서 종소리가 커다랗게 울리기 시작했다. 그것은 장례식 때의 종소리와는 달랐지만 엄숙한 분위기가 감도는 것이었다. 수도원 느낌이 들게 하는 그 소리는 뭔가 거룩한 일을 하라고 요구하는 것 같았다.

"이제 우리는 취침할 시간이에요. 자고, 내일 아침 11시에 다시 만나도록 하지요."

카를로테는 레나타와 스태퍼드 쪽을 쳐다보며 말했다.

"당신들을 방으로 안내해 줄 거예요. 잘 자요."

그것은 왕궁의 방식 같았다. 스태퍼드는 레나타가 파쇼식의 경례를 하는 것을 보았다. 그러나 그 경례는 카를로테에 대한 것이 아니라, 금발의 청년에 대한 것이었다. 스태퍼드는 그녀가, "하일! 프란츠 요제프"라고 말했다고 생각되었다. 그도 그녀의 제스처를 따라 하며, "하일!" 하고 말했다.

카를로테는 그들에게 말했다.

"내일 아침엔 승마로 시작하는 것이 즐거울 텐데, 어때요?"

"굉장히 즐거울 것 같습니다." 스태퍼드가 말했다.

"얘야, 너는 어떠니?"

"예, 저도 괜찮아요."

"그럼 좋아요. 준비를 시키겠어요. 둘 다 잘 자요. 당신들이 찾아와서 참 기뻐요. 프란츠 요제프, 팔 좀 이리 내렴. 우리는 중국식 침실로 가야 한단다. 의논할 거리가 많지. 내일 아침에 적당한 때에 너는 떠나야 한단다."

하인들이 레나타와 스태퍼드를 각각 침실로 안내했다.

스태퍼드는 문지방에서 잠시 주춤했다.

'저 친구들이 우리말을 엿들을 수 있을까?' 그는 다시 결심했다.

'성벽에 둘러싸여 있는 한 조심하는 게 좋겠지. 비밀 녹음장치가 설치되어 있을 수도 있으니까.'

그러나 곧 그는 질문이 하고 싶어서 못 견딜 것만 같았다. 그의 마음속에 끔찍한 생각이 떠올랐던 것이다. 그는 뭔가에 농락당하는 것 같았다. 그것이 무엇일까? 누가 그 짓을 하는 것인가?

침실은 대단히 멋있게 꾸며져 있었으나, 거부감이 좀 들었다. 새틴과 벨벳으로 된 우아한 커튼은 고풍스럽긴 했지만, 좀 부패한 냄새가 났다.

그는 레나타가 이전에 이곳에 얼마나 자주 왔었는지 궁금했다.

제11장

젊은이와 사랑스러운 이

다음 날 아침, 작은 식당에서 아침식사를 한 뒤에 스태퍼드는 레나타가 자기를 기다리는 것을 보았다. 말이 문 앞에서 대기하고 있었다.

두 사람은 승마복 차림을 하고 나왔다. 그들이 필요할 것 같은 모든 준비물은 빠짐없이 준비해 온 것이다. 그들은 말을 타고 산에 올라갔다가 성벽을 따라 내려왔다.

"마부가 우리와 같이 가도 되냐고 해서 안 된다고 했어요. 저는 그들의 꾀를 잘 알고 있어요."

"알았소. 전에 이곳에 와본 적이 있소?"

"최근에는 자주 오지 못했어요. 어릴 때는 아주 자주 왔었죠."

그는 그녀를 날카롭게 쳐다보았다. 그녀는 얼굴을 돌리지 않았다. 그녀가 자기 옆에 왔을 때 그는 그녀의 옆얼굴을 바라보았다. 가는 매부리코와 호리호리한 목 위의 머리가 매우 거만해 보였다. 그녀는 말을 잘 탔다.

그는 아침부터 기분이 별로 좋지 않았다. 왜 그런지는 알 수 없었지만.

그의 마음은 공항의 라운지에 가 있었다. 뚜벅뚜벅 걸어와서 자기 옆에 섰던 여자. 테이블 위의 필스너 맥주잔. 그 모든 일이 다시 일어나서는 안 될 것 같았다. 그때의 일은 간신히 치러낸 모험이었다.

그 일은 이미 지나간 것인데 왜 그의 마음이 불안한 것일까?

그들은 나무 사이를 지날 때 말을 천천히 몰았다. 아름다운 숲이었다. 멀리서 그는 뿔이 달린 짐승들을 보았다. 이곳은 스포츠맨의 낙원이었으며, 옛날 방식으로 살려는 사람에게도 낙원이며, 이곳에 사는 동물들에게도 낙원이었다.

이곳에 사는 동물이 무엇이겠는가? 뱀은 아니겠는가? 태초에 에덴동산에도 뱀은 있지 않았는가? 그는 말고삐를 잡아당겨서 멈추게 했다. 이곳에는 비밀

녹음 장치도 없었고 그들의 말을 엿듣는 사람도 없었다. 레나타와 스태퍼드 두 사람뿐이었다. 질문할 수 있는 때가 온 것이다.

"그 노파가 누구요? 대체 뭐 하는 사람이오?" 그는 급히 물었다.

"대답하기는 아주 쉽지요. 너무 쉬워서 믿어지지 않을 거예요."

"그래요?"

"그 사람은 유전과 구리광산을 갖고 있어요. 남아프리카에 금광도 있지요. 스웨덴에 무기 공장과 북쪽에는 우라늄 광산을 갖고 있어요. 원자력 발전소도 말이에요. 그리고 코발트 광산도 있지요. 그 사람은 모든 것을 갖고 있어요."

"그렇지만, 나는 그 여자 이름을 들어본 적이 없소. 그녀의 이름을 모르겠단 말이오."

"그녀는 사람들에게 알려지는 것을 싫어하죠."

"사람들이 그렇게 조용히 있어 줄 수 있을까?"

"그 문제는 간단해요. 돈이 이름을 선전해 줄 수도 있지만, 모든 것을 비밀로 해줄 수도 있는 거예요."

"그건 그렇고, 그 여자는 정말 어떤 여자요?"

"그녀의 할아버지가 미국인이었어요. 아마 철도회사를 갖고 있었다고 하죠. 그 당시 시카고에선 유명한 욕심쟁이였죠. 역사를 거슬러 올라가야겠네요. 그 할아버지는 독일 여인과 결혼했지요. 아마 그 여인의 이름은 들어본 적이 있을 거예요. '빅 벨린다'예요. 그 여인은 결혼 뒤에 세례를 받고 미국식 이름을 갖게 되었지요. 그 여인은 자기 아버지의 재산을 상속받아 군수업과 조선업과 온 유럽의 부귀를 소유하고 있었어요."

"그런 두 사람이 만났으니 대단한 부자였겠군. 권력도 대단했겠는데. 그것이 당신이 말하려는 거요?"

"그래요. 그러나 그 노파는 물려받은 것으로 끝나지 않았어요. 자기가 직접 돈을 많이 벌었지요. 그녀는 좋은 두뇌를 이어받았기 때문에 자기가 직접 재정업무를 다룰 수 있었어요. 그녀가 손댄 것은 다 배로 불어났지요. 그리고 눈덩이처럼 불어나는 돈을 그녀는 다시 투자한 거예요. 다른 사람의 조언과 판단을 구하기는 했지만, 결국은 자기 의지로 해결해 나갔지요. 언제나 성공하기만 했어요. 재산이 계속 늘어 가는데, 정말 믿을 수 없을 정도예요. 돈이 돈을 번다고요."

"알 만하군. 재산이 남아도는 경우에는 불리기가 쉽지. 그런데 그녀는 무엇을 찾는 겁니까? 무엇을 원하는 거요?"

"조금 전에 말씀하신 것처럼, 바로 권력이에요."

"그러면, 그녀는 여기에서만 사는 건가요, 아니면……?"

"미국과 스웨덴에 가끔 가지요. 그 성은 왕거미가 모든 거미줄을 통제하는 본부와 같은 곳이에요. 경제력의 거미줄과 또 다른 거미줄이 있지요."

"다른 거미줄은 뭐요?"

"그것은 미술과 음악, 예술품, 작가 등이지요. 그리고 뛰어난 젊은이들도요."

"그래요? 쉽게 알 것 같군. 그녀가 소장한 그림은 참 놀라운 것이었소."

"성 안의 위층에는 화랑이 있어요. 렘브란트와 지오토와 라파엘의 작품이 있고 보석함도 있지요. 그녀가 가진 보석은 다 진귀한 것들이에요."

"그 모든 게 다 그 흉측하고 뚱뚱한 노파의 것이란 말이군. 그녀는 만족하고 있소?"

"아직은 아니에요. 하지만, 만족하려는 단계에 와 있어요."

"더 이상 뭘 하자는 거요?"

"그녀는 젊은이들을 사랑해요. 그것이 그녀가 권력을 축적하는 방법이에요. 그녀는 젊은이들을 조종하고 있지요. 요즘의 세계에는 반역적인 젊은이들이 판을 치고 있어요. 그들은 그녀의 도움을 받아 왔지요. 그녀는 현대의 철학과 사상과 작가와 유능한 젊은이들에게 경제적인 지원을 해주고 그들을 조종하고 있어요."

"어떻게 그렇게 할 수가……?" 그는 말을 멈추었다.

"제가 정확하게 모르기 때문에 말할 수는 없어요. 아마 대단히 많은 사람들에게 손을 뻗치고 있을 거예요. 그녀는 자선단체와 진실한 박애주의자와 이상주의자들에게는 조금밖에 도움을 주지 않지만, 학생들과 예술가와 작가에게는 대단한 지원을 해주고 있어요."

"그러나 당신 말은 아직……."

"그래요. 아직 완성되지 않았지요. 그것은 구상 중인 대변동이지요. 그것이 새 하늘과 새 땅을 가져다줄 것이라고 믿고 있어요. 그런 것이 바로 수천 년 동안 지도자들에 의해 약속된 것이었지요. 종교가 그것을 약속했었고, 메시아를 지지하는 사람과 부처처럼 인간을 가르치기 위해 환생한 사람과 정치가들이 그것을 약속했었지요. 그녀는 회교도의 지도자가 신자들에게 천국을 확신시켰듯이 그런 확신을 젊은이들에게 주고 있어요."

"그녀는 몰래 마약을 사용하지는 않소?"

"확신하지는 못하겠지만 사용하리라고 생각돼요. 사람들을 자기 뜻에 굴복시키기 위한 수단으로 사용하지요. 그것은 사람을 멸망시키는 확실한 방법이에요. 그녀가 약속한 사람이라도, 쓸모없다고 느껴질 땐 사용해요. 그녀 자신은 마약을 먹어 본 적이 없어요. 그녀는 강해요. 그러나 마약은 어느 누구보다도 약한 사람들을 쉽게 파멸시키지요."

"그녀가 소유한 무력은 어떻소? 모든 것이 선전활동만으로는 이루어질 수 없잖소?"

"물론 그럴 수는 없지요. 선전은 첫 단계일 뿐이고, 그 뒤에는 가득 쌓여 있는 군수물자가 있는 거지요. 어디든지 가서 그 나라를 빼앗는 역할을 하는 무기 말이에요. 탱크와 대포, 핵무기가 아프리카와 남아메리카와 남반구 쪽으로 가고 있어요. 남아메리카에서는 많은 무기 공장이 건설되고 있지요. 엄격한 훈련을 받은 젊은이들로 이루어진 군대도 있어요. 그곳은 거대한 무기고예요. 아마 화학전에 필요한 것들도 다 갖추고 있을 거예요."

"마치 악몽과 같은 소리로군. 어떻게 그런 사실을 죄다 알았소, 레나타?"

"저도 전해 들었기 때문에 부분적으로 알 뿐이지요. 그 정보를 증명하는 데 제가 도움을 준 일이 있기 때문에 조금 알고 있어요."

"그럼, 당신과 그 노파의 관계는 어떻게 되나요?"

"항상 위대하고 거대한 사건 뒤에는 바보스러운 일이 있기 마련이에요."

그녀는 갑자기 웃음을 터뜨렸다.

"글쎄, 그 노파가 제 할아버지와 사랑하는 사이였어요. 웃기는 얘기죠. 할아버지도 이 지역에 살았댔어요. 여기서 1~2마일쯤 떨어진 곳에 성을 갖고 계셨지요."

"당신 할아버지도 천재적인 사람이었나요?"

"오, 아니에요. 할아버지는 사냥꾼이었어요. 멋있게 생긴데다 약간 바람기가 있어 보여서 여자들에게 인기가 좋았죠. 그런 일이 있었기 때문에, 카를로테가 어떤 의미에서는 제 보호자가 된 거예요. 저는 그녀의 추종자나 노예와 마찬가지예요. 저는 그녀를 위해서 사람들을 찾아내지요. 또, 세계 여러 곳을 다니면서 그녀의 명령을 수행하고 있어요."

"당신이 그렇단 말이오?"

"그래요, 뭘 말씀하시려는 건가요?"

"어쩐지 이상했다 했지." 스태퍼드가 말했다.

그는 놀랐다. 그는 레나타를 바라보면서 공항에서의 일을 다시 생각해 보았다. 그는 레나타를 위해 그녀와 함께 일하고 있다. 그녀는 그를 이 성으로 데리고 왔다. 누가 그를 데려오라고 명령했을까? 그것은 거미줄 한가운데서 거미줄을 풀어내는 거대한 카를로테였다. 그는 외교분야에서는 건전치 못하다는 평판을 듣고 있었다. 그런 그가 이 사람들에게는 유용하게 사용될 수 있을 것이다. 그러나 좀 모욕적인 방법으로 사용되겠지.

갑자기 그는 안개에 휩싸인 것처럼 해결되지 않는 문제들을 생각하기 시작했다. 레나타는? 나는 그녀와 함께 프랑크푸르트 공항에서 모험을 했다. 하지만, 아무 일도 나에게 일어나지 않았다. 그건 그렇고, 도대체 이 여자는 누군가? 이 여자는 무엇을 하는 사람인가? 모르겠다. 확실히 알 수가 없다. 요즘은 누구든지 상대방을 확실히 알 수가 없다. 이 여자는 나를 데려오라는 명령을 받은 것이다. 프랑크푸르트에서의 일이 빈틈없이 돌아가도록 나를 자기 손아귀에 넣은 것이다. 그것이 나의 모험심과 맞아떨어졌고, 나로 하여금 이 여자를 믿게끔 하였던 것이다.

"이제 천천히 말을 몰지요. 너무 오랫동안 말을 걷게 했어요."

"그 모든 일 가운데에서 당신이 어떤 역할을 하고 있는지 아직 안 물어봤소."

"저는 명령을 받지요."

"누구에게서?"

"이 세상에는 항상 저항력이 작용하기 마련이에요. 이 세상만사가 되어가는 것과, 이 세상이 변화되고 있다는 사실과, 돈과 부귀와 이상과 권력을 빌어온 말(言語)로 인해 일어나는 일에 대해 회의를 품고 있는 사람이 있어요. 절대로 그렇게 되지 않을 것이라고 말하는 사람들이 있지요."

"당신도 그런 사람이오?"

"그렇다고 할 수 있지요."

"그게 무슨 뜻이오, 레나타?"

"그냥 그렇다고 말할 수 있다는 거예요."

"어젯밤 그 젊은이는……."

"프란츠 요제프 말씀인가요?"

"아, 그게 그 사람 이름이오?"

"사람들이 알고 있는 이름은 그래요."

"그 사람, 이름이 또 있잖소?"

"그렇게 생각하세요?"

"그 사람이 제2의 지그프리트가 아니오?"

"그를 그렇게 보았나요? 그가 누구며 무엇 하는 사람인지 알아차리셨나요?"

"그렇다고 볼 수 있지. 그 사람은 영웅 같은 청년이었소. 이 지역의 젊은이라면, 아리안계의 청년일 거요. 거기에 초점을 맞춰야 하지. 우수한 종족, 우수한 인간들. 그들은 아리안족의 후손임이 틀림없소."

"맞아요. 히틀러 시대에서부터 그들의 우수성이 인정되었지요. 그 종족은 세계의 다른 곳에는 별로 없어요. 겉으로 잘 드러나지도 않죠. 남아메리카는 그 종족의 강력한 근거지 중 하나예요. 페루와 남아프리카도 마찬가지고."

"제2의 지그프리트는 무슨 일을 합니까? 자기 보호자의 손에 입을 맞추고 멋있게 보이는 일 외에 무슨 일을 하는 거요?"

"아, 그 사람은 아주 뛰어난 웅변가예요. 그가 말하기만 하면 그의 추종자들이 목숨을 걸고 따르지요."

"그래요?"

"그 사람 자신도 그렇게 믿고 있어요."

"당신은?"

"저도 그렇다고 생각해요." 그녀는 덧붙여 말했다.

"웅변은 참 놀라운 것이더군요. 목소리가 할 수 있는 것과 말이 해낼 수 있는 것은 참으로 놀라워요. 특별히 확신을 주는 내용이 아니라도 말이에요. 무엇보다도 말하는 방법이 중요해요. 그의 목소리는 종소리 같죠. 그가 웅변을 토하면 여자들은 울음을 터뜨리고, 감격에 찬 소리를 지르고, 반은 미쳐버리지요. 당신도 직접 그것을 보게 될 거예요.

당신은 어젯밤 카를로테의 호위병들이 모두 제복을 입은 것을 보았을 거예요. 요즘 사람들은 정장으로 차려입는 것을 좋아해요. 당신은 세계 곳곳에서 자기 멋대로 차려입은 사람들을 보았을 거예요. 지역마다 차림이 다르지요. 어떤 사람은 긴 머리에 수염을 기르고, 처녀들은 물결 치는 듯한 하얀 드레스를 입고 평화와 아름다움에 대해 이야기하지요. 그들이 낡은 세계를 전복시켰을 때 자기들 차지가 될 젊은이의 멋진 세계에 대해서도 이야기하지요. 원래 진짜 젊은이의 나라는 아이리시 해(영국과 아일랜드 사이의 바다)의 서쪽에 있어요. 그곳은 아주 단순한 곳이에요. 우리가 계획하고 있는 젊은이들의 나라와는 달라요. 그곳은 모래와 햇빛이 있고 파도 소리만 들리는 곳이에요.

그러나 우리는 모든 것을 다 파괴하고 혼란된 상태로 빠뜨리려고 해요. 혼란된 상태만이 그 배후에서 조종하는 사람들에게 유리한 기회를 줄 수 있으니까 말이죠. 참 끔찍한 이야기지만, 그것을 얻기 위한 폭력과 고통과 아픔이 있었다는 것은 참으로 놀라운 사실이지요."

"그것이 당신이 세상을 보는 방법이오?"

"가끔은 그런 생각을 하죠."

"나는 무엇을 하게 되어 있소?"

"당신의 안내자를 따르면 돼요. 제가 당신의 안내자예요. 베르길리우스가 단테를 안내했듯이 당신을 지옥으로 데리고 가서 새디스트적인 영화와 잔악성과 고통과 폭력이 얼마나 찬양받는가를 보여 주겠어요. 또, 아름다움과 평화에 둘러싸인 꿈 같은 낙원도 보여 주겠어요. 당신은 뭐가 뭔지 잘 모를 거예요. 그러나 그것을 볼 마음의 준비는 갖춰 두어야 해요."

"레나타, 당신을 믿어도 되겠소?"

"그것은 당신 맘에 달렸어요. 당신이 원한다면 도망가도 돼요. 또, 저와 함께 머물면서 새로운 세계를 봐도 좋고요. 그 새로운 세계는 지금 만들어지는 중이에요."

"카드 게임 같군." 스태퍼드 나이 경은 격렬하게 말했다.

그녀는 그를 미심쩍은 듯이 쳐다보았다.

"이상한 나라의 앨리스처럼 카드가 다 공중으로 날아가 버리는 것 같소. K와 Q, J 등 모든 종류의 카드가 다 날아가 버리는 것 같아!"

"그게 구체적으로 무슨 뜻이죠?"

"현실이 아니라는 뜻이오. 모두 가공적인 것이오. 그 쓸데없는 것들이 다 거짓이란 말이오."

"어떤 면에서는 그렇다 할 수 있지요."

"모두 의상을 차려입고는 한바탕 쇼를 벌이는 거로군. 내가 제대로 보지 않았소?"

"어떻게 보면 그렇기도 하고, 또 어떻게 보면 아니기도 해요."

"나를 당황하게 한 것이 있는데, 거기에 대해 묻고 싶소. 카를로테가 당신에게 나를 데려오라고 한 이유가 대체 뭐요? 그녀가 나에 대해 무엇을 알고 있소? 내가 어디에 쓸모가 있다고 생각하는 거요?"

"정확히는 모르겠어요. 모든 것이 베일에 가려진 상태니까요. 당신은 그런 것을 더 맘에 들어 하시잖아요."

"그 노파는 나에 대해 아는 것이 없을 텐데?"

"아, 그래요!"

갑자기 레나타가 큰 소리로 웃었다.

"그건 정말 웃기는 일이에요. 하지만, 그런 터무니없는 일이 이번이 처음은 아니에요."

"나는 당신을 이해할 수가 없는데, 레나타?"

"아마, 너무 쉬워서 그럴 거예요. 로빈슨 씨는 이해할 거예요."

"당신이 도대체 뭘 말하고 있는지 설명해 주겠소?"

"그것은 지금과 마찬가지인 옛날 일을 말하는 거예요. 당신에 관한 것이 아니라, 당신이 아는 사람에 대한 거란 말이에요. 당신의 대고모인 마틸다와 카를로테는 같이 학교에 다녔죠."

"당신, 지금 사실을 말하는 거요?"

"예, 두 소녀가 같이 다녔다니까요."

그는 그녀를 뚫어지게 쳐다보더니, 고개를 뒤로 젖히고 웃음을 터뜨렸다.

왕궁의 어릿광대

　그들은 성의 여주인에게 작별인사를 하고는 정오에 성을 떠났다. 높이 솟아 있는 성을 뒤로하고는 구불구불한 길을 내려와서 몇 시간 뒤에 돌로미테스에 있는 요새에 도착했다. 그곳은 여러 종류의 청소년 모임이 열리기도 하고, 회합과 음악회가 열리기도 하는 산속의 노천 원형극장이었다.

　레나타가 그를 그곳으로 안내했다. 그는 바위 위에 앉아서 무엇이 어떻게 진행되는지를 지켜보았다.

　그는 그날 아침 그녀가 말한 것을 좀더 이해할 수 있었다. 그곳에는 거대한 무리가 모여 있었다. 그들은 생동감이 넘치는 것 같았다. 뉴욕의 매디슨 광장에서 복음 설교를 듣고자 모인 무리나, 웨일스 교회에 모인 무리나, 축구를 보러 모인 무리나, 대사관을 습격하려고 모인 무리나 경찰 등의 무리. 어떻게 이름을 붙이든 간에 그들에겐 생동감이 넘쳐흘렀다.

　그녀는 그가 '제2의 지그프리트'의 의미를 보고 느낄 수 있도록 그곳에 데려온 것이다.

　프란츠 요제프는 청중들에게 연설을 했다. 그의 음성은 고저가 뚜렷했으며, 사람을 흥분시키는 이상한 능력이 있었으며, 감정에 호소하는 듯했다. 그러한 목소리로 그는 젊은 남녀들을 울리며, 사로잡고 있었다. 그의 입에서 나온 말은 깊은 의미를 포함하는 함축성 있고도 대단한 호소력을 지니고 있었다.

　청중은 오케스트라의 단원처럼 반응을 보였다. 그의 목소리는 지휘자의 지휘봉이었다.

　그런데 그 청년이 말한 내용은 무엇이었는가? 그 제2의 지그프리트의 메시지는 무엇이었는가? 그의 연설이 끝난 뒤에 무엇을 들었는지 기억에 남는 것은 하나도 없었다. 그러나 스태퍼드는 분명히 자신이 감동을 받았고, 뭔가를 결심했으며, 끓어오르는 열정을 느꼈다는 것을 알았다.

그러나 이제는 끝났다.

청중들은 바위로 된 연단에 밀려와서 함성을 지르고 울음을 터뜨리기도 했다. 어떤 처녀들은 격정에 복받쳐서 악을 쓰기도 했다. 거의 실신한 처녀도 있었다. 요즘 같은 세상에 이게 도대체 무슨 일인가? 모든 내용이 감정을 흥분시키는 것이 아니었던가? 이것이 사람을 훈련시키는 것이며, 단련시키는 것인가? 아니, 결코 아니었다. 감정밖에는 아무것도 남아 있지 않았다.

저런 것이 과연 어떤 종류의 세계를 만들 것인가? 스태퍼드 나이 경은 곰곰이 생각했다.

그의 안내자가 그의 팔을 툭 치며 가자고 했다. 그들은 잘 아는 길로 차가 들어선 것을 알았다. 그들이 탄 차는 산등성이의 예약된 여관에 그들을 데려다 놓았다.

그들은 여관을 나와서 사람들이 많이 다닌 흔적이 있는 산길로 올라가서 자리를 잡았다. 두 사람은 잠시 침묵을 지키며 앉아 있었다.

한참 뒤에야 스태퍼드가, "카드 게임 같군." 하고 말했다.

5분가량 그들은 골짜기를 내려다보며 앉아 있었다.

레나타가, "어땠어요?"라고 물었다.

"뭘 묻는 거요?"

"당신이 지금까지 본 것에 대해 어떻게 생각하느냐고요?"

"나는 이해할 수가 없소."

스태퍼드가 말했다.

그녀는 한숨을 내쉬었다. 예상치 못한 깊은 한숨이었다.

"당신이 그렇게 말하기를 기대하고 있었어요."

"모든 것이 가증스러워 보이오. 그것은 커다란 쇼에 불과했소. 유능한 연출자에 의해 마련된 쇼. 그 괴물 같은 여자가 연출자를 고용해서 돈을 대주는 거요. 우리는 그 연출자는 보지 못했지. 오늘 우리가 본 것은 제일가는 배우였소."

"그 사람을 어떻게 생각하세요?"

"그 사람도 진짜는 아니오. 그는 배우에 불과해요. 아주 우수한 주연급 배우."

그때 그는 레나타의 웃음소리에 깜짝 놀랐다.

그녀는 일어섰다. 갑자기 그녀는 신이 나는 모양이었다. 흥분된 것 같기도 하며, 동시에 비꼬는 것 같은 태도를 보였다.

"저는 그것을 알고 있었어요. 저는 당신이 본 것을 알고 있었죠. 당신은 항상 자기주장만 고집하고 한 발도 물러서지 않는군요. 당신은 당신의 삶 속에서 만난 모든 것을 생생하게 기억하고 있죠? 당신은 사람들이 어떻다는 것과, 참과 거짓을 가릴 줄 아는 능력이 있어요.

스트래트퍼드(셰익스피어의 출생지)에 가서 당신이 셰익스피어 연극에서 어떤 역을 맡아야 하는지 알아볼 필요도 없어요. 왕이나 위대한 사람들은 광대가 필요하지요. 왕에게 진실과 상식적인 것을 말하고, 사람들을 속이는 것을 조롱할 수 있는 광대가 필요해요."

"그 역을 내가 맡아야 한다는 말이오? 왕궁의 광대를?"

"당신 스스로 그것을 느끼지 않으세요? 그것이 우리가 원하는 것이고 필요한 것이에요. 당신은 '카드 게임'이라는 말을 했지요? 잘 연출된 찬란한 쇼라는 말도 했어요. 얼마나 정확한 표현인지 몰라요. 그러나 사람들은 속아 넘어가고 있어요. 그들은 뭔가 대단히 놀라운 것이기도 하고, 악마적이기도 하며, 끔찍하게 중요한 것이라고 생각해요. 물론 그렇지는 않죠. 그들은 사람들에게 어떻게 보이는지에만 지대한 관심이 있어요. 그것이 다예요. 대단히 어리석은 짓이지요. 그것 때문에 당신과 제가 할 일이 있는 거예요."

"마지막에 가서 우리가 모든 것을 폭로하고 무효화시키자는 것이 당신의 아이디어요?"

"그 일이 잘될 것 같지는 않아요. 그러나 당신은 모든 것이 진실 되지 못하다는 것과 거대한 속임수라는 것을 이미 알고 있어요."

"나에게 진리를 설교하라고 말하는 거요?"

"아뇨, 그렇지는 않아요. 아무도 그렇게 귀담아듣지 않을 거예요."

"지금은 그렇겠지."

"그러나 우리는 그들에게 증거와 사실과 진리를 제공해야 해요."

"우리가 그런 것을 갖고 있소?"

"예, 그래요. 제가 프랑크푸르트를 경유할 때 갖고 온 것과, 당신이 영국으로 안전하게 가도록 도와준 것이 있죠."

"이해하지 못하겠는데."

"아직은 그럴 거예요. 나중에 아시게 될 거예요. 우리에겐 이제 해야 할 역할이 주어졌어요."

제3부 국내와 해외에서
제13장

파리 회의

파리의 어느 회의실에 다섯 사람이 앉아 있었다. 그곳은 역사적인 회의가 자주 열렸던 곳이다. 이번 회의도 적지 않게 역사적인 회의가 되겠지만, 여러 면에서 뭔가 다른 회의였다.

프랑스 수상 그로장이 회의를 이끌고 있었다. 그는 용의주도하면서도 매력적인 태도로 회의를 매끄럽게 해나가려고 최선을 다하면서 근심스러운 표정을 짓고 있었다. 그의 매력적인 태도는 과거에 그에게 많은 도움을 주었지만, 오늘에 와서는 그렇게 큰 도움을 준다고 느끼지는 못하고 있었다.

이탈리아 수상 비텔리는 한 시간 전에 이탈리아에서 비행기로 날아왔다. 그의 제스처는 열광적이었으나, 태도는 균형이 잡히지 못했다.

"이건 사람들의 상상을 초월한 거요. 도저히 있을 수 없는 일이오."

그는 이렇게 말하고 있었다.

"이런 학생들을 참을 수 있다고 생각합니까?" 그로장이 말했다.

"그건 학생이라고 말할 수가 없습니다. 학생들이라면 그럴 수가 없어요. 뭐에다 비유를 해야 할까……, 꼭 벌떼 같습니다. 예상치 못한 벌떼의 습격 말이오. 이건 마치 심각한 자연재해를 당한 것 같습니다. 그들은 행군을 합니다. 총기도 갖고 있어요. 어디선가 비행기도 얻었습니다. 그들은 북부 이탈리아를 장악하려고 합니다. 그러나 그건 미친 짓이오.

그들은 어린애들과 똑같단 말입니다! 두려운 것은 그들이 폭탄과 폭발물을 갖고 있다는 겁니다. 밀라노 시(市)만 해도 학생의 숫자는 경찰보다 많습니다. 어떻게 해야 하겠습니까? 군대를 동원해야 할까요?

그렇지만, 군대도 혁명을 일으키려 하고 있습니다. 그들도 젊은이들과 같은 생각이라고 말하고 있단 말입니다! 그들은 이 세상에 무정부상태의 혼돈이 아니면 희망이 없다고 합니다. 그들은 자칭 '제3의 세계'라고 부르는 신세계에 대해 이야기하고 있어요. 그러나 그런 세계는 있을 수 없단 말입니다!"

그로장은 한숨을 내쉬며 말했다.

"무정부상태의 혼란은 젊은이들에게 대단한 인기를 끌고 있어요. 무정부상태의 혼돈에 대한 신념. 우리는 그것을 알제리 시대와 우리나라와 우리의 식민 제국이 겪었던 고난으로 말미암아 잘 알고 있습니다. 그러면, 우리는 무엇을 해야 하겠습니까? 군대? 그들은 결국 학생들 편에 설 텐데!"

"학생들, 아, 학생들!" 푸아소니에가 말했다.

그는 '학생'이란 말을 저주처럼 여기는 프랑스 정부의 장관이었다. 그에게 독감이나 역병 중에 어느 것이 더 고통스럽겠냐고 묻는다면, 둘 다 학생들의 소요보다는 덜 고통스럽다고 대답할 사람이었다. 학생이 없는 세계. 그것은 푸아소니에가 늘 꿈꿔 온 세계였다. 그 꿈은 좋았지만 실현되지는 않았다.

"요즘 돈이 곳곳에서 돌고 있소. 그 돈이 어디서 나왔는지는 잘 모릅니다. 그런데 총경은 그 돈이 어떻게 도는지에 대해 실마리를 잡은 것 같소. 당신들은 이 돈이 외부에서 흘러들어온 거라고 생각하진 않습니까?"

"아, 나도 뭔가 이야기할 것이 있습니다. 우리 이탈리아에서도 마찬가지입니다. 우리가 의심하고 있는 일이 일어나고 있어요. 그러나 누가 이 세계를 부패시키고 있는지는 모를 일입니다."

그로장이 말했다.

"그 일을 막아야만 합니다. 무슨 행동이든가 취해져야 해요. 군사적인 행동, 공군의 행동이 취해져야 합니다. 무정부주의자, 약탈자들은 어느 계층에나 속해 있어요. 그들이 끽소리 못하게 해 놔야 합니다."

"최루탄으로 막는 것도 꽤 성공적이었는데요."

푸아소니에는 반신반의하는 투로 말했다.

"아니, 최루탄으로는 부족하오. 양파를 벗기기만 해도 눈물은 나옵니다. 그것보다 더 강력한 것이 필요해요." 그로장이 말했다.

푸아소니에는 놀란 목소리로 말했다.

"혹시 핵무기를 사용하자는 것은 아니겠지요?"

"핵무기? 농담이라도 그런 말은 맙시다. 핵무기로 무엇을 하겠소? 핵무기를 사용하면 프랑스의 대기와 토양은 어떻게 되겠소? 그것으로 우리는 소련을 멸망시킬 수 있다는 것은 알고 있습니다. 물론 소련도 우리를 멸망시킬 수 있지요."

"각하는 행군하며 시위하는 학생들이 우리의 권력구조를 붕괴시킨다고 생각하시지는 않겠지요?"

"그것이 바로 내가 염려하는 게요. 그러한 우려를 생각하고 있는 거요. 산처럼 쌓인 무기와 화학전을 할 수 있는 장비, 그 밖의 것들을 보면 걱정이 태산같소. 그 무기의 성능에 대해 저명한 과학자들의 보고가 있소. 그런데 그 비밀이 새어나간 거요. 아무도 모르게 감추어 둔 무기들을 도둑맞았소! 그러니 어떤 일이 일어나겠소? 다음에 일어날 일이 무엇이겠습니까?"

그 대답은 그로장이 생각한 것보다 훨씬 신속하게 예기치 않던 방법으로 주어졌다. 문이 갑자기 열리더니 비서실장이 근심스러운 얼굴로 다가왔다.

그로장은 불쾌한 표정으로 그를 바라보았다.

"방해하지 말라고 했잖나?"

"예, 각하. 그러나 이건 보통 일이 아닙니다."

그는 귀엣말로 말했다.

"마샬 씨가 왔습니다. 이곳에 들어오겠다고 하는군요."

"마샬? 그게 정말인가?"

비서실장은 정말이라는 것을 나타내려고 강하게 고개를 끄덕였다.

푸아소니에는 동료들을 당황한 표정으로 바라보았다.

"그가 들어오겠다고 합니다. 거절해도 소용없을 겁니다."

다른 두 사람은 먼저 그로장을 쳐다보더니 흥분하고 있는 이탈리아 수상에게로 고개를 돌렸다.

"이러면 좋지 않을까요, 만일……." 내무상인 쿠앙이 말했다.

그가 '만일'이라고 말했을 때 문이 확 열어 젖혀지더니 한 사람이 걸어 들어왔다. 그는 매우 유명한 사람이었다. 그의 말은 프랑스에서 오랫동안 법 이상이었다. 그를 이 순간에 만난다는 것이 그곳에 앉아 있는 사람들에게는 결코 달가운 일이 아니었다.

마샬이 말했다.

"동지들, 당신들을 환영합니다. 나는 당신들을 도우러 왔소. 우리나라가 어려움에 부닥쳐 있습니다. 뭔가 조치를 취해야 합니다. 즉각적인 조치 말이오.

나는 당신들과 함께 행동하려고 왔어요. 이런 위기에 대한 모든 행동의 책임은 내가 맡겠습니다. 아마 위험이 따를 겁니다. 잘 압니다. 그러나 위험보다는 명예가 더 중요하단 말입니다. 프랑스를 구원하는 것이 위험보다 더 중요하다는 말입니다.

거대한 학생들의 떼가 이리로 몰려오고 있어요! 그중에는 교도소에서 풀려난 죄수들도 있습니다. 그 죄수 중에는 살인죄를 범한 사람이나, 방화, 선동을 한 사람도 있습니다. 그들은 자기들 영웅의 이름을 소리쳐 부르며 노래하고 있어요! 자기들의 선생들과, 철학자들, 자기들을 반란의 길로 인도해준 사람들의 이름을 부르고 있단 말입니다. 뭔가 조치가 내려지지 않는다면 프랑스는 멸망하게 될 겁니다. 당신들은 탁자에 둘러앉아서 탁상공론만 하고 있어요! 이젠 그보다 중요한 일을 해야 합니다.

나는 2개 연대를 파견했습니다. 공군에 대해서도 비상령을 내렸습니다. 또, 독일에 있는 우리의 동지에게도 특별히 전보를 쳤습니다.

폭동은 막아야 합니다. 반란과 폭동은 재산과 남녀노소 누구에게나 위협을 줍니다. 나는 이제 나가서 그 반란을 막겠소. 그들의 지도자이며 아버지로서 말하려고 합니다. 그 학생들이나 죄수들까지도 내 자녀들입니다. 그들은 프랑스의 젊은이들입니다. 나는 학생들에게 바로 그 점을 말하려고 합니다. 그들은 내 말을 들을 것이고, 정부는 정책을 수정할 것이며, 그들은 다시 공부를 시작할 겁니다.

그들의 삶은 아름다움과 지도력을 잃어버렸습니다. 나는 그 모든 것을 약속할 겁니다. 내 이름으로 약속할 겁니다. 물론 당신들과 정부의 이름으로도 약속할 겁니다. 당신들은 최선을 다했습니다. 그러나 더 강력한 지도력이 필요합니다. 즉, 나의 지도력이 필요하다는 겁니다. 인구가 적은 곳에서라도 핵무기 사용은 저지되어야 합니다. 물론, 그 점 때문에 대중이 폭동을 일으킬지도 모르지만, 그것이 가장 안전한 방법임을 우리는 알고 있습니다.

나는 완전하게 계획을 세웠다고 봅니다. 이제 그 계획을 실행하겠습니다. 나의 충직한 친구들이여, 같이 행동합시다."

"마샬, 우리는 당신을 위험에 처하게 할 수는 없소 우리는 꼭……."

"당신 말은 듣고 싶지 않소 나는 내 운명대로 사는 거요"

마샬은 문쪽으로 걸어갔다.

"내 호위병들이 밖에 있습니다. 나는 지금 젊은 폭도들에게 이야기하러 가는 길입니다. 아름다움과 폭력의 꽃인 젊은이들에게, 그들의 의무가 무엇인지 충고해 주려 합니다."

그는 자기가 좋아하는 역할을 해낸 주연배우 같은 당당함을 지니고 문을 통해 사라졌다.

"제기랄, 농담은 절대 아닌 것 같군요"

푸아소니에가 말했다.

"저 사람은 자기 생명을 내놨소" 비텔리가 말했다.

"누가 알겠소? 그는 용감한 사람이오 아주 씩씩한 것 같소 그러나 그에게 무슨 일이 일어나면 어쩌겠소? 젊은이들이 한창 흥분되어 있는데, 그를 죽일지도 몰라요"

푸아소니에의 입에서 한숨이 새어나왔다. 그는 정말 그렇게 될지도 모른다고 생각했다.

"그렇습니다. 그들이 그를 죽일지도 모릅니다."

"우리도 그렇게 되기를 원치 않아요" 그로장이 조심스럽게 말했다.

"그를 말려야 해요." 잠시 생각하다가 그가 외쳤다.

"그래야 합니다. 그가 죽어서는 안 돼요" 비텔리도 말했다.

"제기랄, 빌어먹을!"

그로장이 이마를 닦으며 말했다.

"우리는 무엇을 어떻게 해야 합니까? 이게 무슨 소린가? 총소리 아닌가?"

"아니에요, 아닙니다." 푸아소니에가 위로하듯이 말했다.

"저건 휴대용 커피잔 소립니다."

"한 가지 인용하고 싶은 말이 있는데, 셰익스피어 작품 중에서 '아무도 이것을 제거하지 못하겠는가—' 이런 식으로 나가는 건데……."

연극을 좋아하는 그로장이 말했다.

"희곡 베킷에서 나오는 난폭한 제사장이 한 말인 것 같습니다."

푸아소니에가 말했다.

"마샬처럼 미친 사람은 그 제사장보다 더 나빠요."

제14장

런던 회의

런던 다우닝 가(街) 10번지 수상 관저의 각료회의실에는 수상 케드릭 러젠바이가 테이블 머리에 앉아서 소집된 각료들을 무표정하게 바라다보고 있었다.

그의 얼굴은 참담한 표정을 하고 있었다. 그는 맘에 있는 생각 그대로 어둡고 불쾌한 표정을 지을 수 있는 것이 각료회의실 내에서만 누릴 수 있는 사적인 특권이라고 생각하고 있었다. 그가 세상 사람들에게 얼굴을 내놓을 때는 속마음을 억제하고, 항상 만족해 있는 낙관주의적인 모습과 지혜로운 듯한 모습을 해야만 했다. 그런 얼굴이 여러 정치적인 위기를 잘 넘겨주는 역할을 했던 것이다.

그는 방 안을 둘러보았다. 고든 체트윈드는 얼굴을 찌푸리고 있었다. 조지 팩햄 경은 보통 때처럼 깊은 생각에 잠겨 걱정스러운 표정을 짓고 있었다. 먼로 대령은 군인다운 침착성을 유지하고 있었고, 공군준장 켄우드는 입을 굳게 다물고 정치가에 대한 깊은 불신을 숨기지 않는 표정을 짓고 있었다. 또 엄청나게 몸집이 큰 블런트 제독은 테이블을 손가락으로 가볍게 두드리며 자기가 말할 차례를 기다리고 있었다.

공군중장이 말했다.

"별로 좋지 않은 일이 생겼습니다. 우리의 비행기 중에 네 대가 지난주에 납치당했습니다. 그 비행기는 납치범에 의해 밀라노로 돌려졌습니다. 납치범들은 승객들을 내려놓고는 비행기를 타고 사라졌습니다. 분명히 아프리카 같습니다. 흑인들의 소행입니다."

"흑인들이라고요?" 먼로 대령은 의미심장하게 말했다.

"아니면, 공산주의자들의 소행이 아닐까요?" 러젠바이 수상이 말했다.

"당신들도 아시다시피 우리가 겪는 어려움은 모두 소련의 공산주의에서 비롯된 것들입니다. 소련인과 연락을 취할 수 있는 사람이 있다면, 한번 외교 사절을……."

"그만두시죠, 각하." 블런트 제독이 말했다.

"소련인들이 원하는 것은 이 혼란에 개입하지 않는 겁니다. 그들은 우리가 겪는 만큼 학생들로 말미암은 어려움을 겪어 보지 않았습니다. 그들이 온 관심을 쏟는 것은 중공이 어떻게 될 것인가 하는 것뿐입니다."

"그런 그들에게 개인적으로 영향을 미치는 방법도 괜찮다고 생각하는데……."

"각하는 여기 앉아서 이 나라만 걱정하셔도 됩니다."

블런트 제독이 말했다. 그의 이름 그대로 그는 퉁명스럽게 말했다.

"우리가 실제로 일어나는 사건들에 대해 정확한 보고를 들을 수 없다면 어떻게 하겠습니까?"

고든 체트윈드가 먼로 대령을 쳐다보며 말했다.

"보고가 안 들어온다고요? 그럴 수도 있겠지요. 그러나 그 보고들이 다 입에 맞는 것이 아닙니다. 내 생각에는 당신은 여기서 일어나는 자질구레한 사건보다는 세계정세가 어떻게 돌아가는지를 알고 싶어 하는 것 같은데?"

"바로 그거요."

"프랑스의 마샬이 현재 병원에 입원 중입니다. 그의 팔에 총알이 두 개나 박혔습니다. 또, 정계에도 소란이 일어나고 있어요. 그 나라의 넓은 지역이 젊은 군단이라고 불리는 학생들에게 장악되었습니다."

"그들이 무기를 갖고 있단 말입니까?"

고든 체트윈드는 겁에 질린 목소리로 말했다.

"그들은 대단한 무기를 갖고 있습니다. 어디서 그런 무기를 얻었는지는 잘 모르겠습니다. 그런데 그 수수께끼에 대해 뭔가 말할 것이 있습니다. 스웨덴에서 서아프리카로 대단히 많은 화물이 보내졌다는 사실입니다."

먼로 대령이 말했다.

"그게 무슨 연관이 있단 말이오?" 러젠바이 수상이 말했다.

"어떤 상관이라도 있소? 그들이 서아프리카에서 원하는 무기들을 모두 갖게 내버려두시오. 자기네들끼리 서로 쏴 죽이고 하겠지."

"글쎄요. 우리의 현명한 기자단의 소식에 의하면, 거기에 좀 이상한 일이 있다는 겁니다. 여기 아프리카로 보내진 무기 목록이 있습니다. 재미있는 것은, 그것이 아프리카까지 갔다가 다시 반송되었다는 겁니다. 그 무기들의 반송이 확인되었습니다. 돈은 지불되었을 수도 있고 아닐 수도 있습니다. 그러나 그 무기들은 5일이 지나기 전에 반송되었습니다. 어디로 보내졌는지는 모릅니다."

"그 사건을 어떻게 설명할 수 있겠소?"

"그 무기는 원래 서아프리카로 보내질 것이 아니었습니다. 돈은 미리 지불되었고, 일단 목적지가 아닌 다른 곳에 보내졌던 겁니다. 그 무기는 아프리카에서 근동지방으로 보내졌을 겁니다. 페르시아 만과 그리스, 터키로 말입니다. 비행기의 화물 역시 이집트로 보내졌습니다. 또, 이집트에서 인도로, 인도에서 소련으로 보내진 겁니다."

"나는 그것이 소련에서 온 것이라고 생각했소."

"소련에서 또 체코슬로바키아의 프라하로 갔지요. 완전히 미친 짓입니다."

"나는 통 이해할 수가 없소." 조지 경이 말했다.

"어디엔가 그 여러 가지를 조종하는 본부가 있는 것 같기도 합니다. 비행기, 무기, 폭탄, 폭발물과 세균 전쟁에 쓰일 것들. 이 모든 것이 예상치 못한 방향으로 움직여 나가고 있습니다. 그것들은 다양한 통로를 통해서 문제가 일어나는 곳으로 이동되어, 젊은 군단이라고 불리는 학생들과 그 지도자들에게 넘겨지고 있습니다. 대부분이 게릴라 활동을 벌이는 지도자들에게 넘어가고 있으로 이동들은 혼돈상태를 주장하는 무정부주의자들이라고 자신들을 밝혔으며, 돈을 지불하는지는 모르겠지만 최신형 무기만을 사들이고 있습니다."

"당신은 우리가 세계대전에 직면하고 있다고 보는 거요?"

러젠바이 수상이 놀라며 물었다.

아시아인과 같은 얼굴을 하고 테이블의 낮은 곳에 앉아서 한마디도 하지 않고 있던 한 사람이 몽골족과 같은 미소를 띠며 손을 쳐들고 말했다.

"그것이 바로 우리가 분석해 봐야 할 일입니다. 우리가 관측한 바로는……."

그때 러젠바이 수상이 제지했다.

"이제 관측 같은 것은 그만두시오. UN이 그 무기를 알아서 처리할 거요."

그 조용한 얼굴은 동요하지 않고 말했다.

"그것은 우리의 전략에 위배되는 겁니다."

먼로 대령이 목소리를 높여서 자신의 견해를 피력하기 시작했다.

"어느 나라든지 부분적인 불화는 항상 있습니다. 참, 샘 코트먼에 대해 아십니까? 그 사람이 이곳의 미국 대사관 계단에서 살해당했습니다."

"그는 오늘 이곳에 참석해서, 현재의 세계정세에 대한 자신의 견해를 밝힐 예정이었는데……." 러젠바이 수상이 말했다.

"그의 말도 그렇게 큰 도움을 주진 못할 겁니다." 먼로 대령이 말했다.

"도대체 이 모든 것의 배후에서는 누가 조종을 하고 있단 말이오?"

러젠바이 수상의 목소리가 성난 듯이 높아졌다.

"물론 소련인들이겠지."

먼로 대령은 고개를 저으며, "그건 좀 의심스러운데요" 하고 말했다.

"새로운 흥밋거리로군."

러젠바이 수상의 얼굴은 희망으로 빛나는 듯했다.

"전적으로 새로운 세력이 등장한 것은 아닐까요? 혹시 중국인이……?"

"중국인도 아닙니다." 먼로 대령이 말했다.

"각하는 독일에서 신(新)파시즘이 크게 되살아나고 있다는 사실을 모르십니까?"

"아니 독일인이 이번 일을 저질렀을 가능성이 있다고 생각하는 건 아니겠지요……?"

"꼭 그들의 세력이 배후에 있다고 생각하지는 않지만, 그들은 쉽게 그런 짓을 할 수 있으리라고 생각합니다. 과거에도 그들은 그런 짓을 저질렀잖습니까? 그들은 '작전개시'라는 명령이 내려지는 것을 기다리면서 여러 해 전부터 모든 것을 준비해 놓고 기다리고 있습니다. 그들의 지도자는 탁월한 작전가입니다. 나는 그들의 모든 것에 탄복하고 있어요. 그들은 막을 도리가 없습니다."

"그러나 독일은 평화스럽고 모든 것이 잘 진행되는 듯이 보이는데요."

"그렇죠. 그것이 바로 중요한 점입니다. 그러나 남아메리카는 독일의 젊은 신(新) 파시스트 당원들로 들끓고 있어요. 그들은 그곳에서 젊은이들로 된 큰

공동체를 형성하고 있죠. 그들은 자칭 슈퍼 아리안 족이라고 부르고 있습니다. 그 옛날 나치 독일의 상징을 뒤집은 만(卍)자 기장과 경례법 등이 되살아나고 있으며, 그 일을 행동력 있게 진행하는 사람을 제2의 보탄이나 제2의 지그프리트라고 부르고 있다고 합니다. 그러나 그렇게 많은 아리안 족은 난센스죠."

문 두드리는 소리가 나더니 비서가 들어왔다.

"엑슈타인 교수가 오셨습니다."

"들어오게 하는 것이 좋을 것 같소. 누구라도 최근의 무기 동향을 우리에게 알려 줘야 하니까. 엑슈타인 교수가 바로 적합한 인물이라 봅니다. 어쩌면, 그 난센스를 끝장내 줄 비결을 얻을 수 있을지도 모릅니다."

러젠바이 수상이 말했다. 그는 엑슈타인을 평화의 사절로 생각하면서, 결코 승산이 없는 낙관주의에 잠겨 있었다.

엑슈타인 교수는 영국의 저명한 과학자다. 맨 처음 그를 보는 사람은 그의 보잘것없는 외모 때문에 그가 대단한 인물임을 실감하지 못한다. 그는 키가 작고, 위는 좁고 밑으로 퍼지게 기른 구레나룻을 하고 있고, 천식에 들린 듯한 기침을 하고 있었다. 그는 방 안에 자신의 모습을 나타내는 것이 대단히 미안하다는 듯한 태도를 하고 있었다. 그는 목이 답답한 듯 헛기침도 하며, 천식의 기미가 있는 기침도 하며, 코를 풀기도 했다.

방 안의 사람들에게 소개될 때 그는 쑥스러운 듯이 손을 내저었다. 그는 그곳에 앉아 있는 사람을 많이 알고 있었다. 그는 안내된 의자에 앉아서 사방을 살펴보았다. 그러더니 손을 입으로 가져가서 손가락을 깨물기 시작했다.

"정계의 주요 인사들이 여기 모여 있습니다. 우리는 무엇을 해야 할지에 대해 당신의 고견을 듣고 싶습니다."

조지 팩햄 경이 말했다.

"아, 그래요! 무엇을 해야 하는지에 대해서라?" 엑슈타인 교수가 말했다.

잠시 침묵이 흘렀다.

"이 세계가 거의 무정부의 혼돈상태로 가고 있습니다." 조지 경이 말했다.

"그런 것 같습니다. 최소한, 신문에서 읽은 바로는 그렇습니다. 그것을 전적으로 믿는 것은 아닙니다만, 아무튼 그것이 언론인들의 의견입니다. 그러나 그들의 말에는 정확성이 결여되어 있더군요."

"나는 당신이 최근에 중요한 것을 발명했다는 말을 들었습니다, 엑슈타인 교수." 러젠바이 수상이 희망적으로 말했다.

"예, 그렇습니다. 그렇지요. 화학전을 할 수 있는 무기가 준비되어 있습니다. 우리가 원하기만 한다면, 가스 출구를 통해 세균이나 생물학적 무기들로 대기나 수질을 오염시킬 수 있습니다. 마음만 먹으면 3일 내에 영국 인구의 반을 죽일 수도 있지요. 이것이 각하가 듣고 싶어 하는 건가요?"

엑슈타인 교수는 손을 비비며 기분 좋은 듯이 말했다.

"그게 아니오!"

리젠바이 수상은 겁에 질린 듯이 보였다.

"맞습니다. 우리가 무엇을 원하는가가 중요한 것이 아니라, 무엇을 가졌는가가 중요한 거지요. 우리가 갖고 있는 것은 무시무시할 정도로 치명적인 겁니다. 만일 여러분이 서른 살 이하의 사람들을 모조리 전멸시키기 원한다면 그렇게 할 수도 있습니다. 그런데 유의할 것은, 여러분이 구별을 제대로 하지 못하기 때문에 나이가 많은 사람도 포함시킬 염려가 있다는 겁니다. 그러므로 나는 그런 일에는 반대합니다. 우리는 매우 훌륭한 젊은이들로 구성된 연구팀이 있습니다. 그들은 피가 끓는 열정을 갖고 있으면서도 영특하지요."

"이 세계가 어떻게 잘못되어 가고 있습니까?" 켄우드가 갑자기 물었다.

"그것이 바로 우리가 알아내야 할 문제입니다. 우리는 이것저것 모든 것을 알고 있음에도 우리의 현재 상태를 모르고 있습니다. 우리는 현대에 와서 달에 대해서도 더 잘 알게 되었고, 생물학에 대해서도 많은 것을 알고 있습니다. 심장과 간도 이식하고 있습니다. 머지않아 뇌까지도 이식할 수 있으리라고 예상합니다. 그러나 그것을 누가 어떻게 할 수 있는지 알지 못합니다. 누군가가 배후에서 그런 일을 하고 있을 겁니다. 우리는 그 결과가 여러 모습으로 노출되는 것을 보았습니다. 범죄단과 마약 밀매단 등 여러 가지 불쾌한 일들이 일어나고 있습니다. 그 뒤에는 몇몇 두뇌들이 권력을 갖고 조종하고 있습니다. 우리는 그것을 이 나라에서, 또 저 나라에서 경험하고 있지요. 그것은 한 국가의 규모가 아니라 유럽 전체의 규모로 진행되고 있습니다. 그뿐 아니라 지구의 반대편인 남반구에서도 그런 기미를 보이고 있습니다. 그 사건의 주모자가 언젠가는 모습을 드러낼 겁니다." 엑슈타인 교수가 말했다.

"악한 의지를 지닌 사람이겠군요."

"당신은 그들이 악한 이상을 위해서 악한 의지를 지닌 것이 아니라, 돈이나 권력을 위해서 악한 의지를 지닌 것이라는 사실을 알아야 합니다. 물론, 그들의 흉계를 낱낱이 다 알 수는 없습니다. 분명한 것은, 그들은 폭력을 원하며 폭력을 좋아한다는 사실이지요. 그들은 현재의 세계를 좋아하지 않으며, 자본주의적인 우리의 태도를 못마땅해합니다. 그들은 우리가 돈을 버는 방법에 대해 찬성하지 않습니다. 또, 우리가 벌이는 일들을 좋아하지 않습니다. 그들은 가난을 좋아하지도 않습니다. 그들은 더 나은 세계를 원하고 있습니다. 사람들이 더 나은 세계를 만들고자 시간을 가지고 아이디어를 짜낸다면 충분히 그렇게 할 수 있습니다.

그러나 문제는 파괴하는 일부터 먼저 하겠다니 도대체 될 법이나 한 일입니까! 자연에는 진공상태가 존재하지 않는다는 옛말이 있습니다. 다시 말하면, 그것은 심장이식과도 같은 거지요. 심장 하나를 떼어내면 그 자리에 다른 심장을 이식해야 하는 겁니다. 그것도 정상적인 기능을 가진 심장을 이식해야 합니다. 그러기 위해서는 병든 심장을 떼어내기 전에 이식할 수 있는 심장부터 마련해야 하지 않겠습니까? 하지만, 나는 모든 것이 그대로 있는 것이 더 좋다고 생각합니다. 그러나 아무도 내 말을 들으려 하지 않습니다."

"그러면 가스는 어떻습니까?" 먼로 대령이 물었다.

엑슈타인 교수의 표정이 밝아졌다.

"아, 우리는 온갖 종류의 가스를 갖고 있지요. 어떤 것은 인체에 해를 끼치지는 않고 다만 행동을 억제하는 역할만 합니다. 그런 모든 종류의 가스를 다 갖고 있습니다."

그의 얼굴은 만족한 무기 상인처럼 빛났다.

"핵무기는 어떻습니까?" 러젠바이 수상이 물었다.

"핵무기 갖고 장난할 생각은 마십시오. 방사능에 의해 파괴된 영국이나 유럽 대륙을 보고 싶지는 않으시겠지요?"

"그러면, 당신은 우리를 도울 수가 없군요." 먼로 대령이 말했다.

"어느 누구든 더 자세한 내용을 알기 전에는 도와줄 수가 없습니다. 미안합니다. 그러나 한 가지 말하고 싶은 것은, 우리가 요즘 하는 일이 대단히 위험한 것이라는 사실입니다."

엑슈타인은 대단히 위험하다는 말에 힘을 주었다. 그는 그들을 불안한 표정으로 둘러보았다. 어린애들이 성냥을 갖고 놀다가 불이라도 낼 것 같은 상황을 염려하며 바라보는 아저씨 같은 눈길이었다.

"고맙소, 엑슈타인 교수."

러젠바이 수상이 말했다. 그러나 그의 말투는 정말 감사하게 느끼는 것 같지 않게 들렸다.

그 교수는 해방된 듯한 표정으로 미소를 지으며 그 방을 종종걸음으로 빠져나갔다.

러젠바이 수상은 문이 닫히기도 전에 자기의 느낌을 토해 냈다.

"저 과학자도 마찬가지야. 실제로 도움 되는 것은 하나도 없군. 그럴 듯한 것이 없어. 그들이 할 수 있는 일은 핵을 분열시키는 일과, 우리에게 그것으로 위험한 장난을 하지 말라고 경고하는 것뿐이야."

"글쎄 그렇다니까요. 그 사람 말은 없어도 될 뻔했소."

블런트 제독이 다시 퉁명스럽게 말했다.

"우리가 원하는 것은 선별 능력이 있는 잡초 제거제처럼 우리나라에 도움을 줄 수 있는 것이란 말입니다. 그 마귀 같은 작자가 무엇을 하려는지……?"

"짐작이 가시오?" 수상이 정중하게 질문했다.

"아무것도 어림잡을 수가 없군요."

수상은 한숨을 내쉬었다.

"또 다른 과학자들이 밖에서 기다리고 있잖습니까?"

고든 체트윈드가 손목시계를 들여다보며 물었다.

"파이커웨이가 와 있는 것 같은데. 우리에게 보여 주고 싶다고 하며 그림인지 사진인지 지도인지, 아무튼 그런 거를 가지고 왔습디다."

러젠바이 수상이 말했다.

"그게 뭡니까?"

"잘 모르겠소. 꼭 비눗방울같이 생겼더군."

러젠바이 수상이 애매모호하게 말했다.

"비눗방울이라고요?"

"일단 보고 얘기하는 게 낫겠소."

"호샴도 와 있습니다."

"아마 우리에게 새로운 사실을 알려 줄 겁니다." 체트윈드가 말했다.

파이커웨이가 뚜벅뚜벅 걸어 들어왔다. 그는 뭔가를 둘둘 말아서 갖고 왔다. 호샴과 함께 그것을 테이블 위에 펴 놓고는 사람들의 관심을 끌어 모았다.

"정확한 비율로 그리지는 못했습니다만, 대강 짐작하실 수는 있을 겁니다."

파이커웨이가 말했다.

"이것이 무엇을 의미하는 거요?"

"비눗방울인가?"

조지 경이 중얼거렸다. 그는 좋은 생각이 떠오르는 것 같았다.

"가스 아니오? 새로운 가스!"

"호샴, 당신이 설명해 드리는 것이 낫겠소. 당신이 이 그림의 내용을 알고 있잖소." 파이커웨이가 말했다.

"저는 들은 내용만 알 뿐입니다. 이것은 세계를 통제하는 단체를 묘사한 도표입니다."

"누가 통제를 한다는 거요?"

"권력의 근원을 쥔 그룹이나 권력의 소재를 조종할 수 있는 그룹이지요."

"알파벳 글자는 뭐요?"

"사람 이름이나 특정 그룹의 약호입니다. 이 글자들은 지구를 뒤덮는 교차원들입니다. A로 표시된 원은 무기를 나타냅니다. 어떤 그룹이나 사람이 무기의 조종권에 놓여 있습니다. 온갖 종류의 무기지요. 폭탄, 대포, 소총. 이 지구상 전역에서 무기가 계획적으로 생산되고 있으며, 표면상으로는 저개발국가나 전쟁 중인 국가로 이송되고 있습니다. 그러나 그것은 보내진 곳에 머물게 되지 않습니다. 즉시 다른 곳으로 보내지는 거지요. 남아메리카 대륙의 게릴라들이나 미국의 반란자들에게로, 흑인 세력의 본부로, 또 유럽 여러 나라로 보내지고 있습니다.

D는 마약을 나타냅니다. 마약 공급자들의 조직망은 거의 모든 지역에 넓게 퍼져 있습니다. 그들은 온갖 종류의 마약을 취급하고 있습니다. 그 본부는 지중해의 레반트 지방에 있는 듯하며, 그곳에서 터키와 파키스탄, 인도, 중앙아시아 쪽으로 손을 뻗치고 있습니다."

"그것으로 돈을 법니까?"

"거대한 액수의 돈을 벌고 있습니다. 그런데 그 마약의 배후에서는 사악한 일들이 벌어지고 있습니다. 나약한 젊은이들을 대상으로 침투하고 있으니까요. 즉, 그들을 완전한 노예로 만들기 위해 사용되는 겁니다. 그들을 마약중독자로 만들어 마약이 없으면 살 수도 없고 일을 할 수도 없게 만드는 거지요."

켄우드가 한숨을 쉬었다.

"정말 끔찍한 쇼로군. 마약을 제공하는 사람들이 누군지 아시오?"

"몇 명은 알고 있지만, 주범은 모릅니다. 마약 본부는 우리가 판단하건대 중앙아시아와 레반트 지역에 있습니다. 마약은 그곳으로부터 자동차의 타이어 속과 시멘트 속, 또는 온갖 종류의 기계 속에 숨겨져 전달됩니다. 그것은 평범한 상품이 주문된 지역에 도착하듯이 세계 곳곳으로 배달됩니다.

F는 자금을 나타냅니다. 모든 것들 한가운데에 돈거미의 거미줄이 있습니다. 로빈슨 씨가 그 돈에 대해 잘 알고 있습니다. 그 돈은 대체로 미국에서 나오고 있으며, 독일의 바바리아 지방에도 본부가 있다고 여겨집니다. 남아프리카에서는 금과 다이아몬드 광산에서 대단한 돈이 나온다고 합니다. 대부분의 돈은 남아메리카로 흘러가고 있습니다.

돈을 조종하는 주요 인물은 능력과 수완이 뛰어난 여자입니다. 그녀는 아주 늙은 사람입니다. 죽을 날이 얼마 남아 있지 않은 상태이지요. 그러나 그녀는 아직도 강하고 활동적입니다. 그녀의 이름은 카를로테 크랍이었습니다. 그녀의 아버지가 독일에서 거대한 크랍 농장을 소유하고 있었습니다. 그녀는 돈을 만지는 데는 천재적인 소질을 갖고 있어서, 미국 월 가(街)에서도 대단한 활약을 했습니다. 그녀는 세계 곳곳에 투자해서 돈이 돈을 벌게 했지요. 그녀는 수송기뿐 아니라 각종 기계류와 사업체를 수없이 소유하고 있습니다. 그리고 그녀는 바바리아 지방에 있는 큰 성에서 살고 있습니다. 그곳에서부터 그녀는 지구상의 다른 곳으로 돈이 흐르도록 조작하고 있는 겁니다.

S는 과학을 나타냅니다. 화학전과 생물학전을 전폭적으로 지원해 주고 있습니다. 많은 젊은 과학자들이 그 일에 가담하고 있지요. 그들의 본부는 미국에 있습니다. 그들은 무정부 상태의 혼돈에 매료되어 대단히 헌신적으로 일하고 있습니다. 그 사람들은 무정부상태를 믿고 있습니다. 새로운 세계를 원하고 있지요. 따라서, 낡은 것을 파괴하기 시작합니다. 새집을 지을 때 헌 집을 부수는 것과 마찬가지라고 생각하는 겁니다.

그러나 사람들이 자기가 무엇을 하고 있으며, 어느 곳으로 유인되고 있는가를 모르고 앞으로 나아가기만 한다면 새로운 세계는 어떻게 창조되겠으며, 그들이 그것을 차지했을 때 어떠한 위치에 있게 되겠습니까? 그들 중 어떤 이는 노예가 된 자신의 모습을 발견할 것이며, 어떤 이는 증오로 눈이 멀어 있음을 알게 될 것이고, 어떤 이는 폭력과 사디즘만이 해결책인 줄 아는 상태가 될 것입니다."

"그런 일들에 대해서 우리는 무엇을 하는 거요? 또, 무슨 계획을 세우고 있소?" 이렇게 말한 사람은 블런트였다.

"우리가 무엇을 하고 있느냐고요? 우리는 할 수 있는 모든 것을 하고 있습니다. 저는 여기 계신 모든 분들에게 우리가 할 수 있는 모든 것을 다하고 있다고 확신 있게 말할 수 있습니다. 우리에게는 각국에서 일하는 사람들이 있습니다. 우리는 첩보원과 탐정들을 파견해서 정보를 입수하고 있습니다."

"그거 정말 중요한 일이지요. 우선 우리가 알아야 할 것은 누가 우리 편이며, 누가 우리의 적인가 하는 사실을 알아내는 것이오. 그 이후에 우리는 무엇을 해야 할지 결정해야 합니다." 파이커웨이 대령이 말했다.

"우린 이 도표의 제목을 고리라고 붙였습니다. 여기에 각 고리의 지도자에 대해 우리가 아는 사실들을 기록해 놓았습니다. 물음표가 있는 것은 이름만 알 뿐이거나, 조사된 내용이 의심스럽다는 것을 의미합니다."

고리

F 빅 카를로테— 바바리아 지방.

A 에릭 올라프손— 스웨덴, 실업가, 무기 담당.

D 디미트리오스라는 이름을 사용함— 터키의 스미르나(=이즈미르), 마약 담당.

S 사롤렌스키 박사— 미국 콜로라도, 물리학자. 유일하게 의심되는 사람.

J (?)— 여자. 주아니타라는 암호명을 사용. 위험인물로 알려졌음. 진짜 이름은 모름.

제15장

마틸다 대고모 휴양가다

1

"휴양을 하러 가는 것은 어떻겠어요?"

레이디(귀족의 부인 또는 딸에게 붙이는 경칭) 마틸다가 용기를 내어 물어보았다.

"휴양이요?" 도널드슨 의사가 되물었다.

그는 의사로서의 권위를 잃은 듯이 약간 당황하는 듯했다.

레이디 마틸다는 여러 해 동안 익숙해 온 늙은 의사보다, 요즘 자기를 돌보는 젊은 의사가 의학의 원리원칙만을 내세우는 것이 자기에게 손해인 것처럼 느끼고 있었다.

"우리는 보통 그렇게 부르고 있지요. 젊은 날에 우리는 마리엔바트나 갈스바트, 바덴바덴으로 휴양하러 갔었지요. 나중에 신문을 보니까 새로 생긴 휴양지도 많더군요. 초현대식 설비를 갖추었다나 봐요. 새로운 아이디어와 새로운 시설이 아주 멋진가 봐요.

나는 새로운 아이디어에 홀딱 빠지지는 않지요. 그렇다고 해서, 그런 새로운 것들을 두려워하지도 않아요. 따지고 보면, 똑같은 것이 반복될 뿐이거든요. 최신식 다이어트와 산책, 물놀이 등 뭐라고 이름을 붙였든지 간에 다 비슷비슷해요. 그리고 그런 곳의 아침은 사람을 참 불편하게 만들어요. 아침마다 해조(海藻)로 된 음식을 주니까.

그러나 내가 가려는 곳은 산중에 있는 휴양지예요. 바바리아나 오스트리아지요. 그곳에서는 해조를 보지 못할 거예요. 아마 털이 북슬북슬한 이끼와 유황이 많이 포함된 광물성 물 같은 것을 많이 볼 수 있을 거예요. 또, 대단히 큰 성을 볼 수가 있어요. 그 성을 볼 때 불안한 것은, 현대식 빌딩처럼 계단의 난간이 안전하게 갖춰져 있지 않다는 거예요. 대리석으로 된 계단이 멋있게 놓여 있는데, 잡고 올라갈 손잡이가 없는 것이 흠이지요."

레이디 마틸다가 장황하게 설명을 늘어놓았다.

"아, 부인이 말씀하시는 곳을 알 것 같습니다. 신문에 그곳에 대해서 여러 번 나왔지요."

"그러면, 그곳에 내 나이 또래 되는 사람이 있다는 것도 알겠군요? 그 사람은 새로운 것을 시도하고 있지요. 아마 신나는 일일 거예요. 나는 그 일이 내 건강을 해치리라고는 생각 안 해요. 도널드슨, 휴양가는 것이 나쁘다고 생각하지는 않죠?"

도널드슨 의사는 그녀를 쳐다보았다.

그는 레이디 마틸다가 생각하는 것만큼 젊은 사람은 아니었다. 그는 마흔 살 가까이 되었고, 요령도 있으며, 친절한 사람이었다. 자기 환자가 원하는 것이 아주 위험한 것이 아니라면 다 허락해주고 싶어 하는 사람이었다.

"예, 부인에게 조금도 해를 끼치리라고는 생각지 않습니다. 참 좋은 생각인 것 같습니다. 요즘은 비행기로 쉽고 빠르게 가긴 하지만, 여행이란 것은 좀 피곤한 일이지요."

"빠른 것은 맞지만 쉽지는 않아요. 비행기의 이동 트랩과 에스컬레이터를 타는 일이나, 버스를 타고 내리고, 비행기를 타고 다른 공항으로 갔다가 다시 버스를 타는 게 쉬운 일은 아니지요. 그래도 다행인 것은, 공항에서도 휠체어를 사용할 수 있다는 거예요."

"물론 그렇게 하실 수 있습니다. 어디서든지 걷지 않고 휠체어를 사용한다는 약속을 하신다면……."

"알겠어요, 알겠어요."

환자는 의사의 말을 가로막으며 말했다.

"당신은 참 이해심이 많아요. 사람이란 자존심이 있는 거예요. 지팡이를 짚고 절뚝거리면서 다닐지라도 폐인이나 병상에 누워 있는 사람처럼 보이고 싶지는 않은 거예요. 내가 남자였으면 좀더 편했을 텐데."

그녀는 즐거운 듯이 말했다.

"남자였다면 통증이 있더라도 붕대로 척척 감아 버리고 다닐 수 있었을 거예요. 내 말은, 남자들에게는 통증이 아무것도 아니라는 뜻이지요. 그러나 내게는 통증보다 더 참기 어려운 건 없는 것 같아요. 어떤 사람은 포르투갈산(産) 포도주가 통증을 더해 준다고 하는데, 나는 그 말이 사실이 아니라고 생각해요. 아무튼 나는 휠체어가 있으니까 뮌헨이나 그 밖의 다른 곳에도 갈 수가 있어요. 나중에는 자동차 같은 것을 대절해야 할 거예요."

"레더런 양도 동행합니까?"

"에이미 말인가요? 물론이지요. 나는 그 애가 없으면 아무것도 못 해요. 당신도 나쁘다고 생각지는 않지요?"

"대단히 큰 도움이 되리라고 생각합니다."

"당신은 정말 친절한 분이세요."

레이디 마틸다는 그에게 친근감을 표하는 뜻으로 윙크를 했다.

"당신은 내가 다른 곳에 가서 새로운 얼굴을 만나는 것이 기분을 새롭게 하고 유쾌하게 해준다는 것을 알고 있군요. 정말 그래요. 나는 이번 여행을 병을 고치러 가는 것으로 생각하겠어요. 물론 내가 고쳐야 할 병은 없지만. 그렇잖아요? 내 나이 말고는 다른 병이 없지요. 그러나 불행히도 내 나이는 고칠 수가 없고 점점 더해만 가는군요."

"중요한 것은 부인이 정말로 좋아하는 것을 하고 있는가 하는 겁니다. 만일 일을 하는 도중에 피곤해지면 멈추도록 하십시오."

"그곳 물에서 썩은 달걀 냄새가 나더라도 물을 마시겠어요. 그 물이 좋아서가 아니라, 내 몸에 유익하리라고 생각하기 때문이지요. 그 일은 고행이나 마찬가지예요. 우리 마을의 노인들이 그런 종류의 고행을 많이 했지요. 그들은 항상 검은색이든지 자주색이나 진한 핑크빛 물이든지, 박하 냄새가 심하게 나는 약수를 마셨죠. 그 물이 이국적인 색이 없는 보통 물이나 잘 만들어진 알약보다 좋다고 생각한 거예요."

"부인은 사람들의 본성에 대해 아주 잘 아시는 것 같습니다."

도널드슨 의사가 말했다.

"당신은 참 친절해요. 고마워요. 에이미!"

레이디 마틸다는 에이미를 불렀다.

"예, 마님?"

"지도책 좀 갖다 줘. 바바리아로 가는 항로가 잘 생각이 안 나. 그 주위에 있는 나라들도 잊어버렸어."

"서재에 지도책이 한 권 있을 거예요. 하지만, 아마 1920년대 전에 나온 걸 거예요." 에이미가 말했다.

"좀더 최근의 것은 없을까?"

"최근의 지도책요?"

에이미는 깊이 생각하며 말했다.

"없으면 하나 사서 내일 아침에 가져오도록 해. 옛날 지도는 알아보기가 어려워. 지명이 다 달라졌거든. 내가 어느 곳에 있는지도 모르겠어. 그러니, 최근의 것을 사와야 해. 그것이 나를 돕는 거야. 또 돋보기도 갖고 와야 하고, 옛날에 침대에서 사용하던 돋보기가 있는데, 어느 날 침대와 벽 사이로 미끄러져 들어가고 말았어."

그녀가 필요로 하는 것은 지도책과 돋보기 외에 즉시 마련되었다. 레이디 마틸다는 에이미가 대단히 유능한 여자며, 또 친절하다고 생각했다.

"아, 여기 있군. 이곳은 아직도 몬브뤼게하고 부르는 것 같군. 티롤 지방이나 바바리아 지방은 여기쯤 되는 것 같고, 모든 것이 변화되고 이름도 달라진 것 같아."

마틸다는 뒤늦게 마련된 지도책을 보며 말했다.

2

레이디 마틸다는 여관의 침실을 둘러보고 있었다. 그 방은 매우 잘 정돈되어 있었고 비싼 방이었다. 방 안의 안락한 분위기는 이곳에 머무는 사람들로 하여금 엄숙함과 금욕주의적인 태도를 느끼게 하는 장식들과 잘 조화를 이루고 있었다.

그녀는 그 방의 가구들이 참 흥미로운 것이라고 생각했다. 그 방은 각종 기호에 따른 종류의 가구들을 갖추고 있었다. 벽에는 고딕 양식으로 틀을 한 성경 구절이 걸려 있었다.

레이디 마틸다의 독일어 실력이 어릴 때 같지는 않았지만, 그 내용을 읽을 수는 있었다. 그 내용은 꿈 같은 황금의 어린 시절을 생각나게 하는 것이었다.

그 방에는 여러 계층의 사람들이 자기 나름대로 삶의 방법을 추구하는 데 필요한 것들이 갖추어져 있었다(그런 시설을 갖추는 데는 꽤 많은 돈이 들었을 것이다).

침대 옆에는 레이디 마틸다가 미국을 여행할 때 침대 곁에서 자주 보았던 기드온 협회에서 낸 성경책이 있었다. 그녀는 그 성경을 반갑게 집어서는 아무 데나 펴서 읽었다. 그녀는 성경 구절을 보고 만족스럽게 머리를 끄덕이더니, 침대 머리맡의 테이블 위에 있는 메모지에 읽은 내용을 기록했다.

그녀는 그런 식으로 잠깐 성경을 들여다보다가 하나님의 인도를 받는 일이 종종 있었다. 그녀가 기록한 내용은 다음과 같다.

'내가 어려서부터 늙기까지 의인이 버림을 당하거나 그 자손이 걸식함을 보지 못하였도다(시편 37:25).'

그녀는 방을 더 자세히 관찰하였다.

침대 곁에 있는 테이블의 낮은 선반에는 고트족의 연감이 품위 있게 놓여 있었다. 또, 몇백 년 전의 상류사회를 알기 원하는 사람들을 위해서 진귀한 책들이 마련되어 있었다. 그 책은 귀족의 혈통에 관심이 있는 사람이나 귀족 가문의 사람들이 애용하는 듯싶었다. 그녀는 이렇게 손쉽게 귀한 책들을 만날 수 있게 된 것을 기뻐하며, 그 책을 맘껏 읽으리라고 생각했다.

자기(瓷器) 제품으로 된 난로가의 책상 옆에는 현대의 세계적인 예언가들의 설교와 교리를 담아 놓은 페이퍼백판 책들이 놓여 있었다.

광야에서 지금도 외롭게 외치는 사람들의 소리가, 진실을 추구하는 마음을 갖고 이상한 옷을 입고 있으며 머리에는 후광을 지닌 젊은 추종자들에 의해서 그곳에서도 연구되고 있었던 것이다. 주로 마르쿠제, 구에바라, 레바—스트라우스, 파논 등의 책이었다.

그 분야에 관해서는 과거에 좀 읽은 적이 있는 레이디 마틸다는 젊은이들과 대화를 나누고 싶은 생각이 들었다.

그 순간 문 두드리는 소리가 희미하게 나더니, 문이 슬며시 열리고는 충실한 에이미의 얼굴이 나타났다.

레이디 마틸다는 순간적으로 에이미가 열 살 때에는 양처럼 생겼었을 것이라고 생각했다. 양순하고 신실하고 친절한 양이었을 것 같았다. 그런데 그 순간에도 에이미는 굽실굽실한 머리와 사려 깊고 친절한 눈을 가지고 불평 섞인 소리가 아닌, 반가운 소리로 매애 하고 울어대는 통통한 양 같아 보인다는 사실이 레이디 마틸다에게 기쁨을 주었다.

"안녕히 주무셨어요?"

"그럼, 아주 잘 잤지. 그거 갖고 왔나?"

에이미는 항상 그녀가 무엇을 원하는지 알고 있었다. 그녀는 그것을 자기 주인에게 내놓았다.

"아, 그래. 다이어트 처방전!"

레이디 마틸다는 그것을 자세히 들여다보더니 말했다.

"참 매력 없는 식단이야! 이 물은 어떤 맛이 나는 것일까?"

"맛이 아주 좋지는 않아요."

"그렇지만, 그렇게 생각하지 않기로 하겠어. 30분 뒤에 다시 와. 편지 부칠 것이 있으니까."

레이디 마틸다는 아침식사가 끝난 접시를 옆으로 밀어놓고는 책상 위로 몸을 굽혔다. 잠시 생각하더니 편지를 쓰기 시작했다.

"잘 써야 할 텐데."

그녀는 중얼거렸다.

"마님, 죄송하지만 뭐라고 말씀하셨죠?"

"지금 옛날 친구에게 편지를 쓰는 중이야."

"50~60년 동안 만나지 못한 친구분 말씀인가요?"

레이디 마틸다는 고개를 끄덕였다.

"저, 제가 바라는 것은요……."

에이미는 미안한 듯이 주저하며 말했다.

"만나신 지 오래되었으니까 잘 기억을 못 하지 않으시겠어요? 제가 바라는 것은, 그분이 마님에 대해 잘 기억하고 있으면 좋겠다는 뜻이에요."

"물론 잘 기억할 거야. 사람들이 결코 잊을 수 없는 대상은 열 살에서 스무 살가량 되었을 때 만난 사람이거든. 그들이 어떤 모자를 쓰고 다녔으며, 어떤 식으로 웃었으며, 장점이 무엇이고 단점이 무엇인지 모조리 다 기억하지.

난 20여 년 전에 만났던 사람들은 잘 기억할 수가 없어. 그들의 이름을 들어도 그렇고, 얼굴을 봐도 모르겠어. 그렇지만, 그녀는 나를 잘 기억하고 있을 거야. 로잔에 대해서도 기억하고 있을 거야. 이 편지 좀 부쳐 줘. 난 할 일이 있거든."

그녀는 고트족의 연감을 뒤적이기 시작했다. 그녀는 도움이 되리라고 예상되는 항목들을 조사하기 시작했다. 가족관계와 혈족관계를 자세히 읽었다.

누가 누구와 결혼했으며, 누가 어디에서 살았으며, 어떤 일들을 경험하며 살았는지에 대한 기록이 있었다. 그러나 그녀가 생각하고 있던 자신의 가족에 대한 기록은 없었다. 그러나 그녀는 세상 한구석에 살다가, 원래부터 지체가 높은 선조들의 소유였던 성에 가서 살게 되었었다. 그리고 그녀는 그 지역의 존경과 관심을 한몸에 받았었다.

공작 8대손의 딸인 마틸다는 그러나 이제는 약간의 호사를 누리는 것도 금지되었다는 것을 잘 알고 있다. 그녀에게는 커피와 달콤한 크림 케이크조차도 금지된 것이다.

3

레이디 마틸다 클렉히턴은 성 안의 거대한 응접실로 들어갔다. 그곳까지 15마일이나 되는 먼 길을 온 것이다.

그녀는 대단히 신경을 써서 옷을 차려입었다. 그러나 에이미의 맘에 썩 드는 옷은 아니었다. 에이미는 보통 때 레이디 마틸다의 옷에 대해 충고하는 적이 없었지만, 여주인이 이번에는 막대한 사명을 띠고 여행을 한다는 것을 알고 있었으므로, 그 일이 성공적으로 이루어지도록 옷에도 꽤 신경을 쓰고 있었다.

"마님, 빨간색 드레스는 좀 해어졌어요. 팔 밑 좀 보세요. 두세 군데나 기웠 잖아요."

"알고 있어. 해어지긴 했지만 이건 틀림없는 파투형의 옷이야. 오래된 옷이지만, 옛날엔 굉장히 비쌌던 거라고. 나는 부유하거나 사치스러운 사람처럼 보이고 싶지는 않아. 나는 귀족 가문이지만, 가난한 사람이거든. 50세가 못된 사람은 나를 무시할지도 몰라. 하지만, 내 친구는 누추하지만 깨끗한 옷을 입은 노부인들이 자리 잡을 때까지 부유한 사람이 식사를 하지 않고 기다리는 습관이 있는 곳에서 살아왔고, 지금도 그런 곳에서 살고 있어. 한 가정의 전통이란 것은 쉽게 사라지는 것이 아니거든. 어떤 집안은 이사 가서 새로운 이웃과 더불어 살다 보면 전통을 잃는 수가 있지만, 내 친구는 그렇지 않을 거야. 그런데 내 트렁크에 새털 목도리가 있을 텐데?"

"마님, 새털 목도리를 하시려고요?"

"그래. 타조 털로 만든 목도리 말이야."

"그건 안 돼요. 너무 낡았어요."

"알아. 하지만, 내가 아주 조심해서 보관했기 때문에 괜찮을 거야. 카를로테도 그것을 알아볼 거야. 그녀는 영국 최고의 귀족 가문이, 쇠퇴해서 오랫동안 간직해 놓은 낡은 옷을 입을 정도가 되었다고 생각할 거야. 코트는 바다표범 가죽으로 된 것을 입겠어. 그것도 좀 해어졌지만, 그 옛날에는 아주 귀한 것이 었지."

레이디 마틸다는 자기가 원하는 대로 입었다.

레이디 마틸다는 자기 눈앞에 무엇이 나타날지 짐작을 하고서 마음의 준비를 하고 있었다. 그것은 스태퍼드가 자기에게 말한 바와 같이 영락없는 고래였다. 고래같이 무시무시한 늙은 여자가 진귀한 그림에 둘러싸인 채 앉아 있었던 것이다.

그녀는 중세의 왕궁을 상상케 하는 왕좌 같은 의자에서 좀 힘들어하며 일어나 소리쳤다.

"마틸다!"

"카를로테!"

"정말 오랜만이야. 이렇게 만날 수 있으리라고는 꿈에도 생각지 못했어."

그들은 영어와 독일어를 섞어가며 기쁨을 나누고 인사말을 주고받았다.

레이디 마틸다의 독일어는 좀 서툰 편이었다. 카를로테는 독일어와 영어를 상당히 잘 구사했다. 하지만, 그녀의 영어에는 딱딱한 독일어 억양이 섞여 있기도 하고, 때로는 미국식 영어 억양이 섞이기도 했다.

레이디 마틸다는 그녀가 정말로 소름끼치게 생겼다고 생각했다. 그리고 과거의 추억을 그리며 즐거움을 느꼈다. 하지만, 금세 카를로테가 과거에 꽤 밉살스러웠던 아이였음을 기억해냈다.

아무도 그녀를 좋아하지 않았고, 그녀 자신도 사랑받을 행동을 한 적이 없었다. 그러나 그 옛날에 학창시절을 함께 보냈다는 것 하나만으로도 대단히 가깝게 느껴졌다.

레이디 마틸다는 옛날에 그녀가 자기를 좋아했는지는 잘 모른다. 그러나 카를로테가 자기를 부러워한 것은 사실이었다. 카를로테는 항상 영국 공작의 성에서 살고 싶어 했다.

그런데 마틸다의 아버지는 아주 훌륭한 귀족 가문이면서 영국 공작 중에서도 아주 뛰어난 인물이었다. 그러나 그는 재산은 많지 않았다. 다행히 부유한 여자를 아내로 삼게 되어 그만한 재산이라도 유지할 수가 있었던 것이다. 그는 자기 아내에게 최선의 호의를 베풀었으나, 그의 아내는 그를 괴롭히기 일쑤였다.

그래서, 그는 두 번째 결혼을 해야 했다. 마틸다는 운 좋게도 공작의 둘째 부인의 딸로 태어나게 되었던 것이다. 그녀의 어머니는 대단히 호감을 주는 사람이었고, 연기력이 뛰어났다고 할 수 있다. 그녀는 어느 공작부인보다도 더 완벽한 공작부인처럼 보이도록 그 역할을 잘해냈던 것이다.

레이디 마틸다와 카를로테는 과거의 추억들을 서로 나누었다. 선생님에게서 벌 받았던 이야기와, 같은 반 친구들의 결혼에 관한 이야기를 나누었다.

레이디 마틸다는 고트족 연감에서 어떤 가문으로 자기 친구가 시집갔다는 기록을 보았다고 말했다.

"엘사가 부르봉 가(街)의 파르메에게 시집을 갔더군. 그건 대단히 끔찍한 결혼이었어. 그 결과가 어떠하리라고 누구나 예상할 수 있었을 텐데 말이야."

커피가 들어왔다. 구미를 당기는 향긋한 커피였다. 파이에 크림을 넣은 것과 달콤한 케이크들도 곁들여 나왔다.

"난 이걸 마시면 안 돼. 의사가 엄하게 금했어. 내가 이곳에 있는 동안 병 치료에만 전념하라고 했거든. 그러나 오늘은 축제라고 할 수 있는 날이잖아? 우리의 젊은 시절이 되살아나는 날이지. 그 사실이 나를 아주 즐겁게 만들어. 내 조카 손자가 얼마 전에 너를 만났다고 하더구나. 누가 그 애를 여기로 데려왔는지 모르겠어. 백작부인이라고 그러던가? 이름이 Z로 시작하는 것 같았어. 이름은 기억이 안 나는데!"

"레나타 체르코프스키 백작부인이었지."

"아, 맞아. 그 이름이야. 아주 매력적인 젊은 부인이겠지. 아, 그 여자가 조카 손자를 너에게 데려왔구나. 그 여자가 참 친절했다고 그 애가 그러더구나. 너의 진귀하고 아름다운 소장물에 대해서 감명을 많이 받았대. 네가 사는 방식이나 너에 대해 들은 말이 참 인상적이었다고 하더라.

네가 어떻게 그런 운동을 일으키고 있는지 궁금해. 그 이름을 어떻게 붙여야 할지는 잘 모르겠어. 기라성 같은 젊은이들과 아름다운 처녀들이 너를 둘러싸고 너에게 경배하고 찬양을 드린다고 하더구나. 참 멋있어.

나는 그런 생활을 해나갈 수 없을 거야. 신경성 관절염과 경제적 어려움으로 인해 집안 살림을 꾸려 나가기도 어렵거든. 나는 조용히 살아야 할 팔자야. 너도 알지 모르겠는데, 영국에는 세금 문제가 굉장히 심각해."

"나는 네 조카 손자를 잘 기억하고 있어. 아주 호감이 가는 사람이더구나. 외교 업무에 종사하고 있다지?"

"그렇지. 그런데 나는 그 애의 재능이 제대로 인정받는 것 같지가 않다고 생각해. 그 애는 그 사실에 대해 별로 말도 안 하고 불평도 안 하지만, 받아야 할 대우를 받지 못한다고 느끼고 있어. 요즘에 정권을 잡은 자들이 누군지 아니?"

"악당 같은 무리야!" 카를로테가 불어로 말했다.

"수완이 없는 지성인들이지. 50년 전이라면 그렇지 않았을 텐데, 요즘에는 그 애 같은 사람이 출세를 못 한단 말이야. 내가 너를 믿고 하는 말인데, 그 애는 요즘 신임을 받지 못하고 있어. 사람들은 그 애가 반역적이고 혁명적인 경향이 있다고 의심하고 있지. 그러나 미래는 앞을 내다볼 줄 아는 사람을 포용한다는 사실을 인정해야 할 거야."

"그 애가 지배층과 뜻을 같이하고 있지 않다는 뜻이니?"

"쉿, 조용히. 우리가 이런 이야기를 해서는 안 되지. 최소한 나만이라도 해서는 안 돼."

레이디 마틸다가 말했다.

"그것참 흥미있는 이야긴데." 카를로테가 말했다.

레이디 마틸다 클렉히턴은 한숨을 쉬었다.

"그 일에 대해서는 나에게 맡겨. 스태퍼드는 참 사랑스러운 아이야. 매력적이고 위트가 있지. 또, 이상도 갖고 있고 우리의 현재를 크게 변화시킬 미래를 그리고 있어. 우리나라는 정치적으로 아주 위험한 상태에 놓여 있거든.

스태퍼드는 네가 말한 것이나 보여 준 것에서 아주 깊은 감명을 받았나 봐. 네가 음악에 관한 한 아주 훌륭한 것을 이루어냈다고 하더구나. 내가 절실하게 느끼는 것은 이상적인 우수한 종족이 필요하다는 거야."

"그럼. 우수한 종족이 있을 수 있으며, 있어야 한다는 사실은 자명해. 히틀러의 생각이 참 옳았어. 그 사람은 별로 특출한 인물은 아니었지만, 예술가적인 특징은 소유하고 있었지. 또 지도력도 소유하고 있었어."

"아, 지도력! 그것이 바로 우리가 필요로 하는 거야."

"지난번 전쟁 때 영국과 독일이 싸운 것은 큰 실수였어. 두 나라가 같은 이상과 힘과 젊은이들을 소유하고 나란히 나아간다면 아리안 족의 왕국이 생길 텐데. 네 나라와 우리나라가 요즘 어디까지 이르렀는지 생각해 봐.

그런 관점은 너무 좁은 것일까? 어떤 면에서 보면 공산주의자들의 우매함이 우리에게 교훈을 준 것 같아. UN의 지도자들? 그들은 사람의 시야를 좁고 낮게 만들어. 그들은 우리의 일을 위한 재료가 될 뿐이야. 우리가 진정 원하는 지도자는 뛰어난 지도력과 훌륭한 혈통을 타고난 사람이야.

우리는 레코드판처럼 똑같은 소리를 반복하는 창의성 없는 중년 신사들을 믿을 수는 없지. 우리는 젊은 학생 중에서 쓸 만한 사람을 찾아야 해. 용감한 정신과 거대한 이상을 갖고 기꺼이 행군하며, 기꺼이 죽이고 죽을 수 있는 젊은이가 필요해. 양심의 가책 없이 살인할 수 있는 사람이어야 해. 폭력과 공격성이 없이는 승리가 있을 수 없지. 너에게 보여 주고 싶은 것이 있어.

이것은 1940년 5월에 만들어진 거야. 히틀러의 청년단이 제2단계의 공격에 들어갔을 때지. 히믈러(1900~1945, 유대인 학살에 광분했던 독일의 정치가로, 히틀러에 이어 제2인자였다)가 히틀러에게서 그때 작전 계획서를 받았어. 그것이 그 유명한 SS의 작전계획서지. 동부의 사람들과 노예들, 즉 이 세계의 지정된 노예들을 전멸시키고자 하는 내용이야. 그것은 독일의 뛰어난 종족을 위한 일이지. 그와 같은 SS 작전의 집행부가 다시 결성되기 시작했어."

그녀의 목소리는 조금 낮아졌다. 그 목소리는 그 순간 종교적인 경외심마저 포함하고 있는 듯했다.

레이디 마틸다는 하마터면 성호를 그을 뻔했다.

"저 죽은 자들의 대열을 봐." 카를로테가 말했다.

그녀는 천천히 고통을 참아가며 의자에서 내려서 벽에 걸린 그림을 가리켰다. 그 그림은 금박 틀로 된 액자에 걸려 있었다. 해골이 산처럼 쌓여 있는 그림이었다.

"이 그림이 내가 가장 귀하게 여기는 것이야. 나의 젊은이들은 이 그림 앞을 지날 때 경례를 하지. 그리고 이 성의 고문서(古文書)를 간직해 두는 곳에는 저 그림에 대한 역사적 배경을 기록해 놓은 서류가 있어. 어떤 것은 심장이 강한 사람만이 볼 수 있는 내용이야. 그러나 누구든지 그런 것쯤은 받아들일 수 있는 사람이 돼야지.

가스실과 고문실에서의 주검들과 뉘른베르크(나치스 전범의 군사재판이 열렸던 독일의 도시)에서의 고통 받은 증인들이 그 모든 것을 독기가 서린 채로 적나라하게 밝히고 있지. 그 사건들은 대단한 전통이야. 고통을 통해 이룬 강력한 힘이지.

우리 젊은이들은 어렸을 때부터 훈련을 받았기 때문에 주저하거나 소심해져서 돌아서진 않아. 레닌도 마르크스의 이론을 설명하면서, '유약함을 버려라.' 하고 외쳤지. 완전한 나라를 창조하기 위한 첫 번째 법칙이 바로 그거야.

그러나 우리는 너무 편협했어. 우리는 그 위대한 꿈을 게르만 민족에게만 제한시켰지. 그러나 다른 우수한 종족들이 또 있음을 이제는 인정해. 그들도 고통과 폭력과 무정부상태의 혼돈을 통해서 지배권을 획득해야 해. 우리는 모든 유약한 체제를 붕괴시켜야 한단 말이야. 종교의 비굴한 형식들을 붕괴시키고, 바이킹 민족의 종교, 강력한 힘의 종교를 받아들여야 해.

우리에게는 아직 젊지만 매일 권력을 더해 가는 지도자가 있지. 과거에 위대한 지도자들이 뭐라고 말했는지 알아? 그들은, '나에게 도구를 달라. 그러면 과업을 이루겠다.' 하는 등의 말을 했지. 우리의 지도자는 이미 필요한 도구를 갖고 있어. 그는 더 많은 도구를 갖게 될 거야. 그는 작전계획서와 폭탄과 화학전에 필요한 모든 것을 갖게 될 거야.

또, 함께 싸울 사람과 수송에 필요한 차량, 배, 기름도 갖게 될 거고 알라딘의 램프처럼 모든 것을 갖게 될 거야. 램프를 문지르면 천재들도 쏟아져 나올 거야. 모든 것이 그의 손아귀에 있지. 생산의 수단과 부귀의 수단, 그 모든 것이 말이야. 우리의 젊은 지도자는 선천적인 소질을 갖고 태어났어."

카를로테는 숨을 헐떡이며 말하다가 기침을 했다.

"내가 도와줄게."

레이디 마틸다는 그녀의 등을 손으로 받쳐서 자리에 조심스럽게 앉혔다.

카를로테는 앉고 난 이후에도 조금 숨을 헐떡였다.

"늙는다는 것은 참 슬픈 일이야. 그러나 나는 오래 살 거야. 신세계의 승리, 새 창조의 승리를 볼 만큼 오래 살 거야. 그것이 바로 네가 조카 손자에게 원하는 것이잖아? 나는 그것을 지켜볼 거야. 너도 그 공격의 선봉자를 격려해 줄 준비가 되어 있지?"

"나도 한때는 그럴 마음이 있었지만, 이젠 모든 것이 사라졌어."

레이디 마틸다는 고개를 슬프게 저었다.

"다시 올 거야. 네가 때마침 나에게 잘 와주었어. 나는 아주 큰 영향력을 끼칠 수 있는 것을 지니게 되었어."

"그 말은 참 힘이 되는데."

레이디 마틸다는 한숨을 쉬며 말하고는 다시 중얼거렸다.

"제2의 지그프리트!"

"옛 친구를 만나서 즐거우셨어요?"
에이미가 여관으로 돌아가는 길에 말했다.
"내가 말한 엉터리 같은 말을 들으면, 에이미가 믿지 못할 거야."
레이디 마틸다 클렉히턴이 말했다.

제16장

파이커웨이가 말하다

"프랑스에서 온 소식이 아주 달갑지 않습니다."

파이커웨이 대령이 담뱃재를 털면서 말했다.

"지난번 전쟁 때 윈스턴 처칠이 그렇게 말하는 것을 들었지요. 그 사람은 아주 평범한 그 말 한마디로 우리가 알고 싶어 하는 것을 아주 인상 깊게 전달했습니다. 그것이 아주 오래전의 일이었지만, 오늘 그 말을 다시 하게 됐군요. 프랑스에서 온 소식이 별로 달갑지 않다는 말 말입니다."

그는 기침을 하며 숨을 거칠게 몰아쉬면서 담뱃재를 털어냈다.

"이탈리아에서 온 소식도 아주 안 좋아요. 소련에서 온 소식도 안 좋은 것 같고. 소련에는 큰 문제가 생겼더군요. 학생들이 떼를 지어 길거리로 나오고, 상점 유리가 깨지고, 대사관들이 습격을 당했죠. 이집트에서 온 소식도 아주 안 좋아요. 예루살렘에서 들려오는 소리나, 시리아에서 들려오는 소리 모두 다 안 좋은 소식뿐이군요. 사실 안 좋은 소식이 들려오는 것이 정상이지요.

하지만, 그렇게까지 걱정할 것은 없습니다. 아르헨티나에서 온 소식은 아주 특징이 있지요. 아르헨티나와 브라질, 쿠바가 모두 한통속이더군요. 그곳에서 일을 벌이는 사람들은 자기들을 황금청년 연방국가라고 하든가, 아무튼 그와 비슷하게 부르고 있습니다. 그들은 아주 잘 훈련되고 무기를 제대로 갖춘 군대도 소유하고 있어요. 비행기와 폭탄과 그 밖의 모든 필요한 것을 갖고 있지요. 그리고 그들 대부분이 무엇을 해야 할지 아는 듯합니다. 그들 중에는 합창단도 있지요. 팝송이나, 오래된 포크송이나, 흘러간 전쟁노래들을 부르지요. 그들은 구세군처럼 행진을 합니다(신을 모독하는 기색을 나타내지 않고 말입니다). 그렇다고 구세군이 그들같이 악하다는 말은 아니에요. 구세군은 항상 좋은 일만 해왔죠." 파이커웨이는 계속했다.

"나는 문명국들에서도 뭔가 일이 진행되고 있다고 들었습니다. 우리 중 일부는 아직은 교양이 있는 사람들, 즉 문명국의 국민이라고 할 수 있겠지요? 과거에 어떤 정치가가 말하기를, 우리나라도 과거에는 아주 말이 아니었답니다. 사람들이 마구 시위를 해대고, 닥치는 대로 때려 부수고, 할 일이 없으면 아무나 잡아서 때리고, 폭력으로 우리의 고귀한 정신세계를 짓밟아 버리고, 도덕적인 순결함도 오염시켰다고 합니다.

나는 그 사람이 무슨 생각에서 그런 말을 했는지 모르겠습니다. 정치가란 자기가 하는 말이 그럴 듯하게 들리게 하는 수단이 있기 때문에 정치가 노릇을 하지만 말이지요."

그는 잠시 말을 멈추더니 자기 말을 듣는 사람을 쳐다보았다.

"비참해. 아주 괴롭게 만드는군." 조지 팩햄 경이 말했다.

"참 믿을 수 없는 일이야. 당신이 들은 소식이 그게 다요?"

그는 푸념하는 듯이 물었다.

"충분하지가 않습니까? 당신은 여간해서는 만족을 못하는 사람이군요. 이 세계가 혼란 속에 빠져드는 중이에요. 무정부상태가 아직은 먼 얘기 같지만, 서서히 다가오고 있단 말입니다."

"그런 흉계에 대해 행동을 취하면 될 것 아니오?"

"당신이 생각하는 것처럼 쉬운 게 아닙니다. 최루탄 같은 것이 반란을 일으키는 사람들을 잠시 흩어지게 하고, 경찰에게 쉴 틈을 주긴 하지요. 물론 우리는 세균전과 핵전쟁을 할 수 있는 무기를 다 갖추고 있습니다. 하지만, 우리가 그것을 사용하면 어떻게 될지 생각해 보셨나요? 그것을 사용하면 시위하는 처녀 총각들뿐 아니라, 시장에서 장을 보는 부인들과 집에 있는 노인들과 자칭 잘났다고 거드름피우는 정치가들과 당신과 나 모두가 대량 학살당한단 말이오." 파이커웨이가 말했다.

"어쨌든 최근의 소식이 하나 있습니다. 하인리히 슈피스 씨가 오늘 독일에서 왔는데, 뭔가 대단한 뉴스를 가져온 것 같습니다. 아무도 모르는 비밀 같은 것 말입니다."

"도대체 그런 소릴 어디서 들었소? 그것은 엄격하게……."

"우리는 여기에서도 모든 것을 알고 있습니다." 파이커웨이가 말했다.

"아주 유능한 박사를 데려온 것도 알고 있지요." 그는 덧붙여 말했다.

"그렇소. 라이하르트 박사는 아주 최고 수준의 과학자요."

"나는 의사를 말하는 겁니다."

"아, 그래요? 심리학자이면서 의사인 그 사람 말이군."

"그렇습니다. 운 좋게도 그 사람이 이곳에 와서 젊은 선동자들 몇몇의 머리를 조사하게 될 겁니다. 그들의 머리는 게르만 민족의 철학으로 가득 차 있겠죠. 또, 검은 세력의 철학과 죽은 프랑스 작가들의 철학 등으로 가득 차 있습니다. 아마도 그는 우리 법정에 서서 젊은이의 자존심을 상하지 않게 조심하라고 말한 사람들의 머리도 조사하게 될 겁니다."

파이커웨이가 말했다.

"사람은 새로운 사고방식을 수용하며 살아야 하오. 나는, 사람이란 뭔가를 바라면서……, 좀 표현하기가 어려운데……."

파이커웨이의 전화벨이 울렸다. 그는 전화를 받아서 조지 경에게 건네주었다.

"그래요? 예, 예. 그렇게 하지요. 내 생각에는 내무성은 아닌 것 같아요. 아니라고? 사적인 것이라고? 저, 내 생각에는 우리가 저……."

조지 경은 조심스럽게 주위를 둘러보았다.

"도청장치가 안 되어 있으니 안심하십시오."

파이커웨이 대령이 친근감 있게 말했다.

"암호는 푸른 다뉴브 강."

조지 팩햄 경이 목 쉰 소리로 크게 말했다.

"예, 예. 파이커웨이도 동행하도록 하지요. 예, 물론이지요. 예, 이번 기회에 그 사람을 알게 되면 좋지요. 예, 특별히 그 사람이 가야 한다고요? 우리가 만나는 것을 절대 비밀로 해야 한다고요?"

"내 차를 타고 갈 수는 없어요. 내 차는 너무 잘 알려졌거든요!"

파이커웨이가 말했다.

"헨리 호샴이 폭스바겐으로 우리를 데리러 올 겁니다."

"좋습니다. 당신이 그 사실까지 알고 있다니 참 흥미 있는 일이군요." 하고 파이커웨이 대령이 말했다.

"당신은 별로 중요하게 생각지 않겠지만……" 조지 경은 주저하며 말했다.

"뭘 말입니까?"

"저, 내 제안을 좀 받아들여 주면 좋겠는데……, 그러니까, 그 옷솔 말이오."

"아 이거요!"

파이커웨이는 옷솔로 어깨를 털었다. 그러자, 담뱃재가 날리면서 조지 경이 기침을 해댔다.

"유모!" 파이커웨이가 소리를 질렀다.

그는 책상 위에 있는 벨을 세게 눌렀다. 중년 부인이 옷솔을 갖고 들어왔다. 마치 알라딘의 램프에서 요술사가 갑자기 나타난 것 같았다.

"조지 경께서는 잠시 숨을 참으시는 것이 좋겠습니다. 좀 매울 거예요."

그녀가 말했다. 그녀는 방문을 열어놓고, 밖으로 나가서 파이커웨이의 옷을 털어 주기 시작했다.

파이커웨이는 기침을 하며 계속 불평을 해댔다.

"역겨운 사람들이야. 내가 이발소의 모델처럼 흠잡을 데 없는 모습을 하고 있기를 바란단 말인가?"

"파이커웨이 대령님, 대령님의 깨끗한 모습을 그런 데다 비유하지는 마세요. 대령님은 제가 이렇게 청소해 주는 데에 익숙해져야 해요. 대령님의 비서가 천식으로 고생하고 있다는 것도 아시잖아요."

"그 병은 그 사람 책임이오. 런던 거리에서 나오는 먼지를 혼자 다 마셨나 보지."

"조지 경, 이젠 들어오세요. 우리, 독일인 친구가 할 말 좀 들어보시지요. 중요한 소식을 전해 줄 것 같은데."

제17장

하인리히 슈피스 수상

하인리히 슈피스 씨는 대단히 걱정스러운 표정이었다. 그는 사실을 숨기려 하지 않았다. 그는 5인의 중요 인사들이 모여서 토론하는 것이 대단히 심각한 상황 때문이라는 사실을 인정하고 있었다.

동시에 그는 자기가 독일에서 최근에 있었던 난제를 잘 해결했던 것을 생각하며, 한편으로는 자신감도 느끼고 있었다. 그는 실속 있는 사람이었으며 생각이 깊은 사람이었다. 자기가 참석하는 회합에는 언제나 유익을 끼치는 사람이었다. 그러나 자기가 대단한 사람이라는 내색은 하지 않았다. 바로 그런 것이 그의 뛰어남을 말해 주는 것이었다.

"이번 방문이 결코 공적인 것이 아님을 이해하실 겁니다."

독일 총리가 말했다.

"물론입니다."

"우리가 필히 이야기해 봐야 하겠다는 생각이 제게 떠오르더군요. 우리를 괴롭히고 당황하게 한 사건에 대해서 좀 흥미로운 빛을 비추어 줄 겁니다. 이분이 라이하르트 박사이십니다."

그는 라이하르트를 소개했다. 라이하르트는 가끔씩, "아, 그래요!"라는 말을 독일어로 하는 버릇이 있으며, 몸집이 크고 부드러운 인상을 지닌 사람이었다.

"라이하르트 박사는 칼스루에 근처에서 큰 병원을 운영하고 있습니다. 정신병 환자들을 치료하고 있지요. 아마 500~600명의 환자가 그 병원에 있지요? 맞습니까?"

"아, 그래요." 라이하르트 박사는 독일어로 말했다.

"여러 가지 형태의 정신병을 치료하고 있지 않습니까?"

"아, 그래요! 예, 정신병에는 여러 가지 형태가 있지요. 나는 그런 병들에 대해 대단히 흥미를 갖고 있으며, 여러 가지 증상 중에서 특별히 한 가지 증상을 주의 깊게 치료하고 있습니다." 그는 독일어를 섞어가며 말했다.

슈피스 수상은 라이하르트의 말을 간단하게 영어로 통역해 주곤 했다. 그곳에 있는 사람들 중에 두 사람은 독일어를 알고 있지만, 한 사람은 전혀 하지 못했고, 다른 사람들은 얼마 알아듣는지 못하는 상태였다.

"라이하르트 박사는 과대망상증을 치료하는 데 있어서 대단한 성공을 거두고 있습니다. 과대망상증은 자기 상태와 현실을 망각하고, 자기가 뭔가 대단한 사람이라는 착각에 빠진 병이지요. 그리고 피해망상증에 걸린 환자들도."

슈피스가 설명했다.

"아, 아니에요. 피해망상증은 아니에요. 내가 흥미를 가진 병자 중에 피해망상증 환자는 없어요. 그 반대지요. 그들은 행복해지기를 원하기 때문에 스스로 망상에 사로잡혀 있는 겁니다. 그들은 아주 행복에 겨워하고 있어요. 나도 그들을 행복하게 다룰 수 있지요. 하지만, 내가 그 사람들의 병을 치료하면 그들은 불행해질 겁니다. 그래서, 나는 그들이 정상인의 상태로 회복되면서도 행복해질 수 있는 치료법을 연구하고 있지요. 우리는 그것을 특유한 마음의 상태라고 부르고 있습니다."

그는 최소한 여덟 번은 독일어의 강한 억양을 섞어서 말했다.

"우리 영국인들을 위해서 난 계속 과대망상증이라는 용어를 쓰겠습니다."

슈피스가 말했다.

"요즘 당신이 그 용어를 쓰지 않는다는 걸 알지만 말입니다, 라이하르트 박사. 그리고 내가 말한 대로 당신 병원에는 600명의 환자가 있지요?"

"한때는 800명까지도 있었지요."

"800명!"

"대단한 건데요! 아주 흥미롭군요."

"당신이 병원을 시작할 때부터 그런 병자들이 그렇게 많았습니까?"

"우리 병원에는 자신을 전능하신 하나님이라고 말하는 사람도 있습니다."

러젠바이 수상은 깜짝 놀란 듯했다.

"오, 예. 어, 대단히 재미있군요."

"자기가 예수 그리스도라고 생각하는 사람도 한둘 있습니다. 물론 전능하신 하나님보다는 그 수가 좀 적지요. 그리고 다른 유명 인사들도 많습니다. 아돌프 히틀러가 24명이나 있었습니다. 그때는 히틀러가 살아 있었을 때입니다. 예, 24명인가 25명의 히틀러가 있었죠."

그는 주머니에서 꺼낸 수첩을 들여다보며 말했다.

"여기 기록을 해두었습니다. 나폴레옹은 15명. 나폴레옹은 항상 과대망상증 환자들에게 인기가 높지요. 무솔리니는 10명. 다시 태어난 줄리어스 시저가 5명 등, 아주 다양해요. 매우 재미있는 일이지요. 그러나 나는 여기서 그런 얘기로 당신들을 더 지치게 하지는 않겠습니다. 특별한 의학적인 지식이 없는 분들은 그런 이야기에 흥미를 못 느낄 수도 있으니까요. 이제 문제가 되는 사건에 대해 이야기하겠습니다."

라이하르트 박사는 다시 짧게 독일어로 이야기하고, 슈피스는 계속 통역을 했다.

"어느 날 라이하르트 박사에게 정부의 고관이 찾아왔답니다. 그 당시는 전쟁 중이었는데, 그 사람은 집권당에서 아주 인정받는 사람이었습니다. 편의상 그를 마틴 B라고 부르겠습니다. 아마 누군지 다들 짐작하실 겁니다. 그는 자신의 상관을 모시고 왔습니다. 다시 말한다면, 히틀러 자신을 데리고 온 것이었습니다."

"아, 그래요!" 라이하르트가 말했다.

"그가 나를 찾아온 것은 아주 특이한 일이었지요."

라이하르트가 계속 말했다.

"그는 군대에서 문제가 생겼다고 하더군요. 마치 자신을 나폴레옹처럼 생각하고 마구 명령을 내려 군사적인 문제를 야기 시키는 사람이 있다는 것이었습니다. 나는 그에게 유용하리라고 생각되는 의학적인 지식을 제공해 주었습니다. 그러나 마틴 B는 소용이 없을 것이라고 했습니다. 히틀러는 그런 자질구레한 문제로 간섭받기를 싫어한다는 것이었지요. 차라리 경험 있는 의사가 직접 진찰을 해보는 것이 낫겠다고 했습니다. 그가 데려온 환자는 방 안을 이리저리 둘러보는 것이었습니다. 나는 그가 무엇을 보고 싶어 하는지 금세 알았지요. 그런 병이 있는 사람의 증상은 항상 그렇기 때문에 나는 별로 놀라지 않았습니다. 그의 삶에 연속적으로 나타나는 긴장 탓에 피해망상증에 걸리기 시작한 것이었지요"

"그 사람은 아마 자기가 전능한 하나님이라고 생각하기 시작했으리라고 여겨지는데요!"

파이커웨이 대령이 갑자기 나서서 말을 하며 혀를 찼다.

라이하르트 박사는 그를 쳐다보았다.

"그는 나에게 뭔가를 알려 달라고 했습니다. 마틴 B가 자기에게 내 병원에 아돌프 히틀러라고 말하는 환자가 많다고 말했답니다. 그래서, 나는 그들이 히틀러를 존경하고 숭상하는 것이 이상한 것은 아니라고 설명했으며, 히틀러와 같이 되고자 하는 그들의 소망은 아주 자연스러운 것이지만, 결국은 자기 자신을 되찾고 정상으로 돌아갈 것이라고 했지요. 나는 그 말을 할 때 좀 불안했지만, 그가 만족해하는 것을 보며 대단히 안심했습니다. 그는 내 말을 칭찬으로 생각한 것이지요. 그 열정적인 소망이 자신에 대한 찬양이라고 이해한 것입니다. 그다음에 그는 그런 고통을 당하는 환자들의 대표적인 케이스를 볼 수 있겠느냐고 물어보더군요.

우리는 잠시 의논을 했지요. 마틴 B는 좀 꺼리는 듯했습니다. 그러나 히틀러는 원래 자기가 병원에 온 목적은 그런 환자를 만나고자 하는 것이었다고 하더군요. 마틴 B가 걱정하는 것은 히틀러가 다른 환자를 만나는 것을 허락받지 못하면 어떻게 할 것인가에 관한 것이었지요. 또, 만났을 때 다른 히틀러들이 폭력을 쓰거나 위험한 행동을 하면 어떻게 할 것인가를 걱정하고 있었지요. 나는 그런 것은 조금도 염려할 필요가 없다고 안심을 시켰습니다.

나는 히틀러 중에서 가장 온순한 사람들을 불러내서 그와 만나게 해주겠다고 했습니다. 마틴 B는 내가 그의 히틀러와 동행하지 않으면 그가 다른 히틀러와 만나서 이야기하는 것을 대단히 두려워할 것이라고 걱정했지요. 그는 환자들이 병원장인 나를 보면 더 온순하게 행동할 것이고, 위험도 없을 것이라고 생각했습니다. 그래서 나는 조금도 위험할 것이 없으니 안심하라고 다시 확신시켜 주었지요. 일이 진행되어, 히틀러들을 모두 집합하라고 했습니다. 자신의 증상을 그들과 비교하려는 방문객을 위해서였지요. 그래서 마틴 B와 히틀러는 모인 히틀러들에게 소개가 되었고, 나는 뒤로 물러가서 문을 닫고 마틴 B의 히틀러와 함께 온 다른 두 사람과 히틀러에 대해서 잡담을 하고 있었지요. 마틴 B의 히틀러는 대단히 불안한 상태에 있는 듯이 보였습니다.

그는 그 즈음에 들어서 아주 많은 어려움을 겪었답니다. 전쟁이 끝나기 직전에 모든 것이 제대로 맞아 들어가지 않고 아주 힘겨운 때를 맞았을 때, 히틀러는 대단히 스트레스를 많이 받고 괴로워했답니다. 그러면서도 그는 자기가 참모들에게 제안하는 의견들이 신속하게 받아들여져서 행동으로 취해진다면 전쟁을 승리로 이끌 수 있으리라고 확신하고 있다고 했습니다."

"그 히틀러는, 내 생각에는 그 당시에 처해 있던 상황이……."

조지 팩햄 경이 말했다.

"그 점을 자꾸 강조할 필요는 없어요. 그는 완전히 제정신이 아니었습니다. 자기가 모든 권위를 지니고 있다고 생각하고 있었기 때문에 그것이 아니라는 사실을 깨닫게 해야 했습니다. 앞으로 여러분이 연구 결과에서 보게 될 것은 우리나라에서도 이미 행해졌던 겁니다." 슈피스가 말했다.

"사람들은 뉘른베르크 재판에서의 그 사실을 기억하고 있지요."

"뉘른베르크 이야기는 꺼낼 필요가 없소. 그런 것은 다 과거지사요. 우리는 당신네 정부의 도움과 그로장 정부의 도움, 그리고 다른 유럽 국가들의 도움으로 이룩할 미래의 일을 기대해야 합니다. 과거는 이미 지나간 것이오."

러젠바이 수상이 단호하게 말했다.

"맞는 말입니다. 하지만, 지금 하는 이야기는 과거에 대한 것이 아닙니다. 마틴 B와 히틀러는 잠시 동안 다른 병자들을 만났습니다. 마틴 B는 라이하르트 박사에게 그 만남에 대해 대단히 만족해한다고 말했습니다. 그런 뒤에 그들은 아주 바쁘게 서둘러서 떠났지요." 슈피스 수상이 말했다.

잠시 침묵이 흘렀다.

"그러고 나서 어떤 일이 일어났나요?" 파이커웨이 대령이 물었다.

"다른 히틀러들 중 한 사람의 행동이 변했지요." 라이하르트가 대답했다.

"그 사람은 특별히 자기가 진짜 히틀러의 모습을 닮았다는 데 대해 대단한 자부심을 느끼는 사람이었습니다. 그런데 그가 전보다 더 강력하게 자기가 히틀러라고 주장하면서, 베를린에 가서 각료회의를 주재해야 한다고 떼를 썼습니다. 그전에 병이 조금 호전되는 기색이 있었는데, 갑자기 그런 기미가 전혀 보이지 않게 되었습니다. 갑자기 그 사람답지 않게 너무 변해서 나는 이해할 수가 없었습니다. 그로부터 이틀 뒤에 친척들이 와서 그를 데려가서 개인적으로 치료하겠다고 했을 때, 나는 사실 안도의 숨을 쉴 수 있었지요."

"그래서 퇴원을 허락했군요." 슈피스가 말했다.

"물론이지요. 그 사람은 완벽하게 치료할 수 있는 의사를 쓰고 있었지요. 우리 병원에는 자발적으로 온 것이었기 때문에 퇴원도 자발적으로 할 수 있었습니다."

"나는 뭐가 뭔지 잘 모르겠군." 조기 팩햄 경이 입을 열었다.

"슈피스 수상은 그 이론을 알고 있지요."

"그것은 이론이 아닙니다." 슈피스가 말했다.

"내가 여러분에게 말씀드리는 것은 사실입니다. 소련인들은 그 사실을 비밀로 했으며, 우리나라 사람들도 마찬가지였습니다. 그러나 풍부한 증거가 있었으며, 히틀러와 비슷하게 생긴 사람이 마틴 B와 함께 떠난 겁니다. 그러므로 우리가 연단에서 본 히틀러는 병자인 다른 히틀러였단 말입니다. 이제 핵심만을 말하겠습니다. 불필요한 가지는 자르고 말해야 할 것 같군요."

"우리는 모두 진실을 알아야 합니다." 러젠바이 수상이 말했다.

"진짜 히틀러는 아르헨티나로 밀입국했습니다. 미리 마련된 지하통로를 통해서 간 것이지요. 그곳에서 그는 여러 해를 살았습니다. 그는 가문이 좋은 아리안 족의 처녀와 결혼해서 아들 하나를 낳았습니다. 어떤 사람은 그녀가 영국 여자라고 합니다. 하지만, 히틀러의 정신상태는 더 악화하여, 자신이 전쟁터에서 군인들에게 명령을 내리고 있다고 믿으며 죽었습니다."

"그러면, 그런 일이 세상에 새어나가지도 않고 알려지지도 않았단 말이오?"

"물론 소문이란 항상 있게 마련입니다. 기억하시는지 모르겠는데, 러시아 황제의 공주들 중 하나가 가족이 대량 학살당하는 와중에서 빠져나왔다는 소문이 있었잖습니까!"

"그건 거짓말입니다, 새빨간 거짓말." 팩햄 경이 그의 말을 가로막았다.

"그 소문은 어떤 사람들에게는 부인되었고, 또 어떤 사람들에게는 인정되었습니다. 모두가 공주를 아는 사람들이었지요. 아나스타샤 공주는 정말 황제의 딸 아나스타샤가 아니면 농부의 딸이 아니겠습니까? 어떤 것이 진실입니까? 소문이란 오래갈수록 믿는 사람들이 적어집니다. 낭만을 꿈꾸는 사람들만 허무맹랑한 것을 믿으려 하지요. 히틀러가 죽지 않고 살아 있다는 말이 가끔 나돌았습니다. 그의 시체를 부검해 보았다고 확신 있게 말한 사람은 아무도 없었습니다. 소련인들도 확실한 증거를 댈 수 없었죠."

"라이하르트 박사, 당신은 이 이상한 이야기를 믿는 겁니까?"

"아, 드디어 그것을 질문하시는군요. 나는 이미 나와 관계된 일에 관해서는 말을 했지요. 내 병원에 온 사람은 분명히 마틴 B였습니다. 히틀러와 함께 온 사람이 마틴 B란 말입니다. 그는 정말 히틀러에게 대하듯이 말투를 깍듯하게 했습니다.

나는 이미 수백 명의 히틀러와 나폴레옹과 줄리어스 시저와 함께 살아온 경험이 있습니다. 여러분은 내 병실에서 살았던 히틀러들이 모두 아돌프 히틀러와 똑같이 보였으며, 그와 똑같을 수 있었다는 사실을 이해해야 합니다. 그들이 옷차림새나 행동 면에서 히틀러와 닮은 모습을 하지 않았다면 그들은 자기가 히틀러라고 믿을 수 없었을 겁니다. 나는 그전에 아돌프 히틀러를 직접 개인적으로 만나본 적은 없습니다. 사람들은 대개 그의 모습을 신문의 사진을 통해서 보았기 때문에 그의 얼굴을 정확하게 알지는 못하지요. 그래서, 마틴 B가 그를 히틀러라고 한 말에 대해서 의심하지 않았습니다. 물론, 나도 의심하지 않았지요. 나는 그의 명령에 순종했습니다.

히틀러는 방에 들어가서 자기의 복제판을 만나겠다고 했습니다. 그는 들어갔지요. 그리고 얼마 뒤에 나왔습니다. 입은 옷이 좀 바뀐 것 같았습니다. 서두르는 마틴 B와 함께, 역할이 바뀐 것을 기뻐하며 남아 있을지도 모르는 진짜 히틀러를 뒤에 두고 가버린 겁니다. 진짜 히틀러는 언제 항복할지 모르는 조국을 빠져나갈 길을 알고 있었을 겁니다. 갑자기 히틀러의 자리를 물려준 진짜는 상당히 마음이 상했습니다. 자기가 내린 명령, 야성적이고 환상적인 명령들을 즉각적으로 부하들에게 보내고 싶은 욕구가 그를 사로잡았을 겁니다.

그는 자기가 최고의 권한을 더 이상 지니고 있지 못하다는 사실을 느낄 수 있었습니다. 그러나 그의 주위에는 두세 명의 충실한 부하들이 있어서, 히틀러로 하여금 유럽을 탈출하게 하여 다른 나라에서 나치를 열렬히 따르는 젊은이들의 힘을 규합할 계획을 세우고 있었지요. 그곳에서 만(卍)자 기장이 오르게 할 계획이었습니다. 그는 자기 역할을 잘해냈습니다. 그는 이미 이성을 완전히 상실한 사람의 모습을 해야 했지요. 그는 다른 히틀러들보다 아돌프 히틀러의 역을 더 잘한다는 것을 보여주려 했습니다.

그는 가끔 자기의 복제판들을 보며 혼자 웃음을 터뜨리곤 했습니다. 우리 병원의 의사와 간호사들이 병실 안을 들여다보곤 했는데, 변화가 약간씩 있는 것을 볼 수 있었죠. 정신적으로 완전히 비정상적인 상태에 있던 환자가, 갑자기 그런 기색을 절대로 보이지 않는 것을 볼 수 있었습니다. 그런 일은 자주 일어나는 것이었습니다. 나폴레옹들이나 줄리어스 시저들이나 다른 사람들에게 있어서도 마찬가지이지요. 그런데 그들이 정상인의 상태를 회복하는 때가 그들에게는 더 심각한 정신이상의 상태입니다.

나는 여기까지 말할 수밖에 없습니다. 그러니까, 나는 슈피스 수상의 말에 동의한다는 뜻입니다."

"참 신비하군요!" 내무상이 말했다.

"예. 신비하지요! 그러나 우리의 실제 삶 속에서나 역사 속에서 신비한 일은 얼마든지 생길 수 있습니다."

슈피스가 참을성 있게 말했다.

"그럼, 아무도 의심하지 않았고, 아무도 몰랐단 말입니까?"

"그 일은 아주 철저하게 계획되어 있었고, 아주 깊이 생각한 뒤에 실행된 겁니다. 탈출통로는 이미 마련되어 있었습니다. 물론, 세부사항은 알려지지 않고 있습니다. 그러나 그 모든 일의 주요 사실은 잘 알려져 있지요. 유명 인사를 한 장소에서 다른 장소로, 다른 이름을 사용하며 변장한 상태로 옮기는 데 관여한 사람들은 대부분 오래 살지 못한 경우가 허다하므로 더 구체적인 사항은 알려지지 않은 상태입니다."

"당신은 그들이 비밀을 지키지 않고 다 털어놔야 했다고 생각하시오?"

"SS에서 그 사건의 진상을 파헤치는 사람에게는 많은 상금과 높은 직책을 줄 것을 내걸고 비밀을 알아보려 했지만 헛수고였습니다. 죽음이라는 결론밖에 나오지 않은 거였지요. 그래서, SS에서도 히틀러가 죽은 것으로 간주하기로 했습니다. 그런데 그들은 그의 시체가 어떻게 처리되었나를 알게 되었습니다.

그 사실은 최근에 조사된 겁니다. 우리는 문서를 조사해 가면서 그 사실을 조금씩 알게 되었습니다. 아돌프 히틀러는 분명히 남아메리카로 갔습니다. 그 곳에서 결혼식을 올렸으며 자녀를 낳았다고 알려졌습니다. 그 아이의 발에는 만(卍)자 표시가 찍혀져 있다고 합니다. 갓난애 때에 문신을 해놓은 것이지요. 내가 알고 있는 믿을 만한 첩보원들이 남아메리카에서 그런 발을 가진 사람을 보았다고 합니다. 그 어린 애는 엄격한 보호를 받으며 성장해서 미래를 위한 준비를 하고 있다는 겁니다. 마치 티베트의 라마교 교주가 되는 것이 숙명적인 세습에 의해서인 것처럼 말입니다.

열광하는 젊은이들은 그 사실을 다 알고 있습니다. 젊은이들의 규합은 단순히 새로운 나치 체제나 새로운 게르만 민족의 재생을 의미하는 것이 아닙니다. 그 젊은이들은 유럽의 거의 모든 국가의 우수한 젊은이들로 구성되어 있으며, 그들은 낡은 세계인 자본주의를 멸하고 새로운 무정부상태의 세계를 설립하기 위해 마구 죽이고 살해하는 폭력적인 거대한 형제단을 조직할 것을 꾀하는 겁니다. 그들은 우선 파괴하고 나서, 힘으로 자기들의 이상을 이루려 합니다. 그들은 지도자를 갖고 있습니다. 죽은 아버지와 닮은 모습은 아니지만, 아버지의 피를 물려받은 지도자 말입니다.

그는 어머니를 닮아 금발 머리를 한 북유럽의 소년처럼 생겼습니다. 전 세계가 받아들일 수 있는 소중한 소년이라는 거지요. 게르만 민족과 오스트리아인들이 먼저 그 소년을 받아들였습니다. 그 소년은 제2의 지그프리트라고 불리며, 그들의 신앙과 음악의 주제가 되고 있습니다.

그 어린애가 자라서 모든 것을 통솔할 수 있고 약속의 땅으로 모든 사람들을 인도할 수 있는 제2의 지그프리트가 된 겁니다. 약속의 땅은 그들이 무시하는 유대인이 모세의 인도를 받아서 들어간 그런 땅이 아닙니다. 유대인들은 가스실이나 지하실에서 대부분 살해당했습니다. 그곳이 그들의 용맹으로 획득한 약속의 땅이 되고 만 겁니다.

유럽의 젊은이들은 남아메리카와 연합하기로 되어 있습니다. 그들은 남아메리카에 자기들 혁명의 주동자와 무정부주의자, 그리고 예언자와 게릴라 및 추종자들을 포섭해놓고서, 잔인하고 난폭한 훈련을 시키며 영광된 삶을 약속하고 있습니다. 신세계의 통치자가 될 환상과 선택된 정복자들이라는 자부심을 불어넣어 주는 거지요."

"그렇게 터무니없는 일이 어디 있단 말입니까? 언젠가는 그 일이 모조리 붕괴되어 버릴 겁니다. 그건 너무 우스꽝스러운 계획이오. 그들이 무엇을 할 수 있단 말입니까?"

러젠바이 수상의 음성은 대단히 화가 난 것 같았다.

슈피스는 그 예리하고도 무거운 고개를 저었다.

"각하의 질문에 대해 대답을 해드리지요. 그들이 무엇을 모르고 있는지 말씀드리겠습니다. 그들은 자기들이 어디로 가고 있는지 모르며, 자신이 무슨 일을 벌이고 있는지도 모릅니다."

"그러면, 그들이 진정한 지도자가 아니라는 말입니까?"

"그들은 폭력과 고통과 증오의 디딤돌을 딛고 영광의 길로 나아가려는 젊은 영웅들입니다. 그들은 남아메리카와 유럽에서만 추종자들을 가진 것이 아닙니다. 그들은 미국에까지 갔습니다. 그곳의 젊은이들도 폭동을 일으키며 시위를 벌이고 제2의 지그프리트의 부하가 되고 있습니다. 그들은 살인하는 법을 배우고 고통을 즐기는 방법과 히믈러의 법칙을 배우고 있습니다. 그들은 지금도 훈련받고 있으며, 비밀리에 세뇌되고 있습니다. 그들은 자기들이 무엇 때문에 훈련받고 있는지 모르고 있습니다. 그러나 우리는 알고 있지 않습니까? 최소한 몇 명이라도 말입니다. 이 나라에서는 알고 있지요."

"우리 가운데에 너덧 명은 알고 있을 겁니다." 파이커웨이 대령이 말했다.

"소련에서는 이미 알고 있으며, 미국에서는 이제 막 알아차리기 시작했습니다. 그들은 북유럽의 전설적인 영웅인 지그프리트 같은 사람의 추종자들이 많다는 것, 즉 제2의 지그프리트가 그 세력의 지도자라는 사실을 알고 있습니다.

또, 그것이 그들의 새로운 종교라는 사실도 알고 있습니다. 영광을 입은 소년에 대한 신앙, 젊은이들의 황금 같은 승리에 대한 신앙. 그 젊은이 안에서 북유럽의 신이 다시 부활했습니다."

"그러나 그것은 간단한 사건이 아닙니다."

슈피스는 목소리를 원래대로 낮추며 말을 이었다.

"이 사건 뒤에는 강력한 힘을 지닌 인물이 있습니다. 두뇌가 뛰어난 사악한 사람입니다. 그는 대부호이며 대사업가입니다. 광산과 유전, 우라늄광을 소유하고 있으며, 최고의 과학자들을 손아귀에 넣고 있으며, 통솔력을 지닌 일단의 무리를 장악하고 있습니다. 그들은 노예로 삼은 젊은이들과 살인만 전문적으로 하는 젊은이들을 이용해서 권력의 근본이 되는 부분을 조종하고 있습니다. 마약을 사용해서 젊은이들을 노예로 만들고 있죠. 각국의 노예들은 처음에는 도수가 낮은 마약에 휘말려 들어갔다가 점점 센 마약을 사용하지 않으면 못 살게 되어, 마약을 소유하고 공급하는 자가 누군지 모르면서도 완전히 그에게 종속되어 몸과 정신을 그에게 넘겨주는 꼴이 되고 맙니다. 그 노예들은 마약을 공급받다가 쓸모없는 노예라는 평가가 내려지면 더 이상 마약을 얻지 못하고 무관심 속에서 죽도록 내버려집니다. 그들은 꿈꾸던 신세계에 들어가지 못하게 되지요. 그들 가운데에는 이상한 종교가 교묘하게 퍼지고 있습니다. 그 옛날의 신들이 위장된 상태로 소개되는 겁니다."

"개방적인 섹스도 그들의 혁명에 한몫하지 않습니까?"

"섹스는 금방 효력을 잃고 맙니다. 로마 시대에 악에 깊이 빠져 섹스를 과용하게 사용해서 진저리가 난 사람들은, 섹스에서 탈출하여 사막으로 가서 성 시므온 스틸리테스처럼 은둔자가 되었습니다. 섹스의 힘은 곧 고갈되고 맙니다. 잠시 동안 효력이 있을지 모르지만, 마약만큼 효과가 크지는 못합니다. 마약과 사디즘과 권력과 증오를 사랑하는 마음이 훨씬 오래 지속됩니다. 고통을 위해서 고통을 열망하고, 고통을 가하는 즐거움을 느끼는 것은 경험한 사람만이 아는 것입니다. 그들은 악에서 오는 즐거움을 터득하고 있습니다. 악에 대한 즐거움이 사람을 사로잡으면, 그 올무에서 빠져나올 수 없지요."

"슈피스 씨, 나는 당신이 말하는 것을 믿지 못하겠습니다. 만일 그 말이 사실이라면 강경책을 써서라도 그들을 뿌리째 뽑아야 할 것입니다. 그런 일을 방관한다는 것은 그 일에 영합하는 것이 됩니다. 우리는 강력하게 저항해야 합니다."

"잠깐만, 조지!"

러젠바이 수상은 자기 파이프를 꺼내어 보더니 다시 주머니에 집어넣었다. 그러면서 그는 결심했다는 듯이 말했다.

"내 생각에, 가장 좋은 방법은 내가 소련에 가보는 것입니다. 나는 이 사건을 잘 이해하고 있고, 소련에도 이 사건이 잘 알려져 있으니 말이죠"

"그들은 아주 잘 알고 있습니다. 그런데 그들이 아는 것을 털어놓을지는 의문입니다."

슈피스는 어깨를 으쓱하며 말했다.

"소련인들의 마음을 여는 것은 결코 쉽지 않습니다. 그들은 중공과의 국경선 문제로 고심하고 있습니다. 그러므로, 그들은 아마 젊은이들의 혁명에 대해 우리보다 관심이 적을 것이며, 우리가 생각하는 만큼 그 사건이 심각하다고 생각지도 않을 겁니다."

"나는 소련에 가는 일을 특별한 사명으로 생각하오. 꼭 가야 합니다."

"내가 당신이라면 여기 머물러 있겠소"

앨터마운트 경의 낮은 목소리가 지친 듯이 파묻혀서 기대앉은 의자에서 들려왔다.

"우리는 당신을 필요로 하고 있어요. 여기서 말이오"

그의 음성에는 부드러운 권위가 담겨 있었다.

"당신은 최고 지도자가 아니오? 당신은 이곳에 있어야 하오. 우리에게는 잘 훈련된 첩보원들이 있소"

"첩보원들이라뇨?" 조지 팩햄 경이 의심스러운 듯이 물었다.

"이런 판국에 첩보원들이 무슨 일을 한다는 말입니까? 우리는 호샴에게서 (아, 당신이 여기 있는지 몰랐소) 보고를 받아야 합니다. 어떤 첩보원들이 있으며, 그들이 무슨 일을 할 수 있는지 말해 보시지요!"

호샴은 조용히 말했다.

"우리에게는 아주 훌륭한 첩보원들이 있습니다. 첩보원들이 정보를 제공해 줄 겁니다. 슈피스 수상 각도 첩보원들이 제공한 정보를 우리에게 전달해 준 겁니다. 문제는 그들이 전달하는 정보를 아무도 믿으려 하지 않는다는 겁니다."

"그들은 뛰어난 사람들 아니오?"

"아무도 첩보원들이 뛰어난 사람들이라고는 생각하고 싶어 하지 않습니다. 그러나 사실은 대단히 뛰어난 사람들입니다. 그들은 고도의 훈련을 받았으며, 그들이 제공하는 정보의 90%는 정확한 것이지요. 그런데 고위층 분들은 그것을 전혀 믿으려 하지도 않고, 그 정보를 기초로 행동을 취하기를 거부하고 있습니다."

"호샵 씨, 사실 나도 믿을 수가 없어요."

호샵은 독일인에게 몸을 돌렸다.

"당신네 나라에서도 그런 일이 일어나지 않습니까? 거짓 없는 보고가 들어와도 높은 사람들은 그 보고를 행동에 반영하지 않습니다. 그분들은 사실이 입에 맞지 않으면 아예 알려고 하지도 않지요."

"그런 일들이 실제로 일어나고 있으며, 또 일어날 수 있다는 것을(물론 자주 일어나지는 않지만) 인정해야겠군요."

러젠바이는 자기 파이프를 만지며 안절부절못하고 있었다.

"정보수집에 대해서는 그만 합시다. 우리가 수집한 정보에 대해 어떻게 행동하는가 하는 것이 더 중요한 문제요. 이번 사건은 한 나라의 문제가 아니라 국제적인 문제이며 위기입니다. 이곳에서 방침이 세워져야 하오. 행동을 취해야 합니다. 먼로, 경찰이 군대와 함께 협력해서 기동력을 발휘해야 하오. 폭동은 그들이 손을 뻗치기 전에 진압되어야 합니다. 당신도 그런 정책에 찬성하겠지요?"

"그러한 정책에는 물론 찬성합니다. 그러나 이번에 그들은 이미(각하의 말을 빌자면) 손을 뻗쳤습니다. 그들은 총과 대포와 폭발물과 수류탄과 폭탄과 화학전을 할 수 있는 가스를 소유하고 있습니다."

"그러나 우리가 핵무기로 위협을 준다면……."

"그들은 단순히 정부에 불만을 가진 학생들이 아닙니다. 젊은이로 구성된 군대 외에 그 무리에는 과학자들, 즉 젊은 생물학자, 화학자, 물리학자들이 포함되어 있습니다. 유럽에서 핵전쟁을 벌인다는 것은······."

슈피스는 고개를 저었다.

"우리는 쾰른의 상수도를 장티푸스균으로 오염시킨 적이 있었습니다."

"그 사건은 믿기 어려운데."

케드릭 러젠바이 수상은 주위를 둘러보며 말했다.

"체트윈드, 먼로, 블런트! 그렇잖소?"

블런트 제독만이 러젠바이 수상의 놀라움에 약간의 반응을 보였다.

"수상 각하, 만일 가장 최선책을 취하기 원한다면 파이프에 담배를 꽉 채워 넣고 핵무기가 있는 데서 가능한 한 멀리 떨어진 곳으로 가십시오. 남극으로 가서 텐트를 치고 살란 말입니다. 아니면, 방사능이 도달하지 못하는 아주 먼 곳으로 피하십시오. 엑슈타인 교수가 우리에게 핵무기에 대해 뭐라고 경고했는지 각하도 알고 있을 겁니다. 그는 아주 확신 있게 말하지 않았소!"

제18장

파이커웨이의 후언(後言)

그 회의는 그렇게 끝났다. 그리고 완전히 두 파로 갈라졌다.

독일 총리는 영국 총리, 조지 팩햄 경, 고든 체트윈드, 라이하르트 박사와 함께 다우닝 가에서 점심식사를 하려고 떠났다.

블런트 제독과 먼로 대령과 파이커웨이 대령과 헨리 호샴은 남아서 VIP들이 있을 때보다 좀더 자유스럽게 의견을 나누고 있었다.

첫 번 발언은 약간 듣기 어색한 것이었다.

"조지 팩햄 경이 그들과 점심을 먹으러 간 것이 정말 다행입니다. 걱정과 안달, 근심, 의심들이 나를 우울하게 만듭니다." 파이커웨이 대령이 말했다.

"당신도 그들과 함께 갔어야 했소." 먼로 대령이 말했다.

"체트윈드나 팩햄 경이, 수상이 소련인과 중국인과 이집트인과 아르헨티나인과 그 밖에 그의 환상에 의해 선택된 나라 사람들과 협상을 벌이는 것을 중지시킬 수 있는지 확신할 수가 없단 말이오."

"내게는 아직도 날릴 수 있는 다른 연이 또 있소. 옛 친구를 만나러 시골로 갈 계획이오."

블런트 제독은 약간의 호기심을 띤 얼굴로 퉁명스럽게 말하며 파이커웨이를 쳐다보았다.

"히틀러가 벌인 일이 놀랍지 않소, 파이커웨이?"

파이커웨이는 고개를 저었다.

"반드시 그렇지는 않습니다. 우리는 그가 남아메리카에 나타나서 만(卍)자 기장을 휘날리고 있다는 소문은 다 듣고 있었습니다. 50%는 사실이라고 할 수 있지요. 그가 진짜 히틀러인지 정신이상자인지 사기꾼인지 간에, 아무튼 용케도 빠져나갔구먼."

"벙커 안에 있었던 시체가 누구의 것인가에 대해 논의되어야 할 것 같소. 그런데 지금까지 정확한 것을 모르는 것이 문제요. 소련인들은 그것을 알고 있소."

블런트 제독이 말했다. 그는 일어나서 다른 사람들에게 고개를 끄덕여 보이며 문쪽으로 걸어갔다.

먼로 대령은 조심스럽게 말했다.

"내 생각에는 라이하르트 박사가 사실을 아는 것 같소."

"독일 총리는 어떤 것 같습니까?" 호샴이 말했다.

"사리를 분별할 줄 아는 사람이지."

블런트는 문쪽에서 고개를 돌리며 불평하듯 말했다.

"그는 젊은이들의 혁명이 재미를 보게 될 때, 자기 나라를 자기 방법대로 이끌고 가려 하고 있어요."

그는 먼로 대령을 날카롭게 쳐다보았다.

"금발 머리 소년의 기적은 어떻게 될 것 같소? 히틀러의 아들 말이오. 그에 대해 다 알고 있소?"

"걱정할 필요 없습니다."

파이커웨이 대령이 불쑥 나서며 말했다.

블런트 제독은 문손잡이를 돌렸다가 다시 놓고는 자리에 와서 앉았다.

"내가 아는 바로는, 히틀러는 아들이 없습니다. 그건 터무니없는 이야기요."

파이커웨이가 말했다.

"어떻게 그렇게 확신 있게 말할 수가 있소?"

"그건 분명합니다. 제2의 지그프리트라는 프란츠 요제프, 우상시 되는 지도자, 그는 평범한 사기꾼이거나 형편없는 협잡꾼입니다. 그는 아르헨티나의 목수 아들이지요. 그의 어머니는 게르만족의 피가 섞인 사람인데, 오페라 가수였고 멋있는 금발을 하고 있었습니다. 그의 외모와 호소력 있는 음성은 어머니를 닮은 것이지요. 그는 자기가 맡아야 할 역에 알맞게 선택되었으며 훈련되었습니다. 그는 어릴 때 배우 노릇을 했으며, 그의 발에는 만(卍)자가 찍혀 있습니다. 그에게 얽힌 이야기는 다 낭만적인 이야기 같아요. 그는 라마교의 교주가 되도록 점지된 아이와 같이 살아온 겁니다."

"당신은 그 사실에 대한 증거를 갖고 있소?"

"문서 증거물이 충분히 있습니다." 파이커웨이는 싱글싱글 웃으며 말했다.

"나의 우수한 첩보원 중 한 사람이 그것을 알아냈죠. 히틀러 아들의 발에 있는 것이 흉터라는 의학적 증거와 프란츠 요제프라고 불리는 사람과 동일인물인 칼 아귈러로스라는 인물의 출생증명서, 복사 사진, 그의 어머니의 사인이 들어 있는 진술서 등 많은 증거물이 있습니다. 우리의 첩보원이 그것을 제때에 빼낼 수 있었죠."

"그 서류가 지금 어디에 있소?"

"안전한 곳에 보관되어 있습니다. 그 친구들의 사기극이 가면을 벗는 볼만한 순간을 기다리고 있지요."

"정부에서 그 사실을 알고 있소? 수상이 알고 있느냐 말이오?"

"나는 절대로 정부 측에는 말하지 않을 겁니다. 할 수 없이 말해야 할 형편에 놓이거나, 그들이 올바른 대책을 세울 것이라는 확신이 든다면 말하겠지만, 그전에는 말하지 않겠습니다."

"파이커웨이, 당신은 늙은 악마요." 먼로가 말했다.

"이런 상황에서는 그런 특별한 사람이 있어야 하오."

파이커웨이가 슬프게 말했다.

스태퍼드 경을 찾아온 방문객

스태퍼드 경은 손님과 환담을 하고 있었다. 손님들 중 한 사람만 익히 보아서 잘 아는 사람이고, 나머지는 모르는 사람이었다. 그들은 잘생기고 침착하고 지적인 젊은이들이었다. 그들의 머리 모양은 단정했으며, 옷차림새도 과히 뒤지지 않으면서도 말쑥했다.

스태퍼드 경은 그들을 바라보면서, 그들을 바라다보는 것이 싫지는 않다고 생각했다. 동시에 그는 그들이 자기에게 원하는 것이 무엇일까를 생각해 보았다. 손님 중에 아는 사람은 석유왕의 아들이었다. 또 다른 손님은 대학을 떠난 이후로 정치에 지대한 관심을 두고 있는 사람이며, 그의 아저씨가 레스토랑 체인을 소유하고 있었다. 세 번째 사람은 짙은 눈썹을 찌푸리고 뭔가를 계속 의심하는 듯한 표정이 아예 얼굴에 박힌 젊은이였다.

"우리가 선생님을 방문할 수 있게 해주셔서 감사합니다, 스태퍼드 경."

세 사람 중 대표격이 되는 듯한 금발의 청년이 말했다. 그의 음성은 매우 듣기가 좋았다. 그의 이름은 클리퍼드 벤트였다.

"이 친구는 로더릭 케텔리고, 이 사람은 짐 브루스터입니다. 우리는 모두 미래에 대해 불안해하고 있습니다. 이렇게 표현해도 될까요?"

"나는 그 문제에 대한 해답이 있다고 생각하오. 그렇지 않습니까?"

스태퍼드 나이 경이 말했다.

"우리는 다른 젊은이들이 하는 짓들을 좋아하지 않습니다. 그들은 반역과 무정부, 혼돈만을 부르짖습니다. 물론 하나의 철학으로서는 있을 수 있는 일입니다. 솔직히 말해서, 우리 모두가 그러한 면들을 갖고 있기는 합니다. 그러나 그 사람들은 다른 측면을 드러내고 있습니다. 우리는 그들의 방해를 받지 않고 학구적인 면을 발전시켜 나갔으면 합니다.

시위를 벌이는 것에 반대는 안 하지만, 마치 깡패같이 폭력적인 시위를 벌이는 데에는 반대합니다. 우리는 지성인다운 시위를 원하고 있습니다. 또, 우리가 원하는 것은 솔직히 말해서 새로운 정당입니다. 여기 있는 짐 브루스터는 무역업에 대한 새로운 계획과 아이디어를 짜내는 데에 대단한 노력을 기울여 왔습니다. 그들은 짐의 노력을 저지하려 했고, 그의 의사 발표를 방해하여 그의 의견을 막으려 했습니다. 그러나 그는 끝까지 밀고 나갔습니다. 짐, 그렇지 않나?" 클리퍼드 벤트가 말했다.

　"그들 대부분은 멍청이 같은 사람들이지요." 짐 브루스터가 말했다.

　"우리는 젊은이들을 위해 좀더 진지하고 분별력 있는 정치를 원하고 있으며, 정부의 경제정책이 좀더 활발해지기를 원하고 있습니다. 또 교육에서도 환상적이거나 추상적이 아닌, 구체적인 다른 아이디어를 짜내고 싶습니다. 우리가 국회의원이 되고 각료가 된다면, 그런 생각들을 실천으로 옮길 수 있겠지요. 그렇게 못 할 이유가 없거든요. 우리의 운동에 참여하는 사람들이 대단히 많이 있습니다. 우리는 폭력적인 젊은이들이 하듯 젊은이들의 운동을 벌이고 있습니다. 그러나 온건하게 나가고 있습니다.

　우리는 국회의원의 수를 줄일 분별력 있는 정부를 원하고 있습니다. 또, 어떤 종족이든 간에 사리가 밝은 정치가를 찾고 있습니다. 우리는 선생님에게 우리의 목적을 알리고 관심을 갖게 할 수 있지 않을까 해서 찾아온 겁니다. 우리가 원하는 사람들을 찾는 중이지요.

　우리는 현재의 정치가들을 원하지 않으며, 그 사람들 대신 들어설 사람도 원치 않습니다. 제3의 당은 기진맥진한 상태인 것 같습니다. 그래도 소수를 위해 고난을 당하는 사람이 한둘은 있습니다. 그러나 나는 그들도 우리와 같은 사고방식을 갖게 되리라고 생각하고 있습니다. 선생님이 이 일에 관심을 가져주었으면 좋겠습니다. 우리는 조만간에 누군가가 우리를 이해하여 적합하고 성공적인 정책을 펴줄 것을 원하고 있습니다.

　워싱턴은 다 무너지고, 유럽에는 계속 시위와 군사행위와 공항 폭발 같은 사건들이 일어나고 있습니다. 여기서 선생님에게 지난 6개월간의 소식을 알려드릴 필요는 없을 겁니다. 우리의 목적은 이 세계를 회복시키기보다는 영국을 회복시키는 데 있습니다. 그 일을 하는 데 적합한 사람이 필요합니다.

우리는 젊은이들을 필요로 하고 있습니다. 다수의 선량한 젊은이들 말입니다. 그리고 우리는 혁명과 혼돈, 무정부상태를 거부하고 국가에 유익을 끼치기 원하는 젊은이들이 많다는 것을 알고 있습니다. 또한, 우리에게는 나이가 지긋한 사람도 몇몇 필요합니다. 그렇다고 환갑이 넘은 사람들을 말하는 것이 아니라, 40대나 50대의 사람들을 말하는 겁니다. 그래서, 선생님에게 온 겁니다. 우리는 선생님에 대해 많은 얘기를 들었습니다. 선생님이 바로 우리가 원하는 분입니다."

"당신들은 자신이 현명하다고 생각하시오?" 스태퍼드 경이 물었다.

"예, 그런 것 같은데요." 두 번째 젊은이가 싱긋 웃었다.

"우리의 일에 동참해 주셨으면 좋겠습니다만……."

"지금 확실히 대답할 수는 없소. 여러분은 아주 거리낌 없이 비밀을 이야기하는군요."

"여기는 선생님의 거실이 아닙니까?"

"그렇지요. 여기는 분명히 우리 집 거실이오. 그러나 여러분이 하는 얘기나, 또 하려는 이야기는 현명치 못해요. 나에게나 여러분에게나 그것은 어리석은 일이 될 거요."

"아, 선생님이 무슨 말씀을 하시려는지 알았습니다."

"당신들은 나에게 새로운 것을 제의하고 있군요. 새로운 삶의 방식이랄까, 아니면 새로운 경험이랄까. 여러분은 나에게 묶인 것을 끊어 버리라고 제안하고 있어요. 그건 나에게 불충성하라는 요구나 다름없소."

"우리는 선생님이 어느 나라에 대해 이탈자가 되라는 것이 아닙니다."

"그렇지. 소련이나 중공이나 그전에 언급된 곳에서 온 초청장은 아니지요. 그러나 당신들의 초청장은 국제문제와 관련된 것이오. 나는 최근에 외국에서 돌아왔소. 아주 흥미있는 여행이었지. 마지막 3주를 남아메리카에서 보냈소. 그런데 내가 여러분에게 이야기하고 싶은 것이 있어요. 내가 영국에 돌아온 이후로 누군가가 나를 미행하고 있는 것을 느끼고 있단 말입니다."

"미행이라고요? 과민하게 생각하시는 것은 아닙니까?"

"그렇지 않아요. 나 같은 직업을 가진 사람이 주의해야 할 사항이라고 배운 일들이 일어났단 말입니다. 나는 이곳에서 꽤 멀리 떨어진 흥미있는 곳에 갔다 왔소 여러분은 내게 제안을 하러 나를 방문했지요! 그런데 다른 곳에서 만났다면 더 안전했을 거요."

그는 일어나서 목욕탕 문을 열고 수도를 틀어 놓았다.

"몇 년 전에 영화에서 본 것이오. 자기들 대화가 도청장치에 걸려들지 않게 하려고 수도를 틀어놓더군. 요즘에는 다른 방법을 쓰는 사람도 있을 거요. 나는 좀 구식 사람이라서 이런 식으로 합니다. 어쨌든 이젠 좀더 자세하게 이야기를 할 수 있을 거요. 그러나 방심해서는 안 돼요. 남아메리카는 아주 재미있는 곳이더군. 쿠바, 아르헨티나, 브라질, 페루, 그 밖의 다른 나라들로 이루어진 남아메리카 연맹('스페니시 골드'라는 이름으로 알려져 있지요)이 아직은 결성되지 않았으나 현재 진행 중이오. 그래요, 아주 재미있는 곳이지."

"그 문제에 대해서는 어떻게 생각하십니까?"

의심스럽다는 표정을 짓는 짐 브루스터가 물었다.

"계속 말조심을 해야지. 내가 경솔하게 말하지 않는다면 나를 좀더 신뢰하겠소? 목욕탕 물을 잠그고 말하면 좋을 것 같군."

"짐, 가서 잠그고 와!" 클리프 벤트가 말했다.

짐은 얼굴을 찡그리더니 목욕탕으로 갔다. 스태퍼드 경은 책상 서랍을 열더니 플루트 하나를 꺼냈다.

"아직 잘 불지는 못해요."

그는 그렇게 말하며 플루트를 입에 대고 불기 시작했다.

그때 짐이 기분이 상한 듯이 얼굴을 찡그리고 자리로 왔다.

"그게 뭡니까? 우리가 계획하는 피의 연주회 아닙니까?"

"입 다물어! 자네는 음악에 대해서는 문외한이잖아!"

클리프 벤트가 말했다.

스태퍼드는 미소를 지었다.

"여러분은 지금 바그너의 음악을 듣고 있습니다. 나는 올해 젊은이의 축제에 참석해서 연주회를 구경했지요."

그는 다시 그 곡조를 반복했다.

"나는 처음 들어보는 곡존데요. 무슨 국가(國歌) 같은 거 아닌가요?"

"오페라에 나오는 곡조야. 우리는 다 알고 있으니까 조용히 해."

케텔리가 말했다.

"젊은 영웅의 호른 소리요." 스태퍼드 경이 말했다.

그는 재빨리 손을 올려서 '하일 히틀러'를 의미하는 동작을 했다. 그러고는 아주 낮게 중얼거렸다.

"새로운 지그프리트."

세 청년은 모두 일어났다.

"맞습니다. 우리는 모두 특히 주의해야 합니다." 클리퍼드 벤트가 말했다.

그는 손을 흔들었다.

"선생님이 우리 편이라는 사실을 알게 되어 대단히 기쁩니다. 이 나라가 장래에 필요로 하는 것 중 하나는 최고의 외무상입니다."

그들은 방을 나갔다.

스태퍼드 경은 조금 열린 문을 통해 그들이 가는 모습을 지켜보았다. 그는 호기심에 찬 미소를 보내며 문을 닫고 안락의자에 앉아서 벽시계를 쳐다보았다. 누군가를 기다리고 있었다.

그는 1주일 전, 뉴욕의 케네디 공항에서 레나타와 헤어지던 순간을 생각하고 있었다. 그 순간, 두 사람 다 무슨 말을 해야 할지 몰랐다.

스태퍼드 경이 그 침묵을 먼저 깨뜨렸다.

"우리가 다시 만날 수 있다고 생각하시오?"

"그러지 말아야 할 이유라도 있나요?"

"너무 많소."

그녀는 그를 바라보더니 재빨리 고개를 돌렸다.

"우린 헤어져야 해요. 이것도, 제 직업이에요."

"직업! 당신이 나와 행한 모든 일이 다 그 직업 때문이었군!"

"그럴 수밖에 없었어요."

"당신은 전문적인 사람이고, 나는 아마추어고, 당신은……."

그는 말을 끊었다.

"당신은 뭐 하는 사람이오? 누구요? 정말 알 수가 없소."

"알 필요 없어요."

그는 그녀를 바라보았다. 그는 그녀의 얼굴에서 슬픔을 본 것 같았다. 거의 고통에 가까운 슬픔이었다.

"그러면 나는……, 아무래도 이상해. 내가 당신을 믿어야 한다고 생각하시오?"

"그건 아니에요. 제 삶이 제게 가르쳐 준 사실이 있어요. 아무도 믿을 만한 사람은 없다는 사실이지요. 기억하세요. 결코 없다는 것을."

"그것이 당신의 세계요? 불신과 공포와 위험의 세계 말이오."

"저는 살아남고 싶어요."

"알고 있소."

"저는 당신도 살아남기를 원하고 있어요."

"나는 프랑크푸르트에서 당신을 믿었소."

"당신이 모험을 하셨지요."

"그것은 가치 있는 모험이오. 당신은 나만큼 잘 모르고 있소."

"무엇 때문에 그런 말을 하는 거죠?"

"우리가 함께 있었기 때문이오. 그런데 지금은 비행기를 타고 떠나야 하오. 공항에서 시작된 것이 우리의 우정이고, 여기 다른 공항에서 끝나는 것이 우리의 우정이오? 당신은 어디로 가는 거요? 가서 무엇을 하는 거요?"

"제가 해야 할 일을 하는 거지요. 볼티모어와 워싱턴, 텍사스로 가서 제가 할 일을 해야 해요."

"그러면 나는? 나는 아무 명령도 받지 못했소. 나는 런던으로 돌아가야 하오. 거기서 무엇을 해야 하오?"

"기다리세요."

"뭘 기다리라는 말이오?"

"당신이 승진할 것을 기다리세요."

"그때는 무엇을 해야 하오?"

그녀는 그를 향해 갑자기 미소를 지었다. 그가 너무도 잘 아는 밝은 미소였다.

"그때는 악보 없이도 연주할 수 있을 만큼 되겠죠. 그 방법은 당신이 잘 알고 있을 거예요. 당신은 자신에게 접근해 오는 사람들을 좋아할 거예요. 그들은 엄정하게 선택되겠지요. 그것이 중요해요. 우리는 그들이 누군지 알아야 해요"

"이젠 가야겠소 메리 앤, 잘 가시오"

"안녕히 가세요" 레나타는 독일어로 인사를 했다.

런던의 그의 거실 전화벨이 울렸다. 스태퍼드 경은 작별하는 순간의 회상으로부터 현실로 돌아오게 한 적절한 순간이라고 생각했다.

그는 전화를 받으러 일어나면서 레나타의 독일어 인사말을 중얼거렸다.

"아우프 비더젠"

씨근거리며 말하는 목소리가 누군지 금방 알아들을 수 있을 것 같았다.

"스태퍼드 나이 경인가?"

스태퍼드는 꼭 맞는 대답을 했다.

"틀림없습니다"

"내 주치의가 담배를 끊으라네. 불쌍한 친구야. 차라리 그 친구는 내가 담배 끊기를 바라는 소망을 끊는 편이 나을 거야. 새로운 뉴스 없나?"

파이커웨이가 말했다.

"있습니다. 은전 30개. 그렇게 약속되었습니다"

"제기랄, 망할 놈 같으니라고"

"그만해 두십시오"

"뭐라고 그랬나?"

"저는 그들에게 플룻을 연주해 주었습니다. 지그프리트의 호른 주제곡이었죠. 저는 나이 든 아주머니의 충고를 따르고 있죠"

"아주 신나게 들리는군!"

"주아니타라는 노래를 알고 있습니까? 저도 필요할 것 같으니 그것도 배워야겠습니다"

"주아니타가 누군지 알고 있나?"

"안다고 생각합니다"

"흐—음, 지난번 볼티모어에서 소식을 들었지."

"당신의 그리스 처녀, 다프네 데오도파누스는 어떻게 되었습니까? 그 처녀가 어디 있는지 궁금한데요."

"아마, 자네를 기다리며 유럽 어느 공항엔가 앉아 있을 걸세."

파이커웨이가 말했다.

"유럽에 있는 대부분의 공항은 폭발사고가 났거나, 부분적으로 파괴되었기 때문에 폐쇄된 상태일 텐데요? 비행기 폭발과 비행기 강제납치 등으로 소란한 상태 아닙니까?

처녀 총각들이 놀러 나온다.
달빛은 대낮처럼 밝게 비친다.
저녁도 먹지 말고, 잠도 자지 마라.
너의 소꿉친구를 길로 차내라."

"요즘 유행하는 어린이 십자군의 노래군."

"그건 잘 모릅니다. 그러나 어떤 면에서는 어른들이 벌이는 일이 다 어린이 십자군과 마찬가지 아닙니까. 이상주의로 시작하죠. 이방인에게서 거룩한 도시를 구해 내자는 기독교 세계의 이상으로 시작하지만 죽음, 죽음으로 끝나는 겁니다. 거의 모든 어린이들이 죽거나 노예로 팔리죠. 우리가 그들을 구해 내는 수단을 찾아내지 않으면, 마찬가지로 끝날 겁니다."

제20장

해군 제독이 옛 친구를 방문하다

"당신네들이 다 죽은 줄 알았소." 블런트 제독은 코웃음을 치며 말했다.

그 말은 문을 열어 주는 집사에게 한 것이 아니라, 성은 모르지만 에이미라는 세례명을 아는 젊은 부인에게 한 것이었다.

"지난주에 네 번이나 전화를 걸었는데 안 받더군요. 사람들 말이, 외국에 갔다고 하던데요?"

"예, 외국에 갔다가 돌아온 지 얼마 안 됩니다."

"마틸다가 그 나이에 외국으로까지 나돌아다니면 안 될 텐데. 비행기 안에서 고혈압이나 노인병 같은 것으로 죽으면 어쩌려고 그럴까! 비행장에는 아랍 게릴라들이나 이스라엘인들이 장치해 놓은 폭발물도 많단 말이오. 어디를 가나 안전한 곳은 없어요."

"의사가 여행을 권했습니다."

"그래요? 우리는 의사들이 어떤 사람들인지 잘 알고 있다오."

"마님은 아주 건강이 좋은 상태로 돌아오셨습니다."

"그래, 어디에 갔었소?"

"요양차 독일에 갔었습니다. 아니, 독일인지 오스트리아인지 확실히 모르겠네요. 처음 가보는 곳이었습니다. 골든 가스타우스 여관이라고 했던 것 같아요."

"아, 어느 곳인지 짐작하겠소. 대단히 비싼 곳이지."

"아주 시설이 좋고 서비스도 좋았습니다."

"그런 곳에 가는 것은 당신네들을 더 빨리 죽게 하는 방법의 하나요. 어떻게 거기서 맘 놓고 즐길 수 있었는지 궁금하군." 블런트가 말했다.

"경치는 아주 좋았지만, 사실 그렇게 즐겁게 지내지는 못했습니다."

그때 2층에서 전제군주 같은 음성이 들려왔다.

"에이미, 에이미? 홀에서만 계속 이야기하고 있을 작정이야? 블런트 제독을 이곳으로 모셔 와. 지금 기다리고 있으니까."

"그렇게 돌아다니다가 죽으면 어쩌려고 그래요! 내 말을 명심하시오."

블런트는 옛 친구에게 인사를 하고는 말했다.

"아, 괜찮아요. 요즘은 여행하는 데 어려움을 못 느끼는 걸요."

"공항에다, 비행기 트랩, 계단, 버스 그런 것들 상대하려면 꽤 힘들 텐데!"

"하나도 힘들지 않았어요. 휠체어가 있었거든."

"한두 해 전에 내가 휠체어를 타라고 했을 때는 들은 체도 안 하더니……, 하긴 그때는 휠체어가 필요하다는 것을 받아들이기에는 당신 자존심이 너무 컸었지."

"맞아요. 하지만, 요즘은 건강에 대한 자부심을 버리기로 했어요. 여기 와서 앉아서, 왜 나를 갑자기 만나고 싶어 했는지 말해 보세요. 전에는 나를 무시하지 않았던가요?"

"그건 고의가 아니었소. 우리가 조사하는 일들에 대해 당신의 자문을 구하고 나서는, 조언을 받아들일 생각을 안 했었지. 이제 그런 얘기는 그만 합시다."

"건강이 아주 좋아 보이는데요?" 레디 마틸다가 말했다.

"당신도 아주 나빠 보이지는 않소. 당신 눈에서 불꽃이 튀는 것 같은데?"

"전보다 귀가 잘 안 들리니까, 좀 크게 말씀하세요."

"좋아요, 크게 말하지."

"무얼 마시겠어요? 진, 강장제? 위스키 럼주가 있는데."

"아주 강한 술만 준비해 놓은 것 같구먼. 당신도 마시겠다면, 진과 강장제로 하겠소."

에이미는 일어서서 방을 나갔다.

"마실 것을 가져오면, 저 여자는 밖에 나가 있으라고 하지요. 당신에게 말할 것이 있소. 아주 중요한 일이오."

음료수가 들어오자 레디 마틸다는 에이미에게 팔을 저어 나가 있으라는 신호를 했다. 에이미는 기분 좋은 듯이 나갔다. 그녀는 센스가 있는 여자였다.

"아주 괜찮은 여자요." 블런트가 말했다.

"그 말 하려고 에이미에게 나가라고 했나요? 당신이 칭찬하는 소리를 듣지 못하게 하려고?"

"그게 아니고, 당신에게 의논할 것이 있어요."

"무엇을 의논한단 말이에요? 당신 건강? 하인을 새로 들여올 문제? 아니면, 정원에서 무엇을 기를 것인가에 대해서?"

"아주 심각한 문제를 의논하러 온 게요. 당신이 내게 도움이 될 만한 사실을 기억하고 있을 거라고 생각하오."

"내가 무엇이든지 기억할 수 있다고 생각해 주니 정말 고맙군요. 하지만, 내 기억력은 날이 갈수록 나빠지고 있어요. 아주 어릴 때 알았던 친구만을 기억해 낼 수 있을 정도거든. 사람들은 학창시절 때 제일 싫어했던 친구는 기억하고 싶지 않아도 저절로 기억이 나게 마련인가 봐요. 참, 사실 이번에 여행한 곳에서 그런 친구를 만나보았어요."

"어디에 다녀왔소? 학교를 방문했었소?"

"아녜요, 아냐. 40~50년 동안 만나지 못한 옛 친구를 방문했었다니까."

"그 친구는 어떻게 변했소?"

"너무 비대해져서 몸이 집채만 하고 옛날보다 더 메스껍고 정이 안 가던데요."

"당신, 사람 보는 취향이 좀 까다로운 것 같은데?"

"그건 그렇다 치고, 내게 기억해 주기를 바라는 것이 뭐죠?"

"또 다른 친구는 기억하지 못하겠소? 로버트 쇼어 햄 말이오."

"로비 쇼어 햄? 물론 기억하고말고."

"과학자 친구 말이오. 최고의 과학자지."

"물론이지요. 그 사람은 누구에게나 잊힐 사람이 아닌걸요. 어떻게 그 사람 생각을 당신이 하게 되었는지 궁금하군요."

"모두가 그를 필요로 한다오."

"그렇게 말하니 재미있군요. 언젠가 나도 그런 식으로 생각한 적이 있거든요."

"뭘 생각했소?"

"그가 필요할 거라고 생각했죠. 아니면, 그와 비슷한 사람이라도……"

"그런 사람은 또 있을 수 없지. 마틸다, 사람들이 당신에게 조금씩 사실을 밝히나 보구먼. 나도 당신에게 지금 뭔가 밝히잖소?"

"그게 정말 이상해요. 당신은 내가 이해도 잘 못 하고, 또 그것을 다른 사람에게 제대로 옮기지도 못한다고 생각했기 때문에, 통 털어놓지를 않았었잖아요? 당신보다는 로비가 그런 면에선 좀 나았지."

"내가 당신에게 해군의 비밀을 밝힐 수는 없는 게요."

"그야 그렇겠죠. 로비도 자기가 연구한 비밀을 밝히지는 않았죠. 나는 일반적인 얘깃거리들을 말하는 거예요."

"그래도 내가 알기에는 로비가 자기 연구에 관한 이야기를 당신에게 많이 했을 텐데?"

"때때로 나를 깜짝 놀라게 할 만한 이야기를 즐겨 하곤 했었죠."

"좋소, 이제 본론이 나오기 시작하는구먼. 내가 알고 싶은 것은 로비가 프로젝트 B라고 하는 것에 대해 이야기한 적이 있는가 하는 게요."

"프로젝트 B?"

레이디 마틸다는 생각해내려고 애쓰는 것 같았다.

"들은 적이 있는 것 같기도 하군요. 로비가 말한 프로젝트는 한둘이 아니죠. 그러나 어느 한 가지도 내 흥미를 끈 것은 없어요. 로비도 그걸 알았죠. 그래도 그는 그런 이야기를 하며 나를 놀라게 하곤 했어요. 그 이야기는 요술쟁이가 아무도 모르게 모자에서 토끼 세 마리를 꺼내는 것과 비슷했죠. 프로젝트 B라? 맞아. 로비가 아주 오래전에 대단히 흥분했던 일이 그것 때문이었을 거예요. 내가 종종 프로젝트 B가 어떻게 잘 되어 가느냐고 묻곤 했었거든요."

"당신은 정말 언제나 재치 있는 여자요. 다른 사람들이 하는 일이나 흥미 있어 하는 일에 대해 늘 기억하고 있거든. 그런 일이 어떻게 돌아가는지는 몰라도 말이오. 그리고 전에 내가 해군의 신종 함포에 대해 설명을 했을 때도 금방 지루해 할 줄 알았는데, 그렇지 않더군요. 당신이 평생에 한 번 꼭 듣고 싶어 했던 것을 듣는 것처럼 흥미 있게 듣더란 말이오."

"당신이 말한 대로 나는 재치도 있고 뭐든지 잘 들어주는 사람이에요. 머리가 그렇게 좋지는 않지만."

"어쨌든, 나는 로비가 프로젝트 B에 대해 무엇을 말했는지 듣고 싶소"

"글쎄, 자세한 내용은 기억하기가 좀 어려운데, 그는 그때 사람들의 뇌수술에 대해 이야기하면서 그 말을 꺼냈었죠. 심하게 우울증에 걸려서 자살을 생각하고, 또 너무 근심 걱정에 싸여서 신경쇠약이나 불안증세 같은 것이 있는 사람들 이야기도 했고, 그런 이야기가 나오면 으레 프로이트(1856~1939, 오스트리아, 정신분석학자이며 의학자)도 따라나오게 되어 있었죠. 또 그런 사람들의 뇌를 수술한다 해도 정상인과 같이 되기는 어렵고, 극단의 상태로밖에는 치료할 수가 없다더군요. 수술받은 사람들은 너무 행복해하고 온순해져서 근심 걱정은 물론 자살할 생각도 안 하게 된다나 봐요. 즉, 극단적으로 분홍빛 세상만을 보기 때문에 깊은 사고를 할 수 없는 사람들이 되어 버린다는 거죠. 인생이 겪는 위기 같은 것을 알아차리지도 못하고 생각지도 않게 된대요. 내가 제대로 옮겼는지 모르겠지만, 당신은 이해했을 테죠?"

"로비가 더 자세하게 이야기하진 않았소?"

"그의 말로는, 내가 그 프로젝트의 아이디어를 떠오르게 했다는군요."

레이디 마틸다가 예상치 못한 말을 했다.

"뭐라고? 당신이 로비 같은 최고 수준의 과학자에게 아이디어를 제공했다고? 당신은 과학에 대해서는 전혀 아는 것이 없잖소!"

"물론 그렇죠. 그러나 나는 사람들의 머리에 상식을 심어 주려고 늘 노력해왔고, 또 꽤 성공했다고 생각해요. 머리가 좋은 사람일수록 상식이 부족하거든요. 내가 말하려고 하는 것은, 우표를 뜯어 쓰기 좋게 구멍 뚫는 것을 생각해 낸 사람같이 우리 생활에 도움을 주는 인물들이에요. 또, 밭에서 해안까지 이르는 길을 포장해서 곡식을 옮기기에 편리하게 만들고 농부들의 수익을 올려 준 미국의 맥아담 같은 사람들이 명망 있는 과학자들보다 더 훌륭한 일을 해낸 것 같아요. 과학자들은 사람들을 멸망시킬 계획만 고안해 내고 있잖아요.

내가 로비에게 그런 이야기를 했죠. 물론 농담조로 그의 말에 의하면 과학 세계에서는 세균전과 생태실험 같은 굉장한 일이 연구되고 있고, 아기를 빨리 태어나게 하려고 태아에게 가하는 과학적인 조치 등이 연구되고 있다고 하더군요. 그리고 아주 메스껍고 불쾌한 가스를 발명해 냈다고도 했어요. 그런 것에 비하면 핵무기는 아주 신사적이기 때문에 핵무기에 반대하는 것이 아주 우스운 꼴이 된다는 거예요.

그래서, 난 로비에게 좀 현명한 것을 생각해내는 것이 더 좋지 않겠느냐고 말했죠. 그러니까 그는 가끔 하는 습관대로 눈을 깜박거리며 무엇이 현명한 것이냐고 묻더군요. 그래서 나는 세균이나 메스꺼운 가스를 발명하는 대신 사람들을 행복하게 해줄 수 있는 것을 발명할 순 없느냐고 물었죠. 나는 그 일이 그렇게 어렵지는 않을 거라고 했어요. 로비가 언젠가 대뇌의 앞부분이나 뒷부분에서 일부분을 제거하는 수술에 대해 말한 적이 있었어요. 그런 수술은 사람들의 성격을 아주 다르게 바꾸어 놓는다더군요. 그러면, 사람들이 근심 걱정도 안 하고 자살할 생각도 안 한 대요.

그래서, 나는 로비에게 말했죠. '당신이 사람의 뼈나 근육 신경을 조금 움직여 놓거나 내분비선을 정상화시키거나 제거하거나 극도로 활발하게 작용하도록 해서 사람들을 그렇게 변화시킬 수 있다면, 왜 사람들을 유쾌하게 만들거나 잠을 안 자도 되게끔 하진 않죠? 완전히 잠들지 않고 의자에 앉아서 잠시 나른한 상태로 멋진 꿈을 꾸는 것으로 잠을 대신하게 한다면 인간이 훨씬 많은 활동을 할 수 있을 텐데. 좋은 생각 아녜요?' 하고 말이에요!"

"그러면 프로젝트 B란 대체 뭐요?"

"그건 자세하게 말해 주지 않았어요. 그러나 그는 그 아이디어를 듣고 신이 나서 나에게 감사를 했죠. 물론 나도 그 말을 듣고 기분이 무척 좋았죠! 어떻든, 나는 그에게 사람을 죽이는 것보다 더 역겨운 방법을 제안하지 않았다는 사실을 말하고 싶어요. 최루탄같이 눈물을 흘리게 하는 가스도 제안하지 않았죠. 아마 나는 그때 웃게 하는 가스에 대해서 이야기했을 거예요. 만일 이를 뺄 때, 그 가스를 세 번 맡게 되면 웃지 않고는 못 배기게 되는 가스 같은 거 말이에요. 약 50초 정도 웃게 하는 거죠.

나는 우리 오빠가 이 빼던 일을 기억하고 있어요. 치과의 환자용 의자가 창문으로 된 벽에 아주 가까웠는데, 우리 오빠가 아무 생각 없이 한쪽 다리를 뻗었다가 창문을 뚫었지 뭐예요. 그래서 유리 조각이 다 길거리로 떨어졌죠. 치과의사는 아주 기분이 상했지만, 오빠는 계속 웃어댔어요."

"당신은 항상 이야기를 하다가 옆길로 새나간단 말입니다. 어쨌든 로비 쇼어 햄이 당신의 충고로 새 연구에 착수했단 말이로군."

"내 충고가 잠자게 하는 것인지 웃게 하는 것인지 정확하게는 모르겠지만, 어쨌든 좀 특별한 것이었어요. 그것이 프로젝트 B는 아닌 것 같기도 하고, 아마 다른 이름이었던 것 같아요."

"어떤 종류의 이름이오?"

"그가 한두 번 말을 했었지. 벤저 식품과 비슷했는데."

레이디 마틸다는 아주 깊이 생각을 자아내며 말을 이었다.

"소화가 잘 되는 식품 이름 아니었소?"

"아니, 소화와는 관계가 없어요. 당신도 냄새를 맡아 본 적이 있을 텐데⋯⋯. 그때 우리는 당신이 알지 못하는 내용에 대해 많은 이야기를 나누었어요. 벤저 식품. 벤, 벤으로 시작하는 말이었는데⋯⋯, 그 단어와 관련된 듣기 좋은 단어가 뭐죠?"

"그게 기억할 수 있는 전부요?"

"그런 것 같아요. 그는 지나가는 투로 그 이름을 말했었죠. 그리고 한참 뒤에 그 프로젝트의 아이디어를 내가 주었다고 했어요. 그 이후에 나는 가끔 생각이 나면 그 프로젝트가 잘 되어 가느냐고 묻곤 했죠. 그러면, 그는 암초에 걸려서 일을 뒤로 미뤄 놨다고 하더군요. 그러고는 또 무엇 때문에 일을 중단했다고 하더라⋯⋯? 그다음 말은 전문용어라서 잘 옮기지를 못하겠군요.

내가 말해도 당신은 모를 거예요. 그런데 하루는, 아마 8∼9년 전쯤 되었을 거예요. 그가 찾아와서 프로젝트 벤을 기억하고 있느냐고 묻더군요. 나는 물론 기억하고 있다고 대답하고는, 어떻게 되어 가느냐고 물었죠. 그는 완전히 포기하기로 했다고 말하더군요. 나는 섭섭했어요. 그가 이렇게 말하더군요. '그것은 내가 시도한 것만을 얻을 수 있는 것이 아니라오. 나는 어디서 잘못되었는지 알고 있으며, 무엇이 그 연구의 장애물인지도 알고 있고, 또 어떻게 그 장애물을 제거해야 할 것인가에 대해서도 알고 있소. 리자로 하여금 내 일을 돕게 했었지. 잘 될 수도 있었을 거요. 특정한 대상에 실험할 수 있었다면 잘 될 수 있었을 텐데.' 그래서 나는 그에게 그러면 무엇이 걱정이냐고 물었죠.

그는 그것이 사람들에게 어떤 영향력을 미치게 될지 모르기 때문에 두렵다고 했어요. 그래서, 나는 그것이 사람들을 죽게 하거나 불구자로 만드는 것이냐고 물었더니, 그런 것은 아니라고 했죠. 그리고 뭐라고 말했더라……? 아, 이제 생각이 나는군. 그것은 '프로젝트 벤보'예요. 비네벌런스(benevolence)에서 따온 말이라더군요."

"비네벌런스!" 제독은 대단히 놀랐다.

"비네벌런스? 자선이나 선행을 의미하는 건가?"

"아뇨. 내 생각에는 그가 사람들이 자비심을 느끼도록 할 수 있다는 의미로 말한 것 같아요."

"평화와 인류애 같은 것 말이오?"

"글쎄……, 그가 그런 식으로 말하지는 않았어요."

"아니면, 종교와 관계된 의미로 해석해야겠구먼. 종교인들이 설교하는 대로 사람들이 사랑을 갖고 산다면 이 세상이 참 살기 좋은 곳이 될 텐데. 그러나 로비는 그런 것을 가르치지는 않고, 순수하게 과학적인 의미만을 갖고 실험실에서 뭔가를 만들어 낼 것을 생각하고 있었던 것 같군."

"바로 그거예요. 그는 사물이 언제 사람에게 이로우며 이롭지 않은가를 분별할 수 없다고 말했죠. 무엇이든지 한편으로는 이롭지만, 다른 한편으로는 그렇지 않다고 했어요. 페니실린이나 심장이식, 피임약—물론 그때는 피임약을 잘 먹지 않던 시대였지만, 그런 것에 대한 이야기를 나누었어요.

보기에는 별문제가 없는 신기한 약이고 신기한 치료법들이지만, 이로운 만큼 또 해롭기도 한 것이 그런 것들이거든요. 그래서, 그런 것이 아예 없었거나, 그런 데 대한 생각을 해내지 못했더라면 좋았으리라고 후회하는 사람이 많다고 하더군요. 그는 바로 그런 이야기로 나를 이해시키려고 했죠. 하지만, 나는 이해하기가 조금 어려웠어요. 그래서, 나는 왜 모험을 두려워하고 싫어하느냐고 물었죠. 그가 이렇게 말하더군요.

'당신 말이 옳아요. 나는 모험을 좋아하지 않지. 모험이 어떠한 것이라는 것을 알지 못하고 있다는 것이 문제라오. 그것은 우리같이 하찮은 악마라고 할 수 있는 과학자들이 다 겪는 것이지. 과학자들은 종종 모험을 시도한다오. 그런데 위험은 우리가 발견한 것에 숨어 있는 게 아니라, 사람들이 그것을 어떻게 사용하는가에 따라 위험이 도사리고 있는 거라오.' 그래서 나도 말했죠.

'당신은 핵무기와 원자폭탄에 대해 말하는 거죠?' 그가 대답했어요.

'핵무기와 원자폭탄과 함께 지옥에나 갈 것들……, 우리는 너무 서둘러 왔어요.'

'당신이 사람들을 순하고 자애심이 넘치는 존재로 만들어 준다면 무슨 염려가 있겠어요?' 내가 이렇게 말했죠.

'마틸다, 당신은 몰라요. 결코 이해하지 못할 거요. 내 동료 과학자들도 이해할 수 없을걸. 당신도 알다시피, 그건 너무 큰 모험이에요. 아주 오랜 시간을 두고 생각해야 할 문제요.'

'웃게 만드는 가스처럼 잠시 효과를 내다가 정상으로 되돌릴 수 있게 하면 되잖아요. 잠시만 자애심을 발동하다가 약효가 떨어지면 다시 정상으로 되든지, 아니면 원래 악한 상태로 되든지, 아무튼 그 결과를 어떤 시각으로 보는가에 따라 다른 것 같네요.'

그는 대답했죠.

'그렇게는 안 돼요. 아마도 영원한 결과를 낳게 될게요. 왜냐하면, 그것이 미치는 영향력이…….'

그는 계속 전문용어로 말했죠. 옮기기 어려운 긴 단어들과 긴 숫자, 공식, 복잡한 분자식 같은 것을 말이에요.

나는 그의 연구 결과가 알프스 산지의 풍토병인 크레틴병(갑상선이 비대해져서 백치가 됨)을 치료하는 것과 같다고 생각하고 있어요. 갑상선을 제거한다든가 더 활발하게 작용하도록 해주든가 하는 치료 말이에요. 어떤 것이 맞는지는 모르겠는데, 아무튼 그런 식으로 치료하죠. 그의 연구도 제대로 내분비선을 발견해서 제거하거나 더 활발하게 해주면 사람들이 영원히…….”

“영원히 자애심이 넘치는 인간이 된다고? 자애심(benevolence)이란 말이 확실합니까?”

“그럼요. 그 단어에서 그가 벤보(Benvo)라는 별명을 따왔는걸요!”

“그가 포기한 데 대해 동료들은 어떻게 생각했는지 알고 있소?”

“그의 계획을 알고 있던 사람이 많지는 않아요. 호주인인 리자가 그와 함께 일을 했었죠. 또, 리든탈이라고 불리는 청년이 있었는데 폐결핵으로 죽었어요. 그리고 다른 사람들은 로비가 무엇을 연구하고 있는지 정확하게 알지 못하는 조수들이었어요. 당신이 그걸 왜 묻는지 알겠군요.

내 생각에는 그가 아무에게도 비밀을 털어놓지 않았던 것 같아요. 그가 자기 노트며 공식이며 연구 자료를 모두 다 없애버렸거든요. 그리고 졸도를 했죠. 그 이후로는 계속 제 구실을 못하고 시름시름 앓기만 한 거예요. 말도 제대로 못 하고, 반신불수가 되었거든요. 다행히 듣는 데는 지장이 없어서 음악을 듣고 앉아 있죠. 그게 요즘 그의 상태예요."

"그가 더 이상 일할 수 없다고 생각하시오?"

"그는 친구를 만나기도 꺼려해요. 사실, 만나는 일이 고통스러울 거예요. 항상 못 만날 이유만 대고 앉아 있죠."

"그렇지만, 아직 살아 있잖소? 그의 주소를 갖고 있소?"

"주소록에 기록되어 있을 거예요. 아직도 그곳에 살고 있을걸요. 스코틀랜드 북부 어딘가에 말이에요. 그렇지만, 잊지 마세요. 그 친구가 한때는 대단한 사람이었지만, 지금은 그렇지 않다는 것 말이에요. 지금은 거의 죽은 상태예요."

"희망이라는 것은 항상 죽지 않고 살아 있는 게요. 그리고 신념도, 또 믿음도."

"자애심도 마찬가지라고 생각해요." 레이디 마틸다가 말했다.

제21장

프로젝트 벤보

존 고틀리브 교수는 맞은편 의자에 앉은 잘생긴 젊은 여자를 바라보고 있었다. 그는 자기 특유의 버릇인 원숭이 같은 모습으로 귀를 긁어대고 있었다.

그런 행동을 안 해도 그는 원래 원숭이와 닮은 모습을 하고 있었다. 앞으로 나온 턱과 그와 대조적으로 고도로 수학적인 머리, 그리고 쭈글쭈글한 얼굴형이 그의 모습이었다.

"젊은 부인이 미국 대통령의 편지를 나에게 가져오는 것이 매일 있는 일은 아니지요. 그렇지만, 대통령들은 항상 자기가 무슨 일을 하고 있는지 정확하게 알지 못하는 사람이에요. 이번 일은 어떻게 된 건가요? 내 생각에는 당신이 모든 권한을 위임받은 것 같은데."

그는 유쾌하게 말했다.

"제가 온 것은 프로젝트 벤보에 대해 교수님께 말씀을 듣고 싶어서입니다."

"당신이 정말 레나타 체르코프스키 백작부인이오?"

"공식 석상에서는 그렇게 부릅니다. 그러나 메리 앤이라는 이름이 더 흔하게 쓰입니다."

"아, 그 이름을 여기 겉장에 써놨군. 프로젝트 벤보에 대해 알기 원한다고! 글쎄, 그런 것이 한때 있긴 있었지. 그러나 이제는 자취를 감추고 묻혀 버렸어요. 그것을 생각해 낸 사람도 말이오."

"쇼어 햄 교수를 말씀하시는 겁니까?"

"맞아요. 로버트 쇼어 햄이지. 우리 시대에 위대한 천재 중 한 사람이었소. 아인슈타인, 닐스 보어(1885~1962, 덴마크의 물리학자로, '보어의 원자모형'으로 유명함), 그리고 다른 천재들도 몇 명 있긴 있었어요. 그런데 로버트 쇼어 햄은 자기 능력을 제대로 발휘하지 못했지. 과학계에서는 아주 큰 손실이었소 멕베스 부인에 대해 셰익스피어가 한 말이 있지요. '그녀는 좀더 나중에 죽었어야 했는데.' 그런 격이지요."

"그 사람은 죽지 않았습니다."

메리 앤이 말했다.

"그게 정말이오? 너무 오랫동안 그 친구에 대해 들은 소식이 없어서……."

"지금은 거의 폐인이 되어서 스코틀랜드 북부에 살고 있지요. 반신불수가 되어서 말도 잘 못 하고, 잘 걷지도 못합니다. 대부분의 시간을 음악을 들으며 앉아 있어요."

"허, 어떤 상태인지 상상할 수 있겠군. 그래도 살아 있다니 반갑군요. 음악이라도 들을 수 있다면 아주 불행하지는 않을게요. 그러나 천재가 더 이상 천재일 수 없는 상태는 마치 지옥과도 같은 게요."

"프로젝트 벤보 같은 것이 분명히 있었습니까?"

"그래요. 그 친구가 그 일에 아주 열중했었지."

"교수님에게도 그 일에 대해 자세히 말씀하셨습니까?"

"옛날에 몇몇 친구에게 말은 했었지. 당신은 과학자는 아닌 것 같은데, 맞소?"

"예, 그래요."

"당신은 첩보원인 것 같군. 정의의 편에 서기 바라오. 우리는 오늘날에도 기적에 대한 희망을 가져야 해요. 하지만, 프로젝트 벤보에서 당신이 얻을 것은 하나도 없어요."

"왜 그렇습니까? 로버트 교수님이 그 일을 했다고 하지 않으셨습니까? 대단한 발명이라고 하지 않으셨나요?"

"그래요. 그것은 이 시대의 위대한 발견 중 하나지요. 나는 무엇이 잘못되었는지는 알 수가 없어요. 처음에는 잘 되어가는 듯하다가 나중에 성공하지 못했으니까. 결국 그 친구는 자기가 기대한 일을 포기해 버렸지요. 사람들이 그가 하던 일을 포기하게끔 만들었는지도 모르지."

"무슨 일을 했었는데요?"

"그 친구는 모든 것을 없애버렸지. 하나도 남김없이 말이오. 그 친구 말에 의하면, 모든 공식을 다 태워 버렸대요. 연구 자료를 모조리 다 태웠답니다! 그리고 3주 뒤에 쓰러졌지. 유감스럽지만, 당신을 도와 드릴 수 없군요. 그 연구의 윤곽밖에는 자세한 사항을 알 수가 없어요. 벤보가 비네벌런스에서 온 말이라는 사실 한 가지밖에는 기억에 남는 것이 없군요."

제22장

주아니타

앨터마운트 경은 자기 말을 받아쓰게 하고 있었다.

그 옛날에 쩌렁쩌렁 울리고 보스 기질이 가득 찬 듯한 목소리는 의외로 특별한 호소력을 지닌 부드러운 소리가 되어 있었다. 과거의 그림자에서 그 부드러움이 나오는 것 같았지만, 감정적으로 이어지는 그의 어조에는 보스 기질이 완전히 사라진 것 같았다.

제임스 클릭 경은 그가 머뭇거리며 쉬는 순간에도 잘 참으며 그의 말을 열심히 받아쓰고 있었다.

"이상주의는 일어날 수 있으며, 불의에 대항하는 방향으로 움직일 때 그 임무를 다하는 것이다. 그것은 심한 물질주의에 대한 자연적인 반항이다. 젊은이들의 자연적인 이상주의는 현대의 불의와 극심한 물질주의를 파괴하려는 욕구에 의해 만족될 수 있다. 악한 것을 파괴하려는 욕구는 때때로 욕구 자체를 위해 파괴를 즐기는 방향으로 나갈 수 있다."

앨터마운트 경은 계속 불렀다.

"그것은 폭력과 고통을 가하는 데서 쾌락을 구하는 것이 될 수 있다. 그 모든 것은 천부적인 지도력에 의해 강화되며 촉진될 수 있다. 이 원초적인 이상주의는 성인이 되기 전에 일어나게 된다. 그것은 신세계를 갈망하는 욕구를 일으킬 수 있으며, 또한 모든 인간에 대한 사랑과 그들에 대한 선한 의지를 갖게 한다. 그러나 폭력 자체를 위해 폭력을 배운 사람은 결코 성인이 될 수 없을 것이다. 그들은 지진아 같은 상태로 고정되며, 한평생 그렇게 머물러 있게 될 것이다."

인터폰이 울렸다.

앨터마운트 경이 손짓을 하자 제임스 클릭 경이 수화기를 들어 올렸다.

"로빈슨 씨가 와 계십니다."

"아, 그래? 들어오시라고 해. 지금 하던 일은 나중으로 미루지."

제임스 클릭 경은 연필과 공책을 옆으로 밀어놓고 일어났다.

로빈슨이 들어왔다. 제임스 클릭 경은 그에게 의자를 권했다. 그의 몸을 지탱해 줄 만큼 충분히 넓은 것이었다. 로빈슨은 미소를 지으며 감사를 표했으며, 앨터마운트 경 옆으로 자리를 가까이 잡았다.

"뭐 새로운 것이라도 있소? 도표나 무슨 비눗방울 같은 것이라도 말이오." 앨터마운트 경이 말했다.

그는 약간 즐거워 보였다.

"꼭 그런 것은 아니지요. 강줄기를 조작하는 것보다 더한 일입니다."

로빈슨은 태연하게 말했다.

"강이라고? 어떤 종류의 강을 말하는 게요?" 앨터마운트 경이 말했다.

"돈으로 된 강입니다."

로빈슨은 조금 전에 한 말투보다 조금 누그러진 투로 말했다.

"돈이란 어딘가에서부터 와서 분명히 어딘가로 흘러가는 것이 꼭 강물 같죠. 정말 흥미있는 일이지요. 이 일에 흥미가 있으시다면 금방 내막을 아시게 될 겁니다."

제임스 클릭 경은 이해하지 못하는 듯이 보였다.

그러나 앨터마운트 경은, "알겠소. 계속하시오."라고 말했다.

"그것은 스칸디나비아와 바바리아와 미국, 동남아시아에서 나와서……."

"그래, 어디로 가나요?"

"주로 남아메리카로 가서 호전적인 젊은이들로 구성된 부대의 지원금이 되는 겁니다."

"아, 당신이 보여 준 다섯 개의 원 중에서 네 개는 무기와 마약과 과학적, 화학적 미사일과 자금을 나타내는 것이었지."

"저, J—주아니타는 어떤 것인가요?" 제임스 클릭 경이 물었다.

"아직은 확신할 수 없어요."

"제임스가 거기에 대해 기발한 생각이 있지요." 앨터마운트 경이 말했다.

"나는 그의 생각이 틀리기를 바란다오. 첫 글자 J는 아주 흥미 있는 거요. 정의(Justice)와 심판(Judgment)을 나타내는 첫 자는 무엇이겠소?"

"진짜로 무서운 살인자는 여성이지요. 여성이 남성보다 더 독합니다."

제임스 클릭 경이 말했다.

"역사적인 전례도 있다오. 시세라에게 멋있는 접시에다 버터를 대접한 자엘이 나중에는 그의 머리에 못을 박았잖소. 또 홀로펀스를 내쫓은 주디스는 국민에게 추앙을 받았다오. 그래요, 당신은 이런 사실들에서 힌트를 얻을 수 있을게요." 앨터마운트 경이 말했다.

"그러면, 당신은 주아니타가 누군지 알고 있다는 말이오? 아주 흥미로운 일인데." 로빈슨이 말했다.

"어쩌면 내 생각이 틀렸을지도 모릅니다. 그렇지만, 그렇게 생각하게끔 만드는 것이 있었습니다."

"그래요? 하여간 여러 방면으로 생각해 보는 것이 좋아요. 당신이 생각하고 있는 사람이 누군지 말해 보시오, 제임스"

"레나타 체르코프스키 백작부인입니다."

"왜 그녀라고 생각하게 되었소?"

"그녀가 다닌 장소와, 또 만난 사람들을 볼 때 그녀라고 생각했지요. 그녀가 나타난 장소에는 언제나 이상한 일이 동시에 뒤따랐거든요. 그 여자는 바바리아에 갔었습니다. 그곳에서 카를로테를 찾아갔지요. 더 흥미있는 일은, 그 여자가 스태퍼드 나이를 그곳에 데려갔다는 사실입니다. 그것이 중요한 거지요."

"두 사람이 함께 이 일에 관계하고 있다는 건가?"

앨터마운트 경이 물었다.

"그렇게 말하고 싶지는 않습니다. 저는 스태퍼드에 대해서는 잘 모르고 ······." 그는 말을 잠시 쉬었다.

"맞아. 그는 처음부터 혐의를 받고 있었지."

앨터마운트 경이 말했다.

"헨리 호샴에 의해서요?"

"헨리 호샴도 그 중 하나일 게야. 파이커웨이 대령도 아직 확신하고 있지는 못하지만, 지금 조사 중에 있어. 아마 그 친구도 그 사실을 알고 있을 게야. 그 친구도 바보는 아니니까."

"스태퍼드 나이는 주아니타라고도 불리는 레나타에게 세뇌되었습니다." 로빈슨이 말했다.

"프랑크푸르트 공항에서 아주 이상한 사건이 일어났죠. 그리고 카를로테도 방문했고요. 스태퍼드 나이가, 내 생각에는 그녀와 함께 남아메리카에 갔었을 것 같습니다. 하지만, 그녀가 지금 어디에 있는지는 모르겠습니다." 클릭이 말했다.

"아마 로빈슨 씨가 알 게야. 로빈슨 씨, 알고 있소?" 앨터마운트 경이 물었다.

"그녀는 미국에 있습니다. 워싱턴인가 그 근처에서 친구와 머물고 있다는 소식을 들었습니다. 그녀는 시카고에 있다가 캘리포니아로 갔으며, 유명한 과학자를 만나려고 여행을 떠났습니다. 그것이 내가 들은 마지막 소식입니다."

"뭣 하러 과학자를 만나는 게요?"

"뭔가 정보를 얻으려는 것 같습니다." 로빈슨이 조용한 목소리로 말했다.

"어떤 정보를?" 로빈슨은 한숨을 쉬었다.

"그것이 우리가 알고 싶어 하는 겁니다. 어떤 사람은 그것이 우리가 얻고 싶어 하는 정보와 같을 것이며, 그녀가 우리 편에서 그런 일을 한다고도 생각합니다. 그러나 전혀 반대일지 또 누가 알겠습니까?" 그는 앨터마운트 경을 바라보려고 몸을 돌렸다.

"오늘 밤 스코틀랜드로 여행을 떠나신다지요?"

"그렇소"

"저는 꼭 떠나셔야 한다고 생각지는 않습니다." 제임스 클릭 경이 불안한 얼굴로 앨터마운트 경을 쳐다보며 말했다.

"최근에 건강이 좋지 않으셨습니다. 어디를 가시든 힘든 여행이 될 겁니다. 비행기를 타시든 기차를 타시든 말입니다. 대령님과 호샴에게 그 일을 맡길 수는 없습니까?"

"내 나이에 몸을 돌본다는 것은 시간을 낭비하는 게야. 나는 죽을 때까지 일할 걸세."

그는 로빈슨에게 미소를 지었다.

"당신이 나와 함께 가면 더 좋을 것 같소, 로빈슨."

제23장

스코틀랜드로의 여행

공군소령은 앞으로 일이 어떻게 펼쳐질지를 궁금해했다. 그는 모든 일을 방관하는 태도로 지켜보는 데 익숙해 있었다. 정보부에서 벌이는 일 같아 보였다. 전에도 그는 이와 같은 일을 경험했었다. 이상한 곳으로 이상한 승객들을 실어 나르는 일이나, 아주 필요한 질문밖에는 하지 않는 것 등에는 익숙한 터였다.

그는 비행기 안의 승객 중 몇 명은 알고 있었다. 앨터마운트 경을 그는 알아볼 수 있었다. 그는 앨터마운트 경은 대단히 많이 아픈 것 같다고 생각했으며, 가냘픈 의지력으로 버티는 것이라고 판단했다. 그 옆에는 매같이 생긴 사람이 앉아 있었다. 경비견 역할을 하는 사람인 것 같았다. 안전을 위해서라기보다는 좀더 편안하게 가기 위해 동원된 듯한 그 사람은 절대 자리를 떠나지 않았다. 그는 강장제와 흥분제 등 모든 약품을 준비해 온 것 같았다.

공군소령은 왜 의사가 수행하지 않았는지 궁금했다. 그것은 뭔가를 경계하기 때문인 것 같았다. 앨터마운트 경의 머리는 죽은 사람의 머리 같아 보였다. 박물관에 대리석으로 고상하게 만들어 놓은 죽은 사람의 머리.

공군소령은 헨리 호샴도 꽤 잘 알고 있었다. 그는 또 먼로 대령도 알고 있었다. 그는 보통 때보다 덜 사납게 보였으며, 좀 불안해하는 듯했다. 대체로 즐거운 편은 아닌 것 같았다. 또, 얼굴이 큰 황인종 한 사람이 보였다. 소령은 그가 아시아인이 아닐까(스코틀랜드 북부로 가서 무엇을 하려는 것일까) 하고 생각해 보았다.

공군소령은 먼로 대령에게 공손하게 말했다.

"대령님, 모든 것이 준비되었습니다. 차가 기다리고 있습니다."

"정확하게 거리가 얼마나 되나?"

"17마일입니다. 길이 잘 닦여지지는 않았지만, 그렇게 나쁘지는 않습니다. 차 안에는 별도의 양탄자가 있습니다."

"명령받은 것 알고 있지? 앤드루스 공군소령, 그 명령을 반복해 보게!"

소령은 명령받은 것을 되뇌고, 대령은 만족해서 고개를 끄덕였다.

자동차가 떠날 때 소령은 사라지는 차의 모습을 바라보며, 도대체 저 유별난 사람들이 왜 이 외로운 황무지에 와서 친구도 방문객도 없는 은둔자요 병자인 사람이 사는 낡은 성을 찾는지 궁금해했다. 그는 호샴은 뭔가 알고 있을 것 같이 생각되었다. 호샴은 이 이상한 사건에 대해 많은 것을 아는 게 틀림없지만, 자기에게 말해 줄 것 같지는 않았다.

자동차는 조심스럽게 나아갔다. 마침내 자갈이 깔린 사유지 도로를 지나 성문 앞에 이르렀다. 작은 망루가 있는 육중한 돌로 된 건물이었다. 큰 문의 양쪽에는 등불이 달려 있었다. 문이 저절로 열려서 초인종을 누를 필요가 없었다.

현관에는 예순쯤 되어 보이는 엄격하고 완고하게 생긴 스코틀랜드 여자가 서 있었다. 운전사는 손님들이 내리는 것을 도와주었다.

제임스 클릭 경과 호샴은 앨터마운트 경을 부축해서 계단을 올라가는 걸 도와주었다. 그 여자는 옆으로 서서 그에게 존경을 표하며 무릎과 허리를 구부려 인사를 하고는 말했다.

"안녕하십까? 주인님이 기다리고 계십니다. 선생님이 도착하신 것을 알고 계십니다. 저희가 방을 다 준비해 놓고 난방도 해놓았습니다."

응접실에 다른 모습이 또 나타났다. 키가 크고 마른 여자였다. 쉰에서 예순쯤 되어 보이는데, 여전히 아름다운 모습을 지니고 있었다. 그녀의 검은 머리는 가르마를 타서 나뉘어 있었으며, 이마는 넓은 편이었고, 좀 굽은 코와 황갈색 피부를 지니고 있었다.

"여러분을 돌보아 드릴 노이만 양입니다." 스코틀랜드 여자가 말했다.

"자넷, 고마워요. 침실의 불이 꺼지지 않게 해주세요." 노이만이 말했다.

"그러지요."

앨터마운트 경은 그녀와 악수를 했다.

"안녕하시오, 노이만 양!"

"처음 뵙겠습니다. 앨터마운트 경! 여행으로 인해 피곤하실 텐데요……."

"비행기가 아주 편했다오. 이분이 먼로 대령이고, 이분은 로빈슨 씨. 또, 제임스 클릭 경. 또 호샴 씨요. 모두 정보부에서 일하는 사람들이라오."

"몇 년 전에 호샴 씨는 뵌 것 같습니다."

"나도 잊지 않고 있습니다. 레비슨 창립기념식에서 뵀지요. 그때 당신은 쇼어 햄 교수의 비서였지요?" 헨리 호샴이 말했다.

"처음에는 실험실의 조교로 있다가 나중에 비서가 되었습니다. 교수님이 사람을 필요로 하는 한 지금도 비서 역할을 하고 있습니다. 교수님은 이곳에 상주하는 간호사도 필요로 하십니다. 간호사는 때때로 바뀌어야 하지요. 며칠 전에 엘리스 양이 부드 양 후임 간호사로 들어왔습니다. 저는 그녀가 교수님이 계시는 방 가까이에 있어야 한다고 했습니다. 여러분은 조용하고 사생활에 침해를 받지 않는 곳을 좋아하시겠지만, 이곳은 간호사가 필요할 때 즉시 달려와야 하기 때문이지요."

"교수님의 건강이 아주 좋지 않은가요?" 먼로 대령이 물었다.

"많이 괴로워하시는 편은 아닙니다. 그러나 여러분이 오랫동안 그분을 만나지 못하셨으므로 마음의 준비를 하셔야 합니다. 교수님은 완전히 사람들과 고립되어 사셨으니까요."

"잠깐, 한 가지만 더 물어보겠소. 그분의 정신력이 지나치게 쇠약한 상태인가요? 사람들이 하는 말을 이해하겠소?"

"아, 완전히 이해하실 수 있습니다. 그러나 반신불수이기 때문에 명확하게 말씀하시지는 못합니다. 또, 부축하지 않고는 걸으실 수도 없습니다. 제 생각에는 두뇌의 능력은 예전이나 다름없는 것 같습니다. 다른 점이 있다면 쉽게 피곤해지신다는 것이지요. 먼저 다과를 좀 드시겠습니까?"

"아니오. 지체하고 싶지 않소. 우리는 급한 일로 찾아온 거요. 지금 안내를 해주시면 좋겠소만."

"교수님도 여러분을 기다리고 계십니다." 리자 노이만이 말했다.

그녀는 층계를 올라가서 복도를 지나 보통 크기의 방문을 열었다.

벽에는 장식용 벽걸이 융단이 걸려 있었다. 수사슴의 머리가 새겨진 융단이였다. 이곳은 한때 사냥용 별장이었다. 가구 배열도 거의 달라지지 않은 채 남아 있었다. 방 한쪽에는 큰 전축이 있었다.

키가 큰 사람이 난롯가의 의자에 앉아 있었다. 그의 머리와 왼손이 조금씩 떨리고 있었다. 또 얼굴의 근육은 한쪽으로 몰려 있었다. 직설적으로 표현한다면 영락(零落)한 사람이었다. 그 사람은 한때 키도 크고 강인했으며, 잘생긴 이마와 깊은 눈과 단호하게 보이는 턱을 지니고 있었다. 굵은 눈썹 밑의 눈은 여전히 매우 지적으로 보였다.

그는 무슨 말인가를 했다. 그의 목소리는 약하지 않았다. 꽤 명확한 소리를 내기는 했지만, 못 알아들을 말도 가끔 있었다.

리자 노이만은 그의 옆에 서서 그의 입술을 지켜보며 필요할 때는 그가 말한 것을 해석해 주었다.

"쇼어 햄 교수님께서 여러분을 환영하신답니다. 앨터마운트 경, 먼로 대령님, 제임스 클릭 경, 로빈슨 씨, 호샴 씨 모두 오신 데 대해 기뻐하고 계십니다. 잘 들을 수 있다고 전해 달라고 하시는군요. 여러분이 말씀하시는 것은 다 알아들을 수 있으십니다. 대화 중에 어려움이 있다면 제가 도와 드리겠습니다. 교수님은 여러분께 하실 말씀을 저를 통해 전달하실 겁니다. 너무 피곤하셔서 말씀을 잘 못하실 때는 제가 입술이 움직이는 것을 보고 알아차릴 수 있고, 우리는 또 수화로도 대화할 수 있습니다."

"쇼어 햄 교수님, 당신의 시간을 낭비하게 하지 않고, 또 되도록 당신을 피곤하지 않게 하도록 노력하겠습니다." 먼로 대령이 말했다.

의자에 앉아 있던 교수는 알았다는 듯이 고개를 끄덕였다.

"노이만 양에게 질문할 것이 있습니다."

쇼어 햄이 자기 옆에 서 있는 여자를 향해 힘없이 손짓을 했다.

그의 입술에서 소리가 나긴 했지만, 사람들이 알아들을 수 없었으므로 노이만은 재빨리 해석을 했다.

"여러분이 교수님께 말씀하시는 것이나, 제가 여러분께 말씀드리는 내용을 제가 옮겨 드리면 그것을 믿으시겠답니다."

"제가 보낸 편지를 받으셨나요?" 먼로 대령이 물었다.

"예, 그렇습니다. 쇼어 햄 교수님은 그 편지 내용을 다 알고 계십니다."

그때 간호사가 문을 조금 열고는 문밖에서 속삭이듯이 말했다.

"노이만 양, 제가 해야 할 일이 있습니까? 손님들을 위해서 해야 할 일은 없나요?"

"엘리스 양, 고마워요. 할 일이 없는 것 같아요. 방에 가 있으면 필요할 때 부르겠어요."

"잘 알았습니다." 그녀는 문을 살며시 닫았다.

"우리는 시간을 낭비하고 싶지 않습니다. 쇼어 햄 교수님이 요즘에 일어나는 사건들을 잘 알고 계신 것이 분명한지요?" 먼로 대령이 말했다.

"교수님이 관심 있는 분야에 대해서는 분명히 그렇습니다."

"진보된 과학의 세계와도 연결을 갖고 계시나요?"

로버트 쇼어 햄은 고개를 저었다. 그는 대답했다.

"나는 그런 것과는 관계가 없소."

"그러나 이 세상이 처해 있는 상태에 대해 대강 알고 있지 않습니까? 젊은 이의 혁명이라고 불리는 것이 진행되고 있다는 것과, 완전무장한 젊은이 군단의 힘이 대단하다는 것을 알고 있지 않습니까?"

"교수님은 정치와 관련된 것은 모두 알고 계십니다." 노이만 양이 말했다.

"이 세계는 지금 폭력과 고통과 혁명과 무정부주의자들에 의한 이상하고도 믿을 수 없는 통치 철학에 넘어가고 있습니다."

불안한 기색이 여윈 얼굴 위에 스쳐갔다.

"다 알고 계십니다. 다시 말할 필요가 없습니다. 교수님은 무엇이든지 다 아는 분이니까요."

로빈슨이 불쑥 끼어들어서 말했다.

"블런트 제독을 기억하십니까?"

그는 다시 고개를 끄덕였다. 일그러진 그의 입술에 미소 같은 것이 보였다.

"블런트 제독은 당신이 계획했던 특별한 프로젝트에 대해 기억하고 있습니다. 아마 당신은 그걸 프로젝트 벤보라고 불렀을 겁니다."

쇼어 햄의 눈에 놀라는 듯한 기색이 나타났다.

"로빈슨 씨, 아주 오래전의 일을 말씀하시는군요."

"당신의 프로젝트인 게 맞죠?" 로빈슨이 말했다.

"예, 교수님의 프로젝트였습니다."

노이만 양은 교수 대신 쉽게 대답했다.

"우리는 핵무기나 폭탄이나 가스, 화학탄 등을 전쟁에 사용할 수는 없지만 당신의 프로젝트 벤보는 사용할 수 있습니다."

잠시 침묵이 흘렀고, 아무도 말을 꺼내지 않았다. 그리고 쇼어 햄 교수의 입에선 이상한 소리가 흘러나왔다.

"물론 벤보가 우리가 처한 형편에서 성공적으로 사용될 수 있을 것이라고 말씀하십니다."

쇼어 햄은 그녀에게 다시 뭔가를 말하고 있었다.

"교수님께서 제가 여러분께 그것에 대해 설명해 드리기를 원하십니다. 프로젝트 벤보는 교수님이 여러 해 동안 애쓰신 과업이지만, 교수님 자신의 이유로 포기하신 겁니다." 노이만 양이 말했다.

"그 프로젝트를 실현하는 데 실패하셨나요?"

"아닙니다. 실패하지 않았습니다. 우리는 실패하지 않았습니다. 제가 교수님과 함께 일했었지요. 교수님은 특별한 이유로 포기하셨지만, 실패하지는 않았습니다. 교수님은 성공하셨습니다. 연구는 제 궤도에 맞추어 진행되었고, 실험실 내의 실험에서도 성공적인 결과를 보였습니다."

그녀는 쇼어 햄 교수를 바라보며 수화로 대화했다.

"지금 벤보가 무엇인지 설명해도 되느냐고 물어보았습니다."

"그에 관해 설명을 듣고 싶소."

"교수님께서 여러분이 그것을 어떻게 알게 되었는지 궁금해하십니다."

"당신의 옛 친구를 통해 그 사실에 대해 듣게 되었습니다. 블런트 제독을 통해 들은 것이 아닙니다. 그 사람은 잘 기억하지 못하더군요. 당신이 언젠가 그 프로젝트에 대해 말한 적이 있는 사람, 레이디 마틸다 클렉히턴에게서 들은 겁니다."

노이만 양이 다시 그를 보고 손짓으로 말했다. 그녀는 살짝 미소를 짓고 있었다.

"교수님은 레이디 마틸다가 여러 해 전에 죽었으리라고 생각하셨답니다."

"그녀는 아직도 생생하게 살아 계십니다. 쇼어 햄 교수의 그 발견에 대해 우리가 알아야 한다고 말한 사람이 마틸다입니다."

"쇼어 햄 교수님이 여러분께 그 프로젝트의 요점을 말씀하실 겁니다. 그러나 그것이 여러분에게는 소용없을 것이라고 하십니다. 그 발견에 대한 모든 서류와 공식, 실험 결과는 다 없애버리셨습니다. 하지만, 여러분의 질문을 만족시켜 드리도록 그 내용을 자세히 말씀드리겠습니다. 여러분은 데모를 진압하도록 사용하는 최루탄의 목적을 아실 겁니다. 눈물샘을 자극해서 눈물이 나오게 하는 거지요."

"프로젝트 B가 그 같은 종류란 말이오?"

"결코 같지는 않습니다. 그러나 같은 목적이 있다고 할 수 있습니다. 이분의 머리에 떠오른 것은 사람의 생리작용을 변화시킬 뿐 아니라 정신적인 특성까지도 변화시킬 수 있지 않을까 하는 생각이었습니다. 사람들은 인간의 성품을 바꾸어 놓을 수 있습니다. 최음제(催淫濟)의 효과를 알고 계실 겁니다. 그 약은 성적인 욕구가 증가하도록 합니다. 여러 가지 약이나 가스, 내분비선의 수술을 통해 정신적인 힘을 변화시킬 수 있지요. 갑상선을 변화시킴으로써 에너지가 증가하게 할 수도 있습니다.

쇼어 햄 교수님은 프로젝트 B에는 특별한 과정이 포함되어 있음을 말씀하시고 싶어 합니다. 그것이 내분비선에 영향을 주는 것인지, 제조될 수 있는 가스인지는 말씀하시지 않을 겁니다. 그 프로젝트는 인간이 자기의 생을 보는 관점을 바꾸어 놓는 겁니다. 다른 사람과의 생에 대한 반응을 변경시키는 것이지요. 살인욕에 가득 차 있는 사람이나 병적으로 난폭한 사람은 프로젝트 벤보에 의해서 아주 다른 사람으로 변화시킬 수 있습니다. 그런 사람들이, 그 프로젝트의 이름이 의미하듯이 자애로운 사람이 되는 거지요. 다른 사람에게 이로움을 주고 싶어 하며, 친절이 그에게서 저절로 스며 나옵니다. 또, 고통을 가하거나 폭력을 행하는 일에 혐오감을 느끼게 됩니다.

벤보는 넓게 확산하여 수백 수천 명에게 영향력을 발휘할 수도 있습니다.

충분한 양이 생산되어 성공적으로 분배되었다면 말입니다."

"그 효과가 얼마나 지속하나요? 24시간? 더 긴가요?"

"이해하지 못하시겠지만, 그 효과는 영원한 겁니다."

"영원하다고? 당신들이 인간의 성품을 바꾸어 놓는군요. 구성요소, 즉 신체적인 구성요소를 바꾸어서 성품이 영원히 변화되도록 하는군요. 원래 상태대로 회복시킬 수가 없고, 영원한 변화를 받아들여야 한단 말이군요?"

"예, 그렇습니다. 그 발견은 의학적인 흥미 이상의 것이었습니다. 그러나 사실 교수님은 전쟁이나 폭동, 혁명, 무정부상태의 혼란 등을 방지하고자 그것을 생각해 낸 것이었습니다. 단순한 의약품이라고 생각하지 않으셨지요. 그것은 행위자에게는 행복을 주지 못하고, 다만 타인들이 행복해지기를 바라는 열망만을 줍니다. 그런 욕구는 살다 보면 때때로 느끼는 것입니다. 사람들은 어떤 특정한 사람을 편안하고 즐겁게 만들어 주고 싶어 하며, 그가 건강하게 지내기를 바랍니다. 인간이 그런 욕구를 지니고 있다는 것과, 그런 욕구를 조절하는 요소가 있다는 것을 생각한 우리는 그 요소가 계속 영향력을 발휘하게 할 수 있으리라는 생각에까지 이르게 된 겁니다."

"놀랍군요." 로빈슨이 말했다.

"놀랍소. 얼마나 대단한 발견입니까? 그것이 행동으로 취해진다면 얼마나 좋겠습니까? 그런데 왜?"

의자 등에 기대고 있던 교수의 머리가 천천히 로빈슨을 향했다.

노이만 양이 말했다.

"당신이 다른 분보다 더 잘 이해하신다고 말씀하시는군요."

"그것이 해답입니다." 제임스 클릭이 말했다.

"꼭 맞는 해답이에요! 대단히 놀랍습니다."

그의 얼굴은 열광적으로 흥분되어 있었다.

노이만 양은 고개를 저었다.

"프로젝트 벤보는 판매용도 선물용도 아닙니다. 그것은 포기된 상태입니다."

"그 방법을 사용할 수 없다고 말씀하시는 겁니까?"

먼로 대령이 못 믿겠다는 듯이 말했다.

"예, 쇼어 햄 교수님이 그렇게 말씀하십니다. 교수님은 그것이……."

그녀는 잠시 멈추고 교수를 쳐다보았다.

그는 자기 머리와 한쪽 손으로 이상한 몸짓을 했으며, 목구멍에서 나오는 듯한 소리를 냈다. 그것을 지켜본 그녀는 말했다.

"교수님께서 두려워하시는 것을 말씀하십니다. 과학이 그 전성기 때 이루어 놓은 일을 두려워하시는 겁니다. 많은 것들이 발견되어 알려졌으며, 많은 것들이 발명되어 이 세상에 주어졌습니다. 그러나 놀라운 약들이 항상 놀라운 약은 아니었습니다. 생명을 구한 페니실린은 생명을 앗아가기도 했습니다. 심장 이식은 기대하지 못한 죽음에 대한 실망과 환멸을 가져다주었습니다.

교수님은 핵분열이 발견된 시대에 살고 계십니다. 대량학살이 가능한 핵무기, 방사능의 비극 등을 아시며, 새로운 산업적인 발명이 오염을 유발시킨다는 것도 아십니다. 교수님은 과학이 무분별하게 사용되는 것을 두려워하시는 겁니다."

"그러나 그것은 유익한 것이오. 모두에게 유익한 것이죠." 먼로가 외쳤다.

"많은 것들이 처음에는 그렇게 보였습니다. 인류에게 대단한 유익과 놀라움으로 환영받았습니다. 그러나 차츰 부수적인 효과가 나타나서 재앙을 초래하는 일이 많아졌습니다. 그래서, 교수님은 그 프로젝트를 포기하신 겁니다. 교수님께서 여기 여러분께 글로 자신의 마음을 나타내고 계십니다."

그녀는 그가 동의하는 듯이 고개를 끄덕이는 동안 그 글을 읽었다.

"나는 새로운 일에 손을 대 새로운 발견을 한 사실에 대해 만족하고 있소. 그러나 나는 그것을 세상에 내놓지 않기로 했소. 그것은 폐기되어야 했소. 그래서, 그것은 사라졌소. 당신들에게 줄 해답은 안 된다는 것이오. 한때는 대답이 있었소. 그러나 모든 공식과 방법론과 기록과 필요한 과정에 대한 기록은 모두 재가 되고 말았소. 나는 내 두뇌의 산물을 소멸시켰소."

로버트 쇼어 햄은 목쉰 소리로 힘들게 말을 이어나갔다.

"나는 내 두뇌가 낳은 후예를 소멸시켰소. 이 세상의 어느 누구도 내가 어떻게 그 결과를 얻었는지 알지 못하고 있소. 한 사람이 나의 일을 도와주었지만 그는 죽었소. 우리 실험이 성공한 지 1년 뒤에 폐결핵으로 죽었소. 여러분은 되돌아가야 하오. 나는 당신들을 도울 수가 없소"

"그러나 교수님의 연구 결과는 이 세상을 구원할 수 있지 않습니까?"

쇼어 햄은 이상한 소리를 냈다. 그것은 반신불수가 된 사람의 웃음이었다.

"이 세상을 구원한다고! 이 세상을! 참 멋있는 말이군! 당신네들처럼 젊은 사람들은 그렇게 생각하겠지. 세상을 구원하기 위해서 폭력과 증오를 앞세우고 있소. 그러나 어떻게 해야 할지 제대로 알지 못하오. 그들은 스스로 자신의 마음과 자신의 정신으로 그 일을 해야 할 것이오. 우리는 그들에게 인공적인 방법을 주입할 수는 없소. 인공적인 선(善)? 인공적인 친절함? 그 어느 것도 불가능하오. 그것은 참된 것이 아니오. 무의미하오. 그것은 자연법칙에 어긋나는 것이오." 그리고 그는 천천히 마지막 말을 했다.

"그것은 신의 섭리를 거스르는 것이오"

마지막 말은 다른 말과 달리 분명하게 발음되었다.

그는 자기 말을 듣는 사람들을 둘러보았다. 그들은 미래를 요구하는 듯한 눈빛이었으며, 동시에 참된 희망이 사라진 듯한 표정이었다.

"나는 내가 창조한 것을 파괴할 권한이 있었소"

"그것이 의심스럽습니다. 지식은 지식입니다. 당신이 생명을 부여한 것을, 이 세상에 생겨난 것을 파괴해서는 안 됩니다." 로빈슨이 말했다.

"그렇게 말할 수도 있을 것이오. 그러나 당신은 사실을 받아들여야 하오."

"아닙니다." 로빈슨이 강하게 힘을 주어 말했다.

리자 노이만은 화가 난 듯이 그를 쳐다보았다.

"아니라는 것이 무엇을 의미하는 건가요?"

그녀의 눈은 불꽃이 튀는 것 같았다. 로빈슨은 그녀가 미인이라고 생각했다. 아마 그 여자는 로버트 쇼어 햄을 한평생 사랑한 사람이었을 것이다. 그를 사랑했기 때문에 그와 같이 일했으며, 지금도 그의 옆에 살면서 지성을 다해 그를 섬기며, 동정심이 아닌 순수한 마음에서 헌신을 다하는 것이다.

로빈슨이 말했다.

"사람이 한평생 살다 보면 알게 되는 것이 있습니다. 나는 내 생이 그리 길지 않으리라고 생각합니다. 내 몸무게가 너무 지나치게 나가는 것을 보면 그렇게 생각됩니다."

그는 부풀어 오른 듯한 자기 몸을 보며 한숨을 내쉬었다.

"그러나 나는 뭔가를 알고 있습니다. 쇼어 햄 교수님, 당신도 아시다시피, 내가 옳습니다. 내가 옳다는 것을 인정하셔야 합니다. 당신은 정직한 분입니다. 당신은 자신의 과업을 파괴하지 않았을 겁니다. 당신 스스로 그런 일을 할 수 없었을 겁니다. 아마 어딘가에 그 모든 자료를 숨겨 놓고 잘 보관해 놓았을 겁니다. 나는 단지 추측하는 겁니다. 어딘가 안전한 곳에 숨겼으리라는 추측입니다. 리자 노이만 양도 어디에 있는지 알 겁니다. 당신은 그녀를 믿고 있지요! 이 세상에서 당신이 믿는 유일한 사람 아닙니까?"

쇼어 햄은 말했다. 이번에는 그의 목소리가 분명하게 들렸다.

"당신은 누구요? 어떤 악마요?"

"나는 돈에 대해서 아는 사람일 뿐입니다." 로빈슨이 말했다.

"돈에 관련된 것이라면 잘 알고 있죠. 사람들과 그 특성에 대해서도 잘 알고 있습니다. 당신이 원하신다면, 당신이 포기한 일에 다시 손을 댈 수도 있습니다. 나는 당신이 전과 같은 일을 할 수 있으리라는 뜻으로 말하는 것은 아닙니다. 그러나 어딘가에 그 모든 것이 있으리라고 생각합니다. 당신의 생각이 모두 틀렸다고 말하지는 않겠습니다. 당신이 맞을 가능성도 있지요. 인간에게 유익한 것은 다루기가 까다롭습니다. 가엾은 노인 비버리지는 가난으로부터의 자유, 공포로부터의 자유, 그 밖의 것으로부터의 자유를 갈구하면서 자기가 그것에 대해 말하고, 그것을 위한 계획을 세우고 성취함으로써 이 땅에 천국을 건설할 수 있다고 생각했습니다. 그러나 그의 생각은 이루어지지 못했습니다. 나는 당신의 벤보도 천국을 이루지 못하리라고 생각합니다.

자비라는 것은 다른 것과 마찬가지로 위험을 내포하고 있습니다. 그것은 고통과 무질서와 폭력과 마약으로부터 인간을 구원하긴 할 겁니다. 악한 일이 일어나는 것을 방지해 주고 사람들에게 뭔가 다른 것을 경험하게 해줄 겁니다. 당신의 자비를 부여받은 젊은이들은 다른 사람에게 자애심을 베풀고자 힘쓸 겁니다. 그러면서 한편으로는 자신들의 선행에 만족해하며 겸손한 체할 겁니다. 당신이 그렇게 사람들을 바꿔놓은 상태로 사람들이 행동하는 중에 한두 사람은 자신들이 겸손하라는 소명을 받았음을 깨닫게 될 겁니다. 그러면 진정한 변화가 일어나게 되는 겁니다."

먼로 대령은 말했다.

"당신이 말하려는 것이 무엇인지 도대체 모르겠소."

노이만 양이 말했다.

"저분의 말은 난센스입니다. 여러분은 쇼어 햄 교수님의 말씀을 들어야 합니다. 교수님은 자신이 발견하신 것을 마음대로 하실 겁니다. 여러분은 이분에게 강요할 수 없습니다."

"그게 아니오. 우리는 당신들을 강요하거나 심문하려는 것도 아니고, 숨긴 곳을 밝히라고 요구하는 것도 아니오. 당신들이 옳다고 생각한 대로 하는 데 대해 반대하지 않소." 앨터마운트 경이 말했다.

"에드워드?" 로버트 쇼어 햄이 말했다.

그의 말은 다시 들리지 않았으나, 손이 뭔가를 말하려고 움직이기 시작했다. 그리고 노이만 양은 재빨리 해석을 했다.

"교수님이 당신에게 에드워드 앨터마운트라고 부르십니다."

쇼어 햄은 다시 말했으며 그녀는 그 의미를 전달했다.

"교수님은 당신이 하신 말씀이 진심이며, 그것이 당신의 말이라면, 프로젝트 벤보를 당신의 권한에 두겠다고 하십니다. 교수님께서……."

그녀는 잠시 멈추고 그의 손짓을 보더니 계속했다.

"교수님은 당신이 유일하게 믿을 수 있는 분이라고 생각하신답니다. 당신이 원하신다면……."

그때 제임스 클릭 경이 갑자기 일어섰다. 그는 불안한 듯이 번개처럼 빨리 앨터마운트 경의 의자 옆에 가서 섰다.

"앨터마운트 경! 선생님의 건강이 좋지 않습니다. 지금 선생님을 진찰해 봐야겠습니다. 요즘 병이 심하지 않습니까? 노이만 양, 죄송하지만 좀 뒤로 물러나 주시겠소? 저……, 지금 제가 치료를 해야겠습니다. 저는 어떻게 해야 할지 알고 있습니다."

클릭의 손이 주머니에 들어가더니 주사기를 꺼냈다.

"지금 주사를 맞지 않으면 너무 늦습니다."

클릭은 앨터마운트 경의 팔을 잡고 소매를 걷어 올리고는 주사를 놓을 준비를 하고 있었다.

그러나 그때 누군가가 움직였다. 호샴이 방을 가로질러 와서 먼로 대령을 밀어냈다. 그는 제임스 클릭 경의 손을 덮쳐서 주사기를 빼앗아냈다. 제임스는 안간힘을 썼지만 호샴이 더 강했다. 먼로도 같이 거들었다.

"바로 당신이었군, 제임스 클릭!" 그는 말했다.

"당신이 반역자였군, 충실한 제자인 체하는 반역자!"

노이만 양은 문으로 가서 문을 활짝 열어젖히고 소리쳤다.

"간호사! 빨리 와요, 빨리!"

간호사가 나타났다. 그녀는 쇼어 햄 교수를 쳐다보았다. 그러나 그는 물러나라는 시늉을 하며, 호샴과 먼로가 클릭과 함께 뒹구는 방구석을 가리켰다.

그녀는 손을 간호사복의 주머니에 집어넣었다.

쇼어 햄이 더듬거렸다.

"앨터마운트 심장마비!"

"심장마비라고? 어처구니가 없군." 먼로가 소리쳤다.

"살인이오!"

"저 녀석을 잡고 있어요."

그는 호샴에게 말하고, 방을 가로질러 간호사 쪽으로 뛰어갔다.

"코트먼 부인 아닌가요? 언제부터 간호사가 되셨죠? 당신이 볼티모어에서 우리를 속이고 도망간 이후로 당신을 잊고 있었지."

밀리 진은 계속 간호사복의 주머니에서 무언가를 만지작거리고 있었다. 그러다가 갑자기 권총을 꺼내는 것이었다. 그녀는 쇼어 햄을 노려보았다. 그러나 먼로가 그녀 앞을 막아섰으며, 리자 노이만은 쇼어 햄이 앉은 의자의 앞쪽에 서 있었다.

제임스 클릭 경이 소리쳤다.

"주아니타, 앨터마운트를 쏴, 빨리. 앨터마운트를!"

그녀는 재빨리 팔을 쳐들고 발사하고 말았다.

제임스 클릭 경이 말했다.

"정말 잘 썼소!"

앨터마운트 경은 고전적인 교육을 받은 사람이었다. 그는 제임스 클릭 경을 응시하며 잘 들리지 않는 불어로 중얼거렸다.

"제이미? 자네는 짐승인가?"

그러고는 의자 위에 풀썩 쓰러지고 말았다.

맥쿨로쉬 박사는 주위를 돌아보았다. 무슨 말을 해야 할지 잘 몰랐다.

그날 저녁은 그에게 좀 색다른 경험이었다.

리자 노이만이 다가와서 유리잔을 옆에 두며 말했다.

"뜨거운 야자술입니다."

"나는 당신이 천에 하나밖에 없는 여자라는 사실을 알고 있소, 리자."

그는 칭찬을 하며 감사하다는 표정으로 조금씩 마셨다.

"오늘 저녁의 일이 어찌된 것인지 알고 싶다고 말해야 하겠군. 그러나 내 생각에는 아무도 말해 주려 하지 않고 쉬—쉬 하는 것 같소."

"교수님 건강은 어떤가요? 괜찮습니까?" 리자가 말했다.

"교수님?" 그는 근심스러운 얼굴로 부드럽게 그녀를 바라다보았다.

"교수님은 괜찮으십니다."

"제 생각에는 아마 충격을 받으셔서……."

"아, 나는 괜찮아요." 쇼어 햄이 말했다.

"충격요법이 내게 필요했던 것 같아요. 어떻게 말해야 할까, 나는 다시 살아난 것 같아요."

그는 놀란 듯이 보였다.

맥쿨로쉬가 리자에게 말했다.

"교수님의 목소리가 힘이 있군요. 이런 경우에는 무감각상태에 빠지는 것이 위험하지요. 교수님이 원하는 것은 다시 일하시는 거요. 두뇌의 활동에 자극을 주는 것이지요. 음악은 이분의 마음을 가라앉히고 부드러운 방법으로 생을 즐길 수 있게 해줍니다. 그러나 이분은 대단한 지적 능력을 소유하고 있기 때문에, 지적이고 정신적인 활동에 목말라 하고 했어요. 그런 일이 이분의 삶의 본질이라고 할 수 있지요. 당신이 할 수 있다면 그런 일을 시작하실 수 있도록 도와 드리세요."

그는 의심스러운 표정으로 자기를 쳐다보는 그녀를 격려하듯이 고개를 끄덕였다.

"맥쿨로쉬 박사님, 오늘 저녁에 있었던 일에 대해 말씀을 드려야 할 것 같습니다." 먼로 대령이 말했다.

"원래 비밀로 하려 했지만 말씀을……." 그는 주저하며 말했다.

"앨터마운트 경의 죽음은……."

"사실 총알이 박혀 죽은 것은 아닙니다." 의사가 말했다.

"충격을 받아 죽은 겁니다. 주사기는 속임수에 불과했습니다. 신경흥분제였지요. 그럼, 그 젊은이가……."

"저는 그에게서 주사기만 빼앗으려고 했습니다." 호삼이 말했다.

"줄곧 모르고 있었소?" 의사가 말했다.

"예, 그 사람은 7년간이나 앨터마운트 경의 총애와 신뢰를 받아온 사람입니다. 그분의 옛 친구의 아들이지요."

"그랬군요. 그런데 함께 동조한 여자는 누구지요?"

"그 여자는 가짜 자격증으로 이 집에서 간호사로 일하고 있었습니다. 살인혐의로 경찰에서 수배 중인 여자입니다."

"살인혐의?"

"예, 미국의 대사인 남편 샘 코트먼을 살인했지요. 대사관 계단에서 그를 쏘아 죽였습니다. 그러고는 복면한 젊은이들이 자기 남편을 죽였다고 말했습니다."

"왜 그 여자가 그런 짓을 했을까요? 정치적인 이유인가요? 개인적인 이유인가요?"

"우리 생각에는 남편이 그녀의 이상한 행동에 대해 눈치를 챈 것 같습니다."

"그는 아내가 불륜의 관계를 맺고 있다고 의심했습니다." 호삼이 말했다.

"그러나 그게 아니라 아내는 스파이 활동과 음모에 가담하고는 쇼를 벌이고 있다는 것을 알게 되었습니다. 그는 그것을 어떻게 처리해야 할지 몰라 고심했지요. 좋은 사람이긴 하지만 생각이 좀 느렸습니다. 반대로 부인은 남편이 의심한다는 것을 눈치 채고는 재빨리 행동에 옮긴 겁니다. 추모예배 때 그 여자가 얼마나 연극배우처럼 슬픔을 잘 나타냈는지 참 놀라웠습니다."

"추모……."

쇼어 햄 교수가 말했다. 모두가 그를 바라보려고 몸을 돌렸다.

"추모, 다시 기억한다는 것은 참 힘든 일이군. 리자, 당신과 나는 다시 일을 시작해야 할 거요. 이건 진심이오."

"그러나 로버트……."

"나는 다시 살아났소. 의사에게 내가 너무 쉽게 생각하는 것인지 물어봐요."

리자는 그래도 되느냐는 듯이 의사를 바라보았다.

"그렇게 하시면, 수명도 짧아지실 뿐 아니라 무감각상태에 빠지게 됩니다."

"요즘에 의학계에서 유행하는 것 있잖소, 사람들이 죽음의 문턱에 다다랐을 지라도 계속 일하게 하는 것 말이오." 쇼어 햄이 말했다.

맥쿨로쉬는 웃으며 일어섰다.

"예, 그것도 나쁜 것은 아니지요. 도움이 되는 약을 좀 보내 드리겠습니다."

"그 약 안 먹겠소."

"드셔야 합니다."

의사는 문에 잠시 멈추어 서서 말했다.

"어떻게 경찰이 그렇게 빨리 출동했는지 알고 싶은데요!"

"앤드루스 공군소령 덕택이었지요. 아주 정확한 시각에 경찰이 도착했습니다. 우리는 그 여자가 이 지역에 와 있으리라고는 생각했지만, 집 안에까지 들어와 있으리라고는 생각지 못했지요." 먼로가 말했다.

"그래요! 그럼, 이제 떠나겠습니다. 여러분이 한 말이 다 사실인가요? 스파이, 살인, 반역자, 정탐, 과학자……, 그런 무시무시한 것들 때문에 당분간 잠을 설칠 것 같군요……."

그는 밖으로 나갔다.

잠시 침묵이 흘렀다.

쇼어 햄 교수가 천천히 조심성 있게 말했다.

"다시 일해야 해."

리자가 말했다.

"로버트, 조심하셔야 합니다."

"조심할 수가 없어요. 시간이 없단 말이오."

"추모……." 그는 다시 말했다.

"아까도 말씀하셨죠? 무엇을 의미하시는 겁니까?"

"에드워드를 추모하자는 거요. 나는 늘 그 사람이 순교자다운 얼굴을 하고 있다고 생각했소."

쇼어 햄은 깊이 생각에 잠겼다.

"나는 고틀리브를 다시 데려오고 싶어요. 하지만, 그는 아마 죽었을 거요. 같이 일하기에 아주 좋은 사람이었지. 그 사람과 리자, 당신도 그렇고……, 창고에서 자료들을 다 꺼내 오도록 해요."

"고틀리브 교수님은 살아 계십니다. 미국 텍사스 주 오스틴의 베이커 파운데이션에 계십니다." 로빈슨이 말했다.

"교수님, 무엇을 하시자는 거예요?" 리자가 물었다.

"물론 벤보지! 다른 게 있겠나? 에드워드 앨터마운트를 추모하며 하는 거지. 그 사람이 벤보 때문에 죽지 않았나? 아무도 헛되이 죽어서는 안 돼."

에필로그

스태퍼드 나이 경은 세 번째 전보를 쳤다.

ZP 354XB 91 DEP S. Y.

　다음 주 목요일 오후 2시 30분 베일 로워 스톤턴의 크리스토퍼 성당에서 결혼식을 올리기로 준비함. 영국식으로 하기로 함. 개신교나 희랍정교식이 바람직하다면, 그 방법을 알려주기 바람. 당신이 있는 곳과 결혼식에서 사용하기 원하는 이름이 무엇인지도 알려주기 바람. 귀여운 조카 시빌(5세)이 신부의 들러리를 설 것임. 최근에 세계여행을 충분히 했으므로 국내 신혼여행으로 할 것임. 프랑크푸르트의 승객.

스태퍼드 나이 경에게 BXY42698

　시빌을 들러리 소녀로 받아들임. 마틸다 대고모를 메이트론(신부를 부축하는 기혼 부인)으로 제안함. 구혼은 역시 받아들임. 공적인 혼례식은 원하지 않음. 영국식에 만족함. 신혼여행 장소도 만족함. 판다는 반드시 지참해야 함. 전보가 그곳에 도착할 때쯤이면 이곳에 있지 않으므로 이곳의 주소를 알려줄 수 없음. 메리 앤.

"멋있어요?"
　스태퍼드는 초조한 듯이 목을 죽 빼고 여기저기 살피며 거울 속을 들여다보고 말했다.

그는 결혼식에 입을 옷을 입어보는 중이었다.

"다른 신랑보다 못지는 않구나." 레이디 마틸다가 말했다.

"신랑들이 항상 더 초조해하는 것 같아. 평소 때 화려하고 의기양양하게 하고 다니는 신부들은 그렇지 않은데 말이야."

"그녀가 오지 않으리라고 생각해 본 적 없으세요?"

"분명히 올 거야."

"약간 머리가 어지러운데요."

"그러기에 기름기 많은 간 요리를 먹어야 한다고 했잖아. 새신랑의 신경과민이구먼. 너무 초조해하지 마라. 결혼식 날 모든 것이 제대로 될 테니 안심해."

"그러고 보니 이제 생각이 나는군요."

"결혼반지 사는 것은 잊지 않았겠지!"

"물론이지요. 마틸다 대고모님을 위해 선물을 준비했다는 말을 잊어버리고 안 했네요."

"참 고맙구나, 애야!"

"오르간 연주자가 없다고 했죠?"

"그랬지."

"제가 다른 반주자를 구했습니다."

"스테피, 정말이냐? 참 좋은 생각이구나. 어디서 구했니?"

"바바리아에서요. 그 사람은 노래도 천사처럼 잘해요."

"우리는 반주자가 노래까지 잘하기를 바라지는 않아. 오르간만 연주하면 돼."

"물론 연주도 잘하지요. 타고난 재능을 지닌 음악가예요."

"왜 그 사람이 바바리아를 떠나서 영국으로 오려고 했을까?"

"어머니가 돌아가셨대요."

"저런, 전에 있던 반주자도 그런 일을 당했었지. 오르간 반주자의 어머니들은 대체로 몸이 약한가 봐. 그러면, 그 사람에게 어머니 같은 애정이 필요하겠구나? 나는 그런데 익숙하지 못한데."

"할머니나 증조할머니 같은 역할을 해주셔도 될 거예요."

갑자기 문이 활짝 열리더니 아기 천사같이 귀엽게 생긴 어린애가 연분홍 파자마를 입고, 장미꽃잎을 들고 방 안으로 극적인 모습으로 들어왔다. 그 꼬마는 열광적인 환영을 기대하는 듯이 목소리를 예쁘게 꾸며서 말했다.

"나예요."

"시빌, 왜 아직 안 자니?"

"내 침실은 재미가 없어요."

"그게 바로 네가 개구쟁이라는 것을 뜻하는 거야. 그래서 유모가 너를 싫어하잖니! 유모에게 또 무슨 짓을 했지?"

시빌은 천장을 쳐다보더니 킥킥거리기 시작했다.

"털이 많은 쐐기벌레 있잖아요, 내가 그걸 유모 위에 올려놓았는데 여기에 떨어졌어요."

시빌의 손가락은 자기 가슴의 한가운데를 가리키고 있었다.

"저러니 유모가 미칠 지경이지, 휴……."

레이디 마틸다가 말했다.

그때 유모가 들어왔다. 시빌이 너무 흥분해서 기도도 안 하려 하고, 잠도 자지 않으려 한다고 말했다.

시빌은 레이디 마틸다 옆으로 기어들었다.

"나 할머니랑 기도할래."

"그래, 그러고 나서 곧장 자야 한다."

"예, 할머니!"

시빌은 무릎을 꿇고 두 손을 모으고 하나님에게 기도하는데, 준비 작업처럼 보이는 이상한 소리를 냈다. 한숨도 쉬고 끙끙거리기도 하고 신음도 내다가 마침내 감기가 든 듯한 콧소리를 내다가 기도를 시작했다.

"하나님, 싱가포르에 계신 엄마와 아빠를 축복해 주세요. 그리고 마틸다 할머니와 스테피 아저씨, 에이미, 쿡, 엘렌, 토머스 모든 강아지들, 그리고 제 조랑말 그리즐, 또 마가렛, 또 제일 친한 친구 다이애나, 그리고 조안, 또 나머지 친구들도 축복해 주세요. 저를 착한 애로 만들어 주세요. 예수님의 이름으로 기도합니다. 아멘. 참, 그리고 유모가 친절하게 되도록 도와주세요."

시빌은 일어서서 자기가 승리했다는 확신을 지닌 듯한 유모와 눈을 마주치고는 인사를 하고 사라졌다.

"누군가가 저 애에게 벤보에 대해 말했어야 하는데."

레이디 마틸다가 말했다.

"그런데 스테피, 네 들러리는 누구냐?"

"거기에 대해서는 생각을 못 했군요. 꼭 있어야 하나요?"

"보통 있는 게 정상이지."

스태퍼드 나이 경은 털이 북슬북슬하고 작은 짐승 인형을 하나 꺼내어 들었다.

"판다가 제 들러리가 될 거예요. 시빌은 메리 앤의 들러리가 되고요. 괜찮죠? 판다는 처음부터, 그러니까 프랑크푸르트에서부터 저와 같이 있었다고요……."

〈끝〉

■ 작품 해설 ■

여기 소개하는 《프랑크푸르트행 승객(1970, Passenger to Frankfurt)》은 애거서 크리스티(Agatha Christie, 영국, 1890~1976)의 80번째 작품이며, 장편으로는 61번째에 해당한다. 더군다나, 이 책은 크리스티 여사의 80회 생일 축하 기념으로 출간되어 더욱 뜻이 깊은 모험 스릴러물이다.

이 장편은 세계를 지배하려는 국제비밀조직의 음모를 다룬 점에서 《죽음을 향한 발자국(1954, So Many Steps to Death)》과 비슷하다고 볼 수 있다.

1970년대에 들어서면서 크리스티 여사의 작품 세계는 상당한 변화를 겪는다. 우선 인생의 황혼기랄 수 있는 80대에 접어들어, 여사의 세상을 보는 안목이 넓어지고 깊이가 더해져 완숙한 경지에 이르게 되는 것이다. 이 시기에 크리스티 여사는 추리소설을 통해 자신의 세계관을 보여주고 있다.

여기에서 우리가 또 하나 느낄 수 있는 것은 애거서 크리스티의 강한 '실험정신'이다. 이것은 《끝없는 밤(1967, Endless Night)》과 《프랑크푸르트행 승객》 등에서 볼 수 있는 것과 같이, 성공 여부는 떠나서 색다른 형식의 추리소설을 과감하게 시도한 면에서 찾아볼 수 있다.

한편, 이 작품은 우리 사회의 맹목적인 젊은이들에게 경고의 암시를 내포하고 있다. 크리스티 여사는, "나는 젊은이들이 범죄에 탐닉하게 될까 두렵습니다……. 요즘같이 부정직이 만연하는 시대에 내가 할 수 있는 말이라고는 고작 '정직은 언제나 최선의 정책'이라는 것입니다. 그리고 나는 내 모든 작품에서 그러한 점을 확신시키고 있습니다."라고 말하면서 젊은이들의 왜곡된 삶에 대한 시각을 지적하고 있다.

또 하나 주목할 점은, 이 책이 쓰이기 시작한 1970년대에 들어서면서부터 크리스티 여사는 현대적인 언어를 사용함으로써 지칠 줄 모르는 현실 적응력을 과시하고 있다.

아무튼, 작품의 평가는 차치하고라도 팔순에 이른 노령의 크리스티 여사가 《프랑크푸르트행 승객》과 같은 대작(大作)을 쓸 수 있었다는 것은 경이할 만한 일이다.

크리스티 여사는 이 소설을 시작하기 전에 이것이 허구(虛構)에 바탕을 둔 것임을 밝히고 있다. 그럼에도 이 작품이 독자들의 마음에 엄청난 공감대를 형성할 수 있는 것은 인간의 본성에 대한 폭넓은 이해에서 비롯된 것이 아닐까?